Das 8. Geständnis

JAMES PATTERSON
mit Maxine Paetro

Das 8. Geständnis

Thriller

Aus dem Amerikanischen
von Leo Strohm

Weltbild

Die amerikanische Originalausgabe erschien 2009 unter dem Titel
The 8th Confession bei Little, Brown and Company,
a division of Hachette Book Group, Inc., New York.

Besuchen Sie uns im Internet:
www.weltbild.de

Genehmigte Lizenzausgabe für Verlagsgruppe Weltbild GmbH,
Steinerne Furt, 86167 Augsburg

Übersetzung: Leo Strohm
Umschlaggestaltung: Alexandra Dohse, München www.grafikkiosk.de
Umschlagmotiv: Getty Images, München (© Louie Psihoyos)
Gesamtherstellung: GGP Media GmbH, Pößneck
Printed in the EU
ISBN 978-3-86800-899-9

2014 2013 2012 2011
Die letzte Jahreszahl gibt die aktuelle Lizenzausgabe an.

Für Suzie und Jack.
Und für John, Brendan und Alex.

Prolog

Bushaltestelle

1

An einem Morgen im Mai schob sich ein alter, chromgelber Schulbus langsam in südlicher Richtung die Market Street entlang. Die Seitenfenster waren ebenso wie die Heckscheibe schwarz getönt, und ein Hip-Hop-Song bohrte sich wummernd durch den Bodennebel, der wie ein Seidenschleier zwischen der Sonne und San Francisco schwebte.

Got my ice
Got my smoke
Got my ride
Ain't got no hope
Hold ya heads up high
Don't know when
Ya gonna die …

Die Ampel an der Kreuzung von Fourth und Market Street sprang auf Gelb. Auf der Fahrerseite des Busses klappte die Stopp-Kelle aus, die bernsteinfarbenen Warnlichter blinkten, und das Fahrzeug kam zum Stehen.

Zur Rechten des Busses lag ein großes Einkaufszentrum: Bloomingdale's, Nordstrom, die Schaufenster mit riesigen Abercrombie-Plakaten beklebt, die provozierende Schwarz-Weiß-Aufnahmen von halbnackten Teenagern zeigten.

Links neben dem Bus stand ein blauer Ford-Lieferwagen, daneben befand sich eine von zwei Verkehrsinseln, die die Straße unterteilten – eine Sammelstelle für Buspassagiere und Touristen.

Zwei Wagen hinter dem Schulbus trat Louise Lindenmeyer

auf die Bremse ihres alten, grauen Volvo. Sie ließ das Seitenfenster herunter und starrte den Bus wütend an.

Schon seit dem Buena Vista Park hing die Büroleiterin hinter diesem Ding da fest. An der Kreuzung von Fifth und Market Street hatte sie zugesehen, wie er sich einen kleinen Vorsprung verschafft hatte, als ein ganzer Schwung Autos um die Kurve gekommen und sich vor sie gesetzt hatte.

Aber jetzt zwang dieser Bus sie vor einer Ampel zum Halten … schon wieder.

Louise hörte einen Schrei.

»He, du Arschloch!«

Ein Mann in Hemdärmeln und mit flatternder Krawatte, das Gesicht in zahllose Falten gelegt und mit getrocknetem Rasierschaum unterhalb des linken Ohrs, ging an ihrem Wagen vorbei, um dem Busfahrer so *richtig* die Hölle heißzumachen.

Eine Hupe ertönte, dann noch eine, und schließlich brach eine ganze Kakofonie los.

Die Ampel sprang auf Grün.

Louise nahm den Fuß von der Bremse. Im selben Augenblick spürte sie eine heftige Erschütterung. Mit klingelnden Ohren sah sie zu, wie das Dach des Schulbusses mit roher Gewalt nach oben gerissen wurde.

Brennende Metallklumpen, Stahl- und Glassplitter spritzten in alle Himmelsrichtungen. Über dem Bus entstand eine pilzförmige Wolke, wie bei einer kleinen Atombombe, und das quaderförmige Fahrzeug verwandelte sich in einen Feuerball. Öliger Rauch verdunkelte die Luft.

Louise registrierte, wie der blaue Lieferwagen auf der Spur neben dem Bus in Flammen aufging und dann vor ihren Augen schwarz wurde.

Da kommt niemand mehr lebend raus!

Und jetzt packte das Feuer den silbernen Toyota Camry direkt vor ihr. Der Benzintank explodierte, Feuerzungen tänzelten über den Wagen und verschlangen ihn schließlich in einer hoch aufschießenden Stichflamme.

Der Mann mit den vielen Falten im Gesicht war auf den Gehweg gestürzt und versuchte jetzt, sich aufzurappeln. Dazu hielt er sich an dem Loch fest, wo einst ihr Beifahrerfenster gewesen war. Sein Hemd war nicht mehr vorhanden. Seine Haare waren schwarz gekräuselt. Seine Gesichtshaut lag wie ein Papiertuch ausgebreitet auf seinem Schlüsselbein.

Louise zuckte zurück und machte sich an ihrem Türgriff zu schaffen, während das Feuer auf die Motorhaube ihres Wagens übergriff. Die Fahrertür klappte auf, und die Hitze drang herein.

In diesem Augenblick sah sie die Haut ihres Arms am Lenkrad kleben wie einen nach außen gekehrten Handschuh. Sie konnte weder die entsetzten Schreie des Geschäftsmanns noch ihre eigenen hören. Es war, als ob ihre Ohren mit Wachs verstopft wären. Ihr Blick nahm nur tanzende Punkte und verschwommene Schatten wahr.

Und dann wurde sie von einem schwarzen Abgrund verschlungen.

2

Mein Partner Rich Conklin saß am Steuer unseres zivilen Polizeifahrzeugs, und ich kippte gerade Zucker in meinen Kaffee, als ich die Erschütterung *spürte.*

Das Armaturenbrett zitterte. Heißer Kaffee lief mir über die Hand. Ich rief: »Was zum Teufel …?« Wenige Augenblicke später krächzte es aus dem Funkgerät: *»Angeblich Explosion, Ecke Market und Fourth. Alle Einheiten in der Nähe bitte melden.«*

Ich schüttete meinen Kaffee zum Seitenfenster raus, schnappte mir das Mikro und teilte der Zentrale mit, dass wir nur zwei Querstraßen entfernt waren. Gleichzeitig beschleunigte Conklin bergauf und bremste dann wieder, sodass unser Wagen sich auf der Fourth Street quer stellte und den Verkehr in beide Richtungen blockierte.

Wir sprangen aus dem Auto, und Conklin rief: »*Lindsay, pass auf!* Kann sein, dass es noch Folgeexplosionen gibt!«

Dunkler Rauch hing in der Luft, und es roch nach verbranntem Gummi, Plastik und menschlichem Fleisch. Ich blieb stehen, rieb mir mit dem Ärmel die brennenden Augen und kämpfte gegen den Brechreiz an. Dann besah ich mir das ganze Inferno, und meine Nackenhaare stellten sich auf.

Die Market Street ist eine Hauptverkehrsader. Sie dient um diese Zeit eigentlich dem pulsierenden Strom der Berufspendler, aber jetzt sah es hier aus wie in Bagdad unmittelbar nach einem Selbstmordattentat. Die Menschen rannten kreischend im Kreis, blind vor Panik und einer dichten Wolke aus Rauch und Nebel.

Ich rief Chief Tracchio an und meldete mich als erste Beamtin vor Ort.

»Was ist da los, Sergeant?«

Ich sagte ihm, was ich sah: fünf Tote auf der Straße, zwei an der Bushaltestelle. »Es gibt noch weitere Opfer, genaue Anzahl unbekannt. Sie sitzen in ihren Autos, tot oder lebendig«, bellte ich ins Telefon.

»Sind Sie so weit in Ordnung, Boxer?«

»Ja, Sir.«

Ich legte auf. Gleichzeitig kamen Streifenwagen, Feuerwehren und Notarztwagen mit heulenden Sirenen herangerast und sperrten die Market Street zwischen der Third und der Fifth Street komplett ab. Wenige Augenblicke später war das Kommandofahrzeug da, und die Angehörigen des Bombensuchtrupps, von Kopf bis Fuß in graue Schutzanzüge gehüllt, verteilten sich über das Trümmerfeld.

Eine Frau, deren Alter genauso undefinierbar war wie ihre Hautfarbe, stolperte blutüberströmt auf mich zu. Ihre Knie gaben nach, und ich fing sie auf. Conklin half mir, sie auf eine Trage zu legen.

»Ich hab's gesehen«, flüsterte sie und deutete auf einen geschwärzten Rumpf an der Kreuzung. »Dieser Schulbus da war eine Bombe.«

»Ein *Schulbus*? Oh, *bitte, Gott,* bloß keine *Kinder*!«

Ich schaute mich nach allen Seiten um, aber nirgendwo waren Kinder zu entdecken.

Waren sie womöglich alle bei lebendigem Leib verbrannt?

3

Mit dicken Schläuchen rückte die Feuerwehr den Flammen zu Leibe. Metall zischte, und ein widerlicher Gestank lag in der Luft.

Ich sah Chuck Hanni, Brandursachenermittler und Fachmann für Explosionen, gebückt vor der Seitentür des Schulbusses stehen. Er hatte die Haare nach hinten gegelt und trug eine Khakihose und ein Jeanshemd mit aufgekrempelten Ärmeln, sodass man die alte Brandnarbe sehen konnte, die sich von seinem rechten Daumen bis hinauf zum Ellbogen zog.

Hanni hob den Blick und sagte: »Ein gottverdammtes Desaster, Lindsay.«

Er führte mich durch den Schauplatz der, wie er es nannte, »katastrophalen Explosion«, zeigte mir die beiden allem Anschein nach erwachsenen »Schoko-Krossies«, die zusammengekrümmt zwischen zwei Sitzbänken in der Nähe des Fahrersitzes lagen, machte mich darauf aufmerksam, dass die Vorderreifen des Busses immer noch prall, die hinteren jedoch platt waren.

»Die Explosion hat im Heck stattgefunden, nicht im Motorraum. Und das hier habe ich gefunden.«

Hanni zeigte hinter die Bustür, wo rundliche Glasscherben, Heizungsschläuche und blaue Plastiksplitter zu einer einzigen Masse verschmolzen waren.

»Stell dir vor, was diese Explosion für eine Wucht gehabt haben muss«, sagte er und deutete auf ein Metallstück, das wie ein Projektil in der Wand steckte. »Das ist ein Waagebalken von einer Balkenwaage mit verschiebbaren Gewichten«, sagte er, »und die blauen Plastikteile stammen vermutlich von einer Kühlbox. Ein paar Liter Äther und einen Funken, mehr hat es nicht gebraucht, um das alles hier anzurichten …«

Eine Armbewegung, die das drei Straßenblocks umfassende Zerstörungswerk einschließen sollte.

Ich hörte bellendes Husten und Stiefelsohlen auf Glasscherben. Conklins große Gestalt schälte sich aus dem Nebel. »Das hier solltet ihr euch anschauen, bevor die Bombensucher uns verscheuchen.«

Hanni und ich gingen hinter Conklin über die Kreuzung zu einer männlichen Leiche, die sich um einen Laternenpfahl gewickelt hatte.

Conklin sagte: »Ein Zeuge hat gesehen, wie dieser Kerl da bei der Explosion zur Windschutzscheibe des Busses rausgeflogen ist.«

Der Tote war ein Latino mit zerschnittenem Gesicht und rot gefärbten, blutgetränkten Locken. Sein neonblaues T-Shirt und die Jeans hingen ihm in Fetzen vom Leib, und sein Schädel war beim Zusammenprall mit dem Laternenpfahl zerschmettert worden. Den Falten in seinem Gesicht nach zu urteilen musste der Mann vierzig harte Lebensjahre hinter sich gehabt haben. Ich zog das Portemonnaie aus seiner Gesäßtasche und klappte das Sichtfenster mit dem Führerschein auf.

»Er heißt Juan Gomez. Hier steht, dass er erst dreiundzwanzig war.«

Hanni bückte sich und schob die Lippen des Toten zurück. Anstelle der Zähne waren lediglich zwei Reihen mit verfaulten Stümpfen zu sehen.

»Methamphetamin«, sagte Hanni. »Das war wahrscheinlich der Drogenkoch. Lindsay, das ist ein Fall für die Rauschgiftabteilung, vielleicht sogar für die DEA.«

Hanni wählte eine Nummer auf seinem Handy, während ich auf Juan Gomez' Leiche starrte. Das erste sichtbare Anzeichen für Methamphetamin-Missbrauch sind die fauligen Zähne. Ein paar Jahre mit zu wenig Essen und zu wenig Schlaf reichen aus, um einen Meth-Junkie zwanzig Jahre altern zu lassen, während die Droge große Teile seines Gehirns zerstört.

Gomez hatte sich schon *vor* der Explosion aus diesem Leben verabschiedet.

»Dann war der Bus also ein fahrendes Meth-Labor?«, fragte Conklin.

Hanni wartete, dass bei der Rauschgiftabteilung jemand ans Telefon ging.

»Ja«, erwiderte er. »Bis der ganze Scheiß in die Luft geflogen ist.«

Erster Teil

Bagman Jesus

1

Cindy Thomas knöpfte ihren leichten Burberry-Trenchcoat zu und sagte: »Guten Morgen, Pinky«, während der Türsteher ihr die Eingangstür des Blakely Arms aufhielt. Er tippte sich an den Mützenschirm und blickte Cindy in die Augen. »Einen schönen Tag, Ms. Thomas. Passen Sie auf sich auf.«

Cindy konnte nicht gerade behaupten, dass sie Schwierigkeiten konsequent aus dem Weg ging. Sie arbeitete als Gerichtsreporterin bei der *San Francisco Chronicle* und sagte immer: »Für mich sind schlechte Nachrichten gute Nachrichten.«

Doch vor ungefähr anderthalb Jahren hatte ein durchgeknallter illegaler Untermieter mit einer schweren Aggressionsstörung, *der zwei Stockwerke über ihr gewohnt hatte*, sich in diverse Wohnungen geschlichen und eine brutale Mordserie gestartet.

Der Killer war letztendlich festgenommen, vor Gericht gestellt und verurteilt worden und saß im Augenblick in einer Todeszelle in St. Quentin.

Trotzdem waren die Nachwirkungen im Blakely Arms immer noch spürbar. Die Bewohner verriegelten ihre Wohnungstüren am Abend dreifach, zuckten bei unerwarteten Geräuschen zusammen, erlebten, was es bedeutete, das ganz normale, alltägliche Gefühl der Sicherheit zu verlieren.

Cindy war fest entschlossen, sich von dieser Angst nicht beherrschen zu lassen.

Sie lächelte den Türsteher an. »Ich bin wild und gefährlich, Pinky. Die Ganoven sollten sich lieber vor *mir* in Acht nehmen.«

Dann schwebte sie hinaus in den Maimorgen.

Ihr Weg führte sie von der Third Street die Townsend entlang bis zur Fifth. Das waren zwei sehr lange Straßenzüge, und Cindy ließ dabei das alte San Francisco hinter sich und gelangte in das neue. Sie ging an dem Schnapsladen gleich neben ihrem Wohnhaus vorbei, passierte ein Fast-Food-Lokal auf der anderen Straßenseite, einen neuen Hochhaus-Wohnblock mit einem Starbucks und einer Buchhandlung im Erdgeschoss und nutzte die Zeit, um Telefonate zu erledigen, Termine zu machen und den vor ihr liegenden Tag zu organisieren.

In der Nähe des erst kürzlich renovierten Anfangs- und Endbahnhofs des Caltrain, des Pendlerzuges, der bis hinunter nach San Jose und noch weiter nach Süden fuhr, blieb sie stehen. Früher war das hier eine Art Vorhölle für obdachlose Junkies gewesen, doch mit der Sanierung der umliegenden Wohngegenden hatte sich auch die Situation hier stark verbessert.

Hinter dem Bahnhof jedoch, direkt neben den Gleisen, verlief ein abgezäunter, unebener Fußweg, und auf der Straße davor waren verrostete Schrottkarren und Busse aus der Jimi-Hendrix-Ära abgestellt. Sie dienten Obdachlosen als notdürftige Unterkunft.

Während Cindy sich innerlich auf den Marsch durch diese »No-Go-Zone« vorbereitete, bemerkte sie direkt vor sich einen Haufen Obdachloser … und etliche davon schienen zu weinen.

Cindy zögerte.

Dann holte sie ihren laminierten Presseausweis aus der Manteltasche, hielt ihn wie eine Dienstmarke in der ausgestreckten Hand, ging direkt auf die Menschenmenge zu … und sie wich zur Seite.

Die Götterbäume, die aus den kleinen Spalten im Asphalt

sprossen, warfen netzartige Schatten auf einen Haufen aus Lumpen, alten Zeitungen und Fast-Food-Verpackungen am Fuß des Maschendrahtzauns.

Cindy spürte aufsteigenden Brechreiz und hielt den Atem an.

Der Lumpenhaufen war in Wirklichkeit ein toter Mensch. Seine Kleider waren so voller Blut und sein Gesicht so von Schlägen entstellt, dass Cindy überhaupt nichts erkennen konnte.

Sie fragte eine der Umstehenden. »Was ist denn *da* passiert? Wer *ist* das?«

Die schwerfällige Frau besaß keine Zähne und war in sehr viele unterschiedliche Kleiderschichten gehüllt. Ihre Beine waren bis zu den Knien bandagiert, und ihre Nase war vom Weinen rosarot.

Sie schaute Cindy von der Seite her an.

»Das ist *B-B-Bagman Jesus*. Irgendjemand hat ihn *umgebracht*!«

Cindy zückte ihr Smartphone, wählte die Notrufnummer, meldete einen Mord und wartete auf das Eintreffen der Polizei.

Währenddessen sammelten sich immer mehr Obdachlose um sie herum.

Das hier waren die Ungewaschenen, die Unerfassten, die Unbemerkten, die Menschen am Rand der Gesellschaft, die durch die Lücken im System schlüpften und dort lebten, wo das Meldeamt sich nicht hinwagte.

Sie stanken und stammelten, sie zuckten und juckten sich und rückten Cindy immer dichter auf die Pelle. Sie streckten die Hände aus, wollten sie berühren, fielen sich gegenseitig ins Wort und verbesserten einander unablässig.

Sie wollten gehört werden.

Und obwohl Cindy noch vor einer halben Stunde jedem

Kontakt mit ihnen aus dem Weg gegangen wäre, wollte sie jetzt unbedingt jedes Wort hören, das sie zu sagen hatten. Die Zeit verging, und die Polizei tauchte nicht auf, aber Cindy spürte, wie da eine Geschichte anfing zu knospen und kurz davor war, Blüten zu treiben.

Sie griff erneut nach ihrem Handy und rief ihre Freundin Lindsay zu Hause an.

Es klingelte sechsmal, dann meldete sich eine heisere Männerstimme. »Hallo?« Hörte sich fast so an, als hätte sie Lindsay und Joe in einem ungünstigen Moment erwischt.

»Tolles Timing, Cindy«, keuchte Joe.

»Tut mir leid, Joe, ehrlich«, sagte Cindy. »Aber ich muss mit Lindsay sprechen.«

2

»Nicht böse sein«, sagte ich, zog die Decke bis unter Joes Kinn, streichelte ihm über die stoppeligen Wangen und drückte ihm einen gerade noch jugendfreien Kuss auf den Mund. Ich wollte nicht, dass er Fahrt aufnahm, weil ich einfach nicht genügend Zeit hatte, um selbst noch mal in Stimmung zu kommen.

»Ich bin dir nicht böse«, sagte er mit geschlossenen Augen. »Aber heute Abend verlange ich eine Entschädigung, also stell dich schon mal drauf ein.«

Ich lachte und meinte: »Ehrlich gesagt kann ich's kaum erwarten.«

»Cindy ist kein guter Umgang für dich.«

Ich lachte noch mehr.

Cindy ist ein Pitbull im Schafspelz. Nach außen wirkt sie wie ein Bilderbuch-Girlie, ist aber gleichzeitig absolut unerbittlich. Genau so hat sie sich vor sechs Jahren Zutritt zu einem grausigen Tatort verschafft, an dem ich die Ermittlungen geführt habe, und dann hat sie so lange nicht lockergelassen, bis sie ihre Geschichte im Kasten und ich meinen Fall gelöst hatte. Ich wünschte, alle meine *Cops* wären wie Cindy.

»Cindy ist klasse«, sagte ich zu meinem Geliebten. »Sie wächst dir bestimmt noch ans Herz, langsam, aber sicher.«

»Ach ja? Dann muss ich dir das wohl glauben.« Joe grinste.

»Liebling, würde es dir was ausmachen …?«

»Mit Martha rauszugehen? Nein. Weil *ich* ja zu Hause arbeite und du einen *richtigen* Job hast.«

»Danke, Joe«, sagte ich. »Und … kannst du das bald machen? Ich glaube nämlich, sie muss dringend mal.«

Joe blickte mich ausdruckslos an, aber seine blauen Augen

sagten mir ganz genau, was los war. Ich warf ihm eine Kusshand zu und sprang unter die Dusche.

Vor etlichen Monaten war mein schnuckeliges, kleines Apartment am Potrero Hill in Flammen aufgegangen – und ich hatte mich immer noch nicht daran gewöhnt, dass ich jetzt in Joes neuem Zuhause mitten im Bezirk der hohen Mieten wohnte.

Nicht dass ich seine Duschkabine mit den Kacheln, den Doppel-Duschköpfen und dem kombinierten Gel-, Shampoo- und Feuchtigkeitscreme-Spender oder die Badetücher über der heizbaren Messinghalterung nicht zu schätzen wüsste.

Ich meine, sicher: Es gibt Schlimmeres!

Ich drehte das heiße Wasser auf und schäumte meine Haare ein, während ich an Cindys Anruf dachte. Warum hatte sie wohl so aufgeregt geklungen?

Bis jetzt hatte ich noch nie den Eindruck gewonnen, als seien tote Penner eine übermäßig große Sensation. Aber Cindy hatte behauptet, dass es sich in diesem Fall um einen besonderen Penner mit einem besonderen Namen handelte. Und sie wollte, dass ich ihr einen Gefallen tat und mich in der Szene ein bisschen umhörte.

Ich föhnte mir die Haare und tapste durch den Flur zu meinem eigenen, begehbaren Kleiderschrank, der immer noch so gut wie leer war. Ich stieg in eine saubere Hose, streifte einen blauen Pullover über, überprüfte meine Dienstwaffe, schnallte mein Schulterhalfter an und schlüpfte zum krönenden Abschluss in meinen zweitbesten blauen Blazer.

Dann beugte ich mich nach unten, um Sweet Martha, meiner süßen Border-Collie-Hündin, die seidigen Ohren zu kraulen, und rief Joe zu: »Tschüss, Liebling.«

Schließlich machte ich mich auf den Weg, um Cindys neuesten Schwarm kennenzulernen: einen toten Penner mit einem eindeutig durchgeknallten Namen.

Bagman Jesus.

3

Cindy stand neben dem Toten und kritzelte in ihr Notizbuch, notierte sich Namen, Beschreibungen und wörtliche Zitate von all denen, die um Bagman Jesus trauerten und die seine Freunde gewesen waren.

»Er hat ein riesiges *Kreuz* um den Hals gehabt«, sagte ein mexikanischer Tellerwäscher, der in einem Thai-Restaurant arbeitete. Unter seiner dreckigen Schürze trug er ein Adidas-T-Shirt und eine Jeans. Auf seinen Armen waren Koi-Tätowierungen zu sehen. »Das Kreuz war aus zwei, na ja, wie soll ich sagen, *Nägeln …*«

»Das war ein *Kruzifix*, Tommy«, sagte eine gebeugte, weißhaarige Frau, die am Rand der Menge mit offenen Wunden an den Beinen an ihrem Einkaufswagen lehnte. Ihr schmutziger roter Mantel schleifte auf dem Boden.

»Oh, Entschuuuuldigung, Boss. Ich meine natürlich ein *Kruzifix.*«

»Und das waren auch keine Nägel, das waren Bolzen, über sieben Zentimeter lang, mit Kupferdraht zusammengebunden. Und vergiss nicht diese Babypuppe am Kreuz. Ein kleines, pinkfarbenes Baby.« Die alte Frau zeigte mit Daumen und Zeigefinger gut zwei Zentimeter Länge an.

»Wer kommt denn auf die Idee, sein Kruzifix zu klauen?«, wollte die schwergewichtige Frau wissen. »Aber seine T-T-Tasche. Das war ’ne echte Ledertasche! Lady, schreib das auf! W-w-wegen seinen Sachen i-i-ist er umgebracht worden!«

»Wir ham nich’ mal sein’ richtig’n Nam’n gekannt«, sagte Babe, eine kräftige, junge Frau aus dem chinesischen Massage-Salon. »Er hat mir zehn Dollar gegeb’n, als ich nix zu essen gehabt hab. Und er hat *nix* dafür gewollt.«

»Bagman hat sich um mich gekümmert, als ich eine Lungenentzündung hatte«, sagte ein grauhaariger Mann. Die Hose mit den breiten weißen Senkrechtstreifen wurde von einer Schnur auf den Hüften gehalten. »Mein Name ist Bunker. Charles Bunker«, sagte er.

Er streckte die Hand aus, und Cindy ergriff sie.

»Ich hab gestern Abend Schüsse gehört«, fuhr Bunker fort. »Das war nach Mitternacht.«

»Haben Sie gesehen, wer auf ihn geschossen hat?«

»Leider nicht.«

»Hat er irgendwelche Feinde gehabt?«

»Lasst ihr mich vielleicht endlich mal durch?«, sagte ein Schwarzer mit Rastalocken, einem goldenen Nasenstecker und einem weißen Rollkragenpulli unter einer alten Smokingjacke. Er drängte sich durch die versammelte Menge auf Cindy zu.

Langsam buchstabierte er seinen Namen – Harry Bainbridge –, damit Cindy ihn auch richtig mitbekam. Dann deutete Bainbridge mit einem langen, knochigen Zeigefinger auf Bagmans Leiche und auf die Buchstaben, die auf den Rücken seines blutgetränkten Mantels gestickt waren.

»Können Sie das lesen?«, fragte er Cindy.

Cindy nickte.

»Damit ist alles gesagt, was Sie wissen müssen.«

Cindy trug es in ihr Notizbuch ein.

Jesus der Retter.

4

Als Conklin und ich schließlich an der Ecke Fourth und Townsend eintrafen, hatten Streifenpolizisten das Gebiet bereits abgeriegelt, die Pendler in einem großen Bogen zum Bahnhofseingang umgeleitet, Schaulustige hinter das Absperrband gescheucht und ließen nur noch offizielle Fahrzeuge durch.

Cindy stand auf der Straße.

Sie winkte uns zu sich, riss die Beifahrertür auf und fing an zu erzählen, noch bevor ich die Füße auf den Boden gestellt hatte.

»Ich sehe da eine fünfteilige Serie über die Obdachlosen von San Francisco vor mir«, sagte sie. »Und der erste Teil handelt vom Leben und Sterben dieses Mannes.«

Sie deutete auf einen Toten, der in blutigen Lumpen und bereits steif auf der Erde lag.

»Dreißig Leute haben um ihn geweint, Lindsay. Ich weiß nicht, wie viele es wären, wenn ich da liegen würde.«

»Jetzt hör aber auf«, sagte Conklin und kam um die Motorhaube herum. »Du bist doch nicht ganz dicht.« Sanft rüttelte er an Cindys Schulter, sodass ihre blonden Locken anfingen zu hüpfen.

»Okay, okay«, meinte Cindy. Sie lächelte Conklin zu, und ihre leicht vorstehenden Vorderzähne verliehen ihrem natürlichen Liebreiz eine zusätzliche, verletzliche Note. »War bloß Spaß. Aber das mit Bagman Jesus meine ich absolut ernst. Ihr haltet mich auf dem Laufenden, einverstanden?«

»Verlass dich drauf«, sagte ich, aber ich konnte mir nicht erklären, wieso Cindy Bagman Jesus für eine *Berühmtheit* und seinen Tod für einen Knüller hielt.

Ich sagte: »Cindy, jeden Tag sterben irgendwelche Obdachlosen …«

»Und alle scheren sich einen Scheißdreck darum. Verdammt noch mal, die Leute *wollen*, dass sie sterben. Genau darum geht es doch!«

Ich ließ Cindy und Conklin stehen und ging zu K. J. Grealish, der zuständigen Kriminaltechnikerin. Sie war jung, dunkelhaarig, mager und gerade dabei, sich vor lauter Stress die Lippen abzukauen.

»Seit siebenundzwanzig Stunden bin ich jetzt ununterbrochen auf den Beinen«, sagte sie, »und dieser Misthaufen von Tatort hier kann gut und gerne noch mal siebenundzwanzig Stunden dauern, ohne dass irgendetwas Sinnvolles dabei rauskommt. Also verraten Sie mir doch nochmal, wieso wir eigentlich hier sind.«

Nahverkehrszüge rumpelten vorbei, Staub wirbelte auf, Blätter fielen von den Bäumen, Zeitungen wehten in die Luft, und alles das sorgte dafür, dass noch mehr eventuelle Spuren am Tatort verwischt wurden.

Da ertönte eine Hupe. Der Wagen der Gerichtsmedizin jagte die Polizisten aus dem Weg. Er blieb mitten auf der Straße stehen. Die Tür ging auf, und Dr. Claire Washburn trat heraus. Sie stemmte die Hände in die Hüften oberhalb ihres üppigen Hinterns, strahlte mich mit ihrem Madonna-Lächeln an, und ich erwiderte ihr Lächeln. Dann ging ich zu ihr und umarmte sie.

Claire ist nicht nur die Leiterin des Gerichtsmedizinischen Instituts der Stadt San Francisco, sondern außerdem auch meine beste Freundin. Wir haben uns vor anderthalb Jahrzehnten gefunden. Damals war sie eine übergewichtige, schwarze Assistentin der Gerichtsmedizin und ich eine groß gewachsene Blondine mit Körbchengröße 34 D, die sich abmühte, das erste, grausame Jahr in der Mordkommission zu überstehen.

Es waren harte, sehr harte Jahre für uns beide gewesen, die wir versuchten, in einer Männerwelt unsere Arbeit zu machen.

Immer noch sprachen wir jeden Tag miteinander. Ich war die Patentante ihres kürzlich geborenen Babys und fühlte mich Claire näher als meiner eigenen Schwester. Aber jetzt hatten wir uns seit über einer Woche nicht gesehen.

Als wir uns aus unserer Umarmung lösten, wandte Claire sich an die Kriminaltechnikerin. »K. J.? Hast du das Opfer schon fotografiert?«

Grealish bejahte, und so schlüpften Claire und ich unter dem Absperrband hindurch. Es war nicht weiter verwunderlich, dass Cindy mitkam.

»Ist schon okay«, sagte ich zu Grealish. »Sie gehört zu mir.«

»Genau genommen«, flüsterte Cindy mir zu, »gehörst du ja zu *mir*.«

Wir umgingen die Blutspur, vorbei an diversen Fähnchen und Markierungen, dann stellte Claire ihre Tasche ab und beugte sich über die Leiche. Sie drehte Bagmans Kopf hin und her, betastete behutsam seinen Schädel, suchte nach Schürfwunden, Brüchen und anderen Verletzungen. Nach einer langen Pause sagte sie: »Heiliger Strohsack.«

»Jetzt lass doch mal dieses Medizinerkauderwelsch«, sagte ich zu meiner Freundin. »Reden wir wieder normal.«

»Wie üblich, Lindsay …«, Claire seufzte, »… gebe ich vor der Obduktion keine Äußerungen ab. Nur so viel … und zwar absolut inoffiziell, du Nachwuchsreporterin«, wandte sie sich an Cindy. »Ist das klar?«

»Ist ja gut, ist ja gut. Meine Lippen sind versiegelt. Mein Mund ist ein *Safe*.«

»Sieht ganz so aus, als ob euer Mann mehr als bloß eine üble Abreibung kassiert hat«, murmelte Claire. »Der arme

Schlucker hier hat zahlreiche Kopfschüsse abbekommen. Man hat aus kürzester Entfernung auf ihn geschossen, wahrscheinlich, bis das Magazin *leer* war.«

5

Die Ermordung eines Obdachlosen ist in der Prioritätsskala der Mordkommission auf Stufe null angesiedelt. Hört sich gnadenlos an, aber wir haben einfach nicht die nötigen Mittel, um Fälle zu bearbeiten, wo der Täter sowieso nie gefunden wird.

Conklin und ich saßen im Auto und sprachen genau darüber.

»Bagman Jesus wurde ausgeraubt, richtig?«, meinte Conklin. »Irgendein anderer Penner hat ihm die Seele aus dem Leib geprügelt, und als er sich gewehrt hat, da hat er ihn einfach umgenietet.«

»Was diese Schüsse angeht. Ich weiß nicht. Klingt eigentlich eher nach einem Bandenüberfall. Oder nach ein paar Kids, die einfach zum Spaß einen Penner rumschubsen und ihn dann umbringen, bloß weil sie sowieso nie geschnappt werden. Schau dir das mal an.« Ich zeigte auf den Tatort: Blutige Fußspuren verliefen kreuz und quer über den Bürgersteig und ließen die Spurensuche zu einem hoffnungslosen Unterfangen werden.

Und als ob das alles noch nicht genug wäre, gab es auch keine Zeugen für die Schießerei, keine praktischerweise an einer Straßenlaterne befestigte Videokamera und auch keine Patronenhülsen.

Wir kannten nicht einmal den richtigen Namen des Opfers.

Ohne Cindys Vorhaben einer dramatischen Geschichte in der *Chronicle* wäre die Akte dieses Obdachlosen an der untersten Stelle des Aktenstapels gelandet, so lange, bis sich niemand mehr daran erinnert hätte.

Auch ich nicht.

Aber die zahlreichen Kopfschüsse »aus nächster Nähe« ließen mir keine Ruhe.

»Ein Raub, bei dem das Opfer zusammengeschlagen und erschossen wird, ist doch verrückt, Rich. Ich glaube, da war viel eher Hass im Spiel. Oder Leidenschaft.«

Conklin ließ sein betörendes Lächeln sehen.

»Dann wollen wir mal«, sagte er.

Er schaltete den Motor aus, und wir gingen bis zum Ende des Straßenblocks, wo diejenigen, über die Cindy berichten wollte, immer noch außerhalb der Absperrung herumlungerten.

Wir befragten noch einmal jeden Einzelnen und dehnten unser Arbeitsfeld dann auf die gesamte Townsend sowie auf die Clyde Street und die Lusk Alley aus. Wir sprachen mit Kneipenwirten, Verkäufern in Sex-Shops für Schwule, Nutten und Junkies, die sich auf der Straße herumtrieben.

Wir klopften gemeinsam an die Türen billiger Mietwohnungen und verbrachten den Nachmittag mit der Befragung von Gabelstaplerfahrern und Arbeitern in den Lagerhallen der Townsend Street, erkundigten uns nach den Schüssen vom vergangenen Abend vor dem Caltrain-Rangierbahnhof, erkundigten uns nach Bagman Jesus.

Zugegeben, es gab eine ganze Reihe von Leuten, die die Flucht ergriffen, sobald sie unsere Dienstmarken sahen. Andere behaupteten, sie wüssten weder etwas über Bagman noch über seinen Tod.

Doch diejenigen, die Bagman Jesus gekannt hatten, hatten Anekdoten über ihn zu erzählen. Wie er einmal einen Raubüberfall auf einen Schnapsladen verhindert hatte, dass er manchmal in einer Suppenküche gearbeitet und dass er immer ein paar Dollar für die Bedürftigen übrig gehabt hatte.

Er war der König der Straße gewesen, so sagte man uns, ein Penner mit einem goldenen Herzen. Und sein Tod war ein tragischer Verlust für diejenigen, die ihn zum Freund gehabt hatten.

Am Ende des Arbeitstags war meine Skepsis der Neugier gewichen, und mir wurde klar, dass auch ich mir Cindys Fieber eingefangen hatte – oder hatte das Fieber mich eingefangen?

Bagman Jesus war der gute Hirte einer leidenden Herde gewesen.

Also warum hatte man ihn umgebracht?

War er einfach zur falschen Zeit am falschen Ort gewesen?

Oder war sein Tod ganz bewusst herbeigeführt worden? Und damit sahen wir uns zwei Fragen gegenüber, denen kein guter Polizist guten Gewissens ausweichen konnte: Wer hatte Bagman Jesus umgebracht? Und wieso?

6

Conklin und ich kamen gegen fünf in die Hall of Justice, in der auch das Polizeipräsidium untergebracht war, und gingen quer durch den Bereitschaftsraum zu Lieutenant Warren Jacobis kleinem Glaskasten, der früher meiner gewesen war.

Auch Jacobi hatte früher einmal mir gehört, das heißt, er war mal mein Partner gewesen. Und obwohl wir die Jobs getauscht hatten und oft unterschiedlicher Meinung waren, hatten wir doch so viele Jahre und so viele Kilometer miteinander verbracht, dass er meine Gedanken besser lesen konnte als irgendjemand sonst – weder Claire noch Conklin noch Cindy noch Joe.

Als wir sein Büro betraten, saß Jacobi hinter seinem komplett zugemüllten Schreibtisch. Mein alter Freund und Vorgesetzter ist ein grauhaariger, robust gebauter, dreiundfünfzig Jahre alter Bulle mit über fünfundzwanzig Jahren Erfahrung bei der Mordkommission. Er blickte mich mit seinen scharfen, grauen Augen an, und mir fielen die Lachfältchen rund um seinen Mund auf – weil er nämlich nicht lachte.

Nicht einmal ein winziges bisschen.

»Was zum Teufel habt ihr eigentlich den ganzen Tag gemacht?«, wollte er von mir wissen. »Habe ich das richtig verstanden? Ihr wart die ganze Zeit wegen eines toten Obdachlosen unterwegs?«

Inspektor Hottie, wie Conklin im Präsidium genannt wird, bot mir den Stuhl vor Jacobis Schreibtisch an, parkte seinen niedlichen Hintern auf der Kommode … und fing an zu lachen.

»Habe ich vielleicht was Witziges gesagt, Conklin?«, giftete

Jacobi. »Du hast zwölf ungelöste Fälle auf deinem Schreibtisch liegen. Soll ich sie dir aufzählen?«

Jacobi war gereizt, weil die Mordaufklärungsrate in San Francisco ziemlich weit im Keller steckte und sogar noch schlechter war als die von Detroit.

»Ich sag's ihm«, meinte ich zu Conklin.

Dann stemmte ich meine Füße gegen die Vorderkante des Schreibtischs und sagte: »Uns ist einfach die Zeit davongelaufen, Warren. Es gibt da ein paar Ungereimtheiten im Zusammenhang mit diesem Verbrechen, und morgen früh will die *Chronicle* mit riesigen Schlagzeilen darüber berichten. Da habe ich gedacht, wir sollten uns lieber schon mal vorher damit befassen.«

»Und weiter?«, sagte Jacobi, als sei ich eine Tatverdächtige.

Ich berichtete ihm von den vielen guten Taten, von denen wir gehört hatten, und von den verschiedenen Theorien: dass Bagman Jesus ein Missionar oder ein Menschenfreund gewesen, dass das Baby an seinem Kruzifix ein Appell gegen Abtreibung oder ein Symbol für die längst vergangene Reinheit und Unschuld der Menschheit sei – wie Jesus in der Krippe.

»Der Kerl konnte gut mit Menschen umgehen«, sagte ich zum Abschluss. »War ausgesprochen charismatisch, so eine Art Heiliger der Obdachlosen.«

Jacobi trommelte mit den Fingern auf die Schreibtischplatte. »Aber den Namen dieses Heiligen kennst du nicht, Boxer, oder?«

»*Nein.*«

»Und du hast auch keine Ahnung, wer ihn umgebracht haben oder was das Motiv gewesen sein könnte?«

»Nicht einmal den *Hauch* einer Ahnung.«

»Also gut, das war's.« Jacobi hieb mit der flachen Hand auf den Tisch. »Schluss, aus, Ende. Ihr werdet ab sofort keine wertvolle Arbeitszeit mehr damit vergeuden, es sei denn, es kommt jemand zur Tür reingelatscht und bekennt sich schuldig. Kapiert?«

»Ja, Sir«, sagte Conklin.

»Boxer?«

»Ich habe verstanden, Lieutenant.«

Wir verließen Jacobis Büro und stempelten aus. Dann sagte ich zu Conklin: »Das hast du doch verstanden, oder?«

»Was soll denn an ›Schluss, aus, Ende‹ unklar sein?«

»Rich, das war doch *sonnenklar*. Jacobi hat gesagt, wir sollen die Sache mit Bagman Jesus in unserer *Freizeit* weiterverfolgen. Ich gehe runter zu Claire. Kommst du mit?«

7

Über Claires Leibesfülle spannte sich eine OP-Schürze, dazu trug sie einen Schmetterlingsanstecker am Dekolleté und eine geblümte Duschhaube auf dem Kopf. Vor ihr auf dem Edelstahl-Obduktionstisch lag ein nackter Bagman Jesus, das grässlich entstellte Gesicht nach oben auf die Deckenleuchten gerichtet.

Der Y-Schnitt, der von den Schlüsselbeinen bis hinunter zum Schambein reichte, war mit einem rauen, weißen Faden in groben Stichen zugenäht worden. Sein Körper war übersät mit Prellungen, Schürfwunden und blauen Flecken.

Bagman Jesus war brutal in die Mangel genommen worden.

»Die Röntgenbilder sind schon da«, sagte Claire. Ich warf einen Blick hinüber zu dem Lichtkasten an der Wand, wo die Bilder hingen.

»Die rechte Hand ist gebrochen. Wahrscheinlich hat er versucht, seinem Angreifer einen Schwinger zu verpassen, oder jemand ist ihm draufgetreten, als er am Boden lag. Sehr viele Knochenbrüche auch im Gesichtsbereich sowie multiple Schädelbrüche. Und dann natürlich noch die gebrochenen Rippen, drei Stück insgesamt.

Diese stumpfen Schlagverletzungen hätten ihn gut und gerne umbringen können, wenn er nicht schon tot gewesen wäre, als jemand angefangen hat, auf ihn einzuprügeln.«

»Die Todesursache? Nun los, sag schon, mein Schmetterling. Ich bin bereit.«

»Mein Gott«, erwiderte sie. »Jetzt mache ich schon so schnell ich nur kann, aber für Lindsay ist das immer noch nicht schnell genug.«

»Bitte«, sagte ich.

Resigniert griff Claire hinter sich und hielt eine ganze Anzahl durchsichtiger, kleiner Plastikbeutel in die Höhe. Jeder einzelne schien eine verformte Pistolenkugel zu enthalten.

»Sind das Zweiundzwanziger?«, wollte Conklin wissen.

»Sehr richtig, Rich. Vier Kugeln sind kreuz und quer durch den Schädel gesaust und dann irgendwann einfach liegen geblieben. Hier, hier, da und da hinten, das sind die Einschusslöcher.

Aber vermutlich hätte unser Mr. Jesus *diese* vier Kugeln zumindest theoretisch noch überleben können.«

»Also?«, wollte ich wissen. »Was hat ihn umgebracht?«

»Aaaalso, meine Kleine, der Schütze hat Mr. Jesus in die Schläfe geschossen, und das dürfte die entscheidende Kugel gewesen sein. Dann hat er ihm zur Sicherheit noch eine in den Nacken verpasst.«

»Und *dann* erst hat er ihm das Gesicht zu Brei gehauen? Ihm die Rippen gebrochen?«, fragte ich ungläubig. »Also, wenn das kein Verbrechen aus *Leidenschaft* war.«

»O ja, irgendjemand hat ihn aus tiefstem Herzen gehasst«, sagte Claire. Dann rief sie nach ihrer Assistentin. »Kannst du Mr. Jesus bitte wegräumen, Bunny? Joey soll dir helfen. Und auf dem Namensschild trägst du ›Obdachloser Nummer 27‹ und das Datum ein.«

Conklin und ich folgten Claire in ihr Büro.

»Ich muss euch noch was zeigen«, sagte sie. Sie nahm die Duschhaube ab und schälte sich aus ihrer OP-Schürze. Darunter trug sie blaue OP-Kleidung und ihr Lieblings-T-Shirt mit dem Schriftzug »Ich bin fett, und ich bin vierzig, aber wenigstens nicht blöhd!«

Claire musste immer noch jedes Mal darüber lachen, aber da sie mittlerweile fünfundvierzig ist, bekommt sie vielleicht in nächster Zeit ein *neues* Lieblings-T-Shirt.

Doch zunächst bot sie uns zwei Stühle an, setzte sich an

ihren Schreibtisch und schloss die oberste Schublade auf. Dann holte sie noch einen durchsichtigen Indizienbeutel hervor, legte ihn auf den Tisch und zog die Schreibtischlampe dicht darüber.

»Das ist Bagmans *Kruzifix*«, sagte ich und starrte auf ein Stück Penner-Kunst, das die Patina eines alten, wertvollen Kunstgegenstands besaß.

Es entsprach genau der Beschreibung: zwei Bolzen, Kupferdraht und eine Babypuppe, ans Kreuz gebunden.

»Vielleicht sind ja ein paar Fingerabdrücke auf dem Baby«, sagte ich. »Wo hast du das denn gefunden?«

»In Bagmans Speiseröhre«, erwiderte Claire und trank einen Schluck Wasser. »Irgendjemand hat es ihm in den Rachen gestopft.«

8

Ich wollte unbedingt wissen, wie Joe über Bagman Jesus dachte.

Wir aßen im Foreign Cinema zu Abend. Es liegt zwar in einer heruntergekommenen Straße in einer der zwielichtigsten Gegenden der Stadt, umgeben von billigen Kneipen und Ramschläden, doch die ausgesucht vornehme Inneneinrichtung des Foreign Cinema vermittelte eher den Eindruck, als sei es von einem UFO in L. A. aufgeschnappt und dann aus Versehen in San Franciscos Mission District abgeworfen worden.

Aber einmal abgesehen von seinem Aussehen – das, was das Foreign Cinema so besonders macht, das sind die Picknicktische im Garten, wo auf der weißen Wand eines Nachbarhauses alte Filme gezeigt werden.

Es war ein klarer Abend Anfang Mai, und die Wärmelampen, die überall im Garten verstreut standen, machten die Atmosphäre noch ein bisschen kuscheliger. An einem Tisch saß Sean Penn mit ein paar seiner Kumpels, aber das Wichtigste für mich war, dass ich mit Joe zusammen essen gehen konnte, ohne dass er oder ich dazu in ein Flugzeug steigen musste.

Nach zahllosen, nervenaufreibenden Tälern und Höhen fand die Achterbahnfahrt unserer einstigen Fernbeziehung, seitdem Joe nach San Francisco gezogen war, in sanfteren Bahnen statt. Und jetzt wohnten wir endlich auch zusammen.

Gaben uns endlich eine echte Chance.

Während *Die Regenschirme von Cherbourg*, ein französischer Filmklassiker, ohne Ton über die Hauswand flackerte, hörte Joe aufmerksam zu, als ich ihm von meinem erstaunlichen Tag berichtete: davon, wie Conklin und ich uns die

Hacken abgelaufen hatten, um herauszufinden, wer Bagman Jesus umgebracht hatte.

»Claire hat fünf Kugeln aus seinem Schädel geholt. Vier lagen direkt unter der Schädeldecke«, sagte ich zu Joe. »Die fünfte steckte in der Schläfe und war vermutlich der Todesschuss. Dann hat Bagman noch eine Kugel ins Genick bekommen, post mortem. Das sieht doch irgendwie nach einem persönlichen Racheakt aus, findest du nicht auch?«

»Die Kugeln. Waren das Fünfundzwanziger oder Zweiundzwanziger?«

»Zweiundzwanziger.«

»Das passt. Sie müssen relativ weich gewesen sein, sonst hätten sie seinen Schädel durchschlagen. Sind am Tatort Patronenhülsen gefunden worden?«

»Keine einzige. Der Schütze hat vermutlich einen Revolver benutzt.«

»Oder er hatte eine Halbautomatik und hat die Hülsen aufgehoben. So jemand will keine Beweise hinterlassen. Der denkt voraus.«

»Aha, na gut, das ist ein guter Gedanke.« Ich ließ mir Joes Worte durch den Kopf gehen. »Soll das heißen, dass die Tat vielleicht vorsätzlich geplant war?«

»Könnte schon sein, Linds. Jedenfalls gibt es ein paar erste Anhaltspunkte dafür. Mal sehen, was das Labor dazu sagt. Zu schade, dass du keine Hülsen mit Fingerabdrücken hast.«

»Vielleicht finden wir ja auf dem Plastikbaby ein paar Abdrücke.«

Joe nickte, aber mir war klar, dass er nicht davon ausging.

»Nein?«, sagte ich.

»Wenn der Schütze tatsächlich die Hülsen eingesammelt hat, dann war es vielleicht ein Profi. Ein Auftragskiller oder womöglich einer aus dem Militär. Oder ein Bulle. Oder ein Exhäftling. Falls es ein Profi war …«

»Dann werden wir auch auf dem Kruzifix keine Abdrücke finden«, fiel ich ihm ins Wort. »Aber warum sollte ein Profi auf so brutale Weise einen Penner ermorden?«

»Das ist doch erst der *erste* Tag, Linds. Gib dir noch ein bisschen Zeit.«

Ich nickte, aber Jacobi hatte unseren Bemühungen ja bereits einen Riegel vorgeschoben. Ich legte den Kopf in die Hände, während Joe den Kellner herbeiwinkte und Wein bestellte. Dann schaute er mich mit breitem, undurchschaubarem Lächeln an.

Ich ließ mich gegen die Stuhllehne sinken und versuchte, sein Lächeln zu durchdringen, aber mir war lediglich klar, dass Joe aussah wie ein kleines Kind mit einem Geheimnis.

Ich fragte ihn, was los war, wartete, bis er den Wein gekostet hatte. Dann, als er mich lange genug auf die Folter gespannt hatte, beugte er sich über den Tisch und nahm meine Hände.

»Tja, Blondie, rate mal, wer heute einen Anruf aus dem Pentagon gekriegt hat?«

9

»O Gott«, platzte ich heraus. »Sag das *nicht.*«

Ich konnte mich einfach nicht beherrschen. Meine erste Assoziation war, dass Joe wieder nach Washington zurückberufen wurde … und allein der *Gedanke* war mir unerträglich.

»Lindsay, ganz ruhig. In dem Anruf ging es um einen *Auftrag.* Könnte sein, dass das erst der Anfang ist und dass da noch mehr Aufträge auf mich warten, lukrative Aufträge, die meiner Beratungsfirma einen mächtigen Schub verpassen.«

Ich hatte Joe während der Arbeit an einem Fall kennengelernt. Damals stand auf seiner Visitenkarte MINISTERIUM FÜR HEIMATSCHUTZ, STELLVERTRETENDER DIREKTOR. Er war der beste Anti-Terror-Experte in Washington. Und diesen Job hatte er aufgegeben und war an die Westküste gezogen, um bei mir zu sein.

Er hatte vorzügliche Zeugnisse bekommen und besaß einen ebenso vorzüglichen Ruf, aber das Ganze hatte sich in San Francisco nicht so reibungslos entwickelt, wie wir beide gedacht hatten.

Daran waren aus meiner Sicht die Verwaltungshengste im Ministerium schuld. Die waren beleidigt, dass der so überaus beliebte Joseph Molinari ausgerechnet in einem Wahljahr seinen Job quittiert hatte. Anscheinend hatten sie sich jetzt wieder beruhigt.

Das war gut.

Ich entspannte mich. Ich lächelte. Ich sagte: »Hui. Da hast du mir aber einen Schrecken eingejagt, Joe.« Und dann fing ich an, mich für ihn zu freuen.

»Also los, erzähl mir was über diesen *Auftrag*«, fuhr ich fort.

»Gerne, aber lass uns erst mal was bestellen.«

Ich weiß gar nicht mehr, wofür ich mich entschieden habe, weil Joe mir, als das Essen kam, erzählte, dass er zu einer Konferenz im Nahen Osten fliegen würde... morgen früh.

Und dass er unter Umständen für drei Wochen oder noch länger in Jordanien bleiben würde.

Joe legte seine Gabel beiseite und sagte: »Was ist denn los, Lindsay? Was bedrückt dich denn?«

Seine Frage war nett gemeint. Sein Interesse war echt, aber mein Blutdruck war schlagartig so sehr in die Höhe geschossen, dass ich ihm keine *nette* Antwort geben konnte.

»Du hast morgen Geburtstag, Joe. Wir wollten doch am Wochenende Cat besuchen, weißt du noch?«

Catherine ist meine Schwester. Sie ist sechs Jahre jünger als ich und wohnt mit ihren beiden Töchtern in einem hübschen Küstenstädtchen namens Half Moon Bay. Wir hatten eigentlich ein Wochenende im Schoß der Familie geplant, schöne Stunden in gemeinsamer Runde und für mich persönlich ein ziemlich wichtiges Ereignis, weil ich sonst so gut wie keine Familie habe und ich Joe endlich dort vorstellen wollte.

»Cat können wir doch auch noch ein andermal besuchen, Schatz. Ich muss an dieser Konferenz teilnehmen. Und außerdem, Lindsay, wünsche ich mir nichts anderes zum Geburtstag als diesen Abend und dich.«

»Ich kann im Augenblick nicht mit dir reden«, sagte ich, warf meine Serviette auf den Tisch, stand auf und hörte die Rufe der Leute, die den Film sehen wollten und mich aufforderten, mich wieder hinzusetzen.

Ich eilte durch das Restaurant und dann den zehn Meter langen Korridor entlang, in den zu beiden Seiten eine hüfthohe Nische mit Votivkerzen eingelassen war, holte mein

Handy hervor und rief mir ein Taxi, noch bevor ich auf der Straße stand.

Dann stand ich da im Mission District, mitten im Feindesland. Zuerst war ich außer mir vor Wut, dann kam ich mir dämlich vor, und schließlich war ich wahnsinnig wütend auf mich selbst.

Ich hatte mich genauso benommen, wie es dem Klischee der blöden Blondine entsprach, das ich so sehr verachtete.

10

Ich schimpfte mich selbst eine blöde Ziege, beugte mich nach unten, gab dem Taxifahrer einen Fünfer und schickte ihn wieder weg.

Dann marschierte ich den ganzen, romantisch erleuchteten, zehn Meter langen Korridor wieder zurück, durchquerte das Restaurant und gelangte in den Garten.

Als ich ankam, war der Kellner gerade dabei, die Teller abzuräumen.

»Hinsetzen, da vorn!«, rief der Mensch, der mich vorhin schon angeschrien hatte. »Du da! Ja, genau, du!«

Ich setzte mich Joe gegenüber und sagte: »Das war dämlich von mir, und es tut mir leid.«

Ich sah ihm an, dass er tief getroffen war. Er sagte: »Mir tut es auch leid. Ich hätte dich nicht so damit überfallen sollen, aber ich hätte nicht gedacht, dass du so reagieren würdest.«

»Nein, du brauchst dich nicht zu entschuldigen. Du hast alles richtig gemacht, und ich habe mich absolut idiotisch aufgeführt. Joe. Kannst du mir bitte verzeihen?«

»Schon passiert. Aber, Lindsay, jedes Mal, wenn wir uns streiten, wird mir wieder bewusst, auf welch dünnem Eis wir uns bewegen.«

»Wieso, findest du's hier irgendwie rutschig?«, erwiderte ich. Ich wollte ihm nur behilflich sein.

Joe lächelte, aber es war ein trauriges Lächeln.

»Du gehst auf die vierzig zu.«

»Das weiß ich bereits. Vielen Dank.«

»Und ich werde, wie du ganz richtig bemerkt hast, morgen siebenundvierzig. Letztes Jahr habe ich dich gefragt, ob du mich heiraten möchtest. Ich habe dir einen Ring geschenkt, aber der steckt immer noch nicht an deinem Finger, sondern liegt in einer Schublade. Was ich mir zum Geburtstag wünsche? Ich wünsche mir, dass du dich entscheidest, Lindsay.«

Mit dem untrüglichen Instinkt für den denkbar ungünstigsten Zeitpunkt, wie ihn Kellner überall auf der Welt zur Perfektion entwickelt haben, traten nun drei junge Männer an unseren Tisch. Sie hielten einen kleinen Kuchen mit brennenden Kerzen in der Hand und sangen für Joe »Happy Birthday«. Genauso, wie ich es geplant hatte.

Dann fielen andere Gäste ein, und wir ernteten eine Menge Blicke. Joe lächelte und blies die Kerzen aus.

Dann schaute er mich an, und sein Gesicht war von Liebe erfüllt. »Du brauchst gar nicht erst zu betteln, Blondie. Ich verrate dir nicht, was ich mir gewünscht habe.«

Ob ich mich schlecht fühlte, weil ich unseren Abend versaut hatte?

Ja.

Ob ich wusste, was ich in Bezug auf Joes Wunsch und diesen Diamantring in der schwarzen Samtschatulle machen sollte?

Nein.

Aber ich war mir ziemlich sicher, dass meine Unentschlossenheit nichts mit Joe zu tun hatte.

11

Wir wachten noch vor dem Morgengrauen auf und liebten uns stürmisch und ohne Worte. Da wurde an Haaren gezogen, auf Lippen gebissen, flogen Kissen auf den Boden.

Dieser wilde Liebesakt war nichts anderes als das ehrliche, tief empfundene Eingeständnis, dass wir in einer Sackgasse angelangt waren. Dass wir uns nichts mehr zu sagen hatten, was der andere nicht schon längst wusste.

Mit schweißglänzender Haut lagen wir anschließend nebeneinander, die Hände fest ineinander verschränkt. Der Hightechwecker auf dem Nachttischchen projizierte die Uhrzeit und die Außentemperatur in großen roten Zahlen an die Decke.

5.15 Uhr.

Elf Grad Celsius.

Joe sagte: »Ich habe etwas Schönes geträumt. Alles wird gut.«

Wollte er mir Sicherheit geben? Oder nur sich selbst vergewissern?

»Was hast du geträumt?«

»Wir waren zusammen schwimmen, nackt, unter einem Wasserfall. Wasser. Das heißt doch Sex, oder?«

Er ließ meine Hand los. Die Matratze vibrierte. Er schüttelte die Decke aus und breitete sie über mich.

Ich hörte die Dusche, lag in der Dunkelheit und fühlte mich angespannt, weinerlich und unsicher. Ich döste weiter, bis Joe mir über den Kopf streichelte.

»Ich gehe jetzt, Lindsay.«

Ich streckte die Arme aus und schlang ihm die Arme um den Hals. Dann küssten wir uns im Dunkeln.

»Gute Reise. Und vergiss nicht zu schreiben.«

»Ich ruf dich *an*.«

Es war nicht richtig, Joe in solch einem kühlen Ton zu verabschieden. Die Wohnungstür fiel ins Schloss. Die Verriegelung klackte.

Mit einem Satz sprang ich aus dem Bett.

Ich zog mir eine Jeans und einen von Joes Pullovern an und rannte barfuß hinaus in den Hausflur. Ich drückte die Abwärtstaste am Fahrstuhlschacht, und es dauerte ewig, bis die Kabine die elf Stockwerke nach oben gekommen war und die Türen aufglitten.

Während ich langsam dem Erdgeschoss entgegenschwebte, packte mich die Verzweiflung. Ich stellte mir vor, wie Joes Gepäck im Kofferraum verstaut lag und der Wagen bereits jetzt auf der Lake Street in Richtung Flughafen war und immer schneller wurde.

Doch als der Fahrstuhl mich schließlich im Foyer ausspuckte, sah ich Joe durch die gläsernen Eingangstüren neben einem Lincoln stehen. Ich raste am Türsteher vorbei und rannte auf die Straße, wobei ich laut Joes Namen rief.

Er hob den Blick und breitete die Arme aus. Ich sprang hinein, drückte mich an ihn und spürte, wie mir die Tränen aus den Augen quollen.

»Ich liebe dich so sehr, Joe.«

»Ich liebe dich auch, Blondie.«

»Joe, als wir da in diesem Wasserfall geschwommen sind, habe ich da meinen Ring getragen?«

»Oh, ja. Hat mächtig geglitzert. War bis zum Mond zu sehen.«

Ich lachte, das Gesicht immer noch an seine Schulter gedrückt. Wir küssten und umarmten uns, bis der Fahrer scherzhaft meinte: »Heben Sie sich auch noch was für später auf, okay?«

»Ich muss jetzt los«, sagte Joe.

Widerstrebend trat ich zurück, und Joe stieg in den Wagen.

Ich winkte, und Joe winkte zurück, während der schwarze Lincoln meinen Geliebten davontrug.

12

Yuki saß in ihrem Büro – einem von Dutzenden fensterlosen, schmuddeligen Kaninchenställen für stellvertretende Bezirksstaatsanwälte in der Hall of Justice. Sie war auf den Punkt vorbereitet und hatte sich für den Prozess in Schale geworfen: einen grauen Anzug von Anne Klein, eine pinkfarbene Bluse und Dreihundert-Dollar-Schuhe, die sie zum halben Preis bekommen hatte.

Es war halb sechs Uhr morgens.

Ungefähr drei Stunden später würde sie ihr Schlussplädoyer in dem blutigschaurigen und ausgesprochen komplexen Mordprozess gegen Stacey Glenn halten, einer fünfundzwanzigjährigen ehemaligen Schönheitskönigin, die es geschafft hatte, Schönheit und Bestie *zugleich* zu sein.

Was Stacey Glenn ihren Eltern angetan hatte, war ekelerregend, ohne erkennbaren Anlass und absolut unverzeihlich gewesen, und Yuki war fest entschlossen, diese durchgeknallte Hexe für alle Zeit hinter Gitter zu schicken. Yuki besaß Entschlossenheit und die Gabe, jedes ihrer Argumente sehr anschaulich darzulegen, aber trotzdem war sie auf dem besten Weg, innerhalb der Bezirksstaatsanwaltschaft eine gewisse Berühmtheit zu erlangen – weil sie immer *verlor*. Und das brachte sie fast um den Verstand.

Heute war der entscheidende Tag.

Falls Stacey Glenn einer Strafe entgehen sollte, dann würde Yuki – so schmerzhaft es auch sein mochte – wieder zurück ins Zivilrecht gehen, würde für reiche Leute Scheidungen organisieren und Vertragsverhandlungen führen. Aber nur, wenn sie nicht schon *gefeuert* wurde, bevor sie selbst kündigen konnte.

Yuki beugte sich auf ihrem knarrenden Stuhl nach vorn und sortierte die Karteikarten, auf denen jeweils einer der Punkte notiert war, die sie im Namen des Volkes vorbringen wollte.

Punkt 1: Stacey Glenn hatte um 2.00 Uhr nachts ihre Wohnung in Potrero Hill verlassen und war mit ihrem auffälligen, zuckerapfelroten Subaru Forester über die Golden Gate Bridge zum knapp siebzig Kilometer entfernten Haus ihrer Eltern in Marin County gefahren.

Punkt 2: Zwischen 3.00 Uhr und 3.15 Uhr betrat Stacey Glenn das Haus ihrer Eltern. Dazu nahm sie einen Schlüssel, der unter einem auffälligen, herzförmigen Stein nahe der Haustür versteckt war. Sie ging durch die Küche in die Garage, holte sich ein Stemmeisen, nahm es mit nach oben ins Elternschlafzimmer und schlug ihrem Vater und ihrer Mutter den Schädel ein.

Punkt 3: Die Aussage einer Nachbarin, die an diesem Morgen gegen 3.00 Uhr einen roten Subaru Forester mit Geländebereifung in der Einfahrt der Glenns gesehen und als Staceys Wagen identifiziert hatte.

Punkt 4: Stacey Glenn überließ ihre Eltern dem Tod und fuhr nach Hause. Dabei kam sie ungefähr gegen 4.35 Uhr an einer Mautstation vorbei.

Dieser zeitliche Ablauf war für Yukis Argumentation entscheidend, da dadurch bestätigt wurde, dass Stacey Glenn in der fraglichen Nacht unterwegs gewesen war und nicht etwa, wie sie behauptete, alleine zu Hause im Bett gelegen hatte.

Punkt 5: Stacey Glenn war kaufsüchtig und hoch verschuldet. Lebend waren ihre Eltern überhaupt nichts wert. Tot dagegen eine Million Dollar.

Punkt 6: Stacey Glenn hatte die Mittel, ein Motiv und die Gelegenheit zu der Tat… und außerdem gab es da noch eine *Zeugin,* die das Verbrechen beobachtet hatte.

Yukis Anklage basierte zu neunzig Prozent auf der Aussage dieser Zeugin.

Sie umwickelte ihre Karteikarten mit einem Gummiband und steckte das Päckchen in ihre Aktentasche. Dann faltete sie die Hände unter dem Kinn und dachte an ihre eigene Mutter, Keiko Castellano, die viel zu früh verstorben und ausgesprochen verstimmt darüber war. Keiko hatte ihre einzige Tochter über alles geliebt, und Yuki spürte jetzt in diesem Augenblick ihre tröstende Gegenwart.

»Mommy, bleib heute im Gerichtssaal bei mir und hilf mir, dass ich gewinne, okay?«, sagte sie laut. »Ich küsse dich.«

Da sie noch etliche Stunden totschlagen musste, räumte Yuki ihre Schublade auf, leerte den Mülleimer, löschte veraltete Einträge aus ihrem Adressbuch und tauschte ihre etwas zu niedliche pinkfarbene Bluse gegen das kräftigere, selbstbewusstere, dunkeltürkisfarbene taillierte Männerhemd aus, das frisch gereinigt in der Plastikschutzhülle hinter ihrer Tür hing.

Um 8.15 Uhr kam ihr Beisitzer, Nicky Gaines, den Flur entlanggeschlendert und rief nach ihr. Yuki streckte den Kopf in den Flur und sagte: »Nicky, du brauchst nur dafür zu sorgen, dass die PowerPoint-Präsentation läuft. Mehr nicht.«

»Schon erledigt«, erwiderte Nicky.

»Gut. Dann nichts wie los.«

13

Als Richter Brendan Joseph Duffy durch eine mit Holz verkleidete Tür hinter der Richterbank den Gerichtssaal betrat und sich zwischen den Fahnen und vor dem Wappen des Bundesstaates Kalifornien niederließ, erhob sich Yuki von ihrem Platz am Tisch der Staatsanwaltschaft.

Duffy war schlank, durchtrainiert, hatte grau meliertes Haar und balancierte eine schaufenstergroße Brille auf der Nasenspitze. Er nahm die Stöpsel seines iPod aus den Ohren, machte eine Büchse Sprite auf und bat den Gerichtsdiener, die Geschworenen hereinzurufen, während die Anwesenden sich setzten.

Auf der anderen Seite des Gangs flüsterte Yukis Gegenspieler, der angesehene Strafverteidiger Philip R. Hoffman, mit seiner Mandantin Stacey Glenn.

Hoffman war über einen Meter neunzig groß, zweiundvierzig Jahre alt und besaß widerspenstige, dunkle Haare sowie eine leicht gebeugte Körperhaltung. Er trug einen mitternachtsblauen Armani-Anzug und eine pinkfarbene Seidenkrawatte. Seine Fingernägel waren manikürt.

Hoffman, war, wie Yuki, Perfektionist.

Doch ganz im Gegensatz zu Yuki gehörte er mit seiner Erfolgsquote eindeutig in die erste Liga und zwar in die Spitzengruppe. Normalerweise berechnete er Stundensätze in einer Größenordnung von neunhundert Dollar aufwärts, doch die Vertretung von Stacey Glenn hatte er gratis übernommen. Hoffman war kein Altruist. Der Gerichtssaal war bis auf den letzten Platz mit Medienvertretern gefüllt, und die Berichte über diesen Fall würden seiner Kanzlei Millionen in die Kassen spülen.

Stacey Glenn war eine atemberaubende Schönheit mit blauen Augen und braunen Haaren. Ihre Wangen waren leicht gerötet, was die Gefängnisblässe ihrer Haut besonders gut zum Ausdruck kommen ließ. Sie trug einen altmodischen Anzug mit einem wenig schmeichelhaften, olivgrünen Karomuster, der eher zum Bild einer Lehrerin oder einer Statistikerin passte als zu dem der berechnenden, mordenden, geldgierigen Psychopatin, die sie in Wirklichkeit war.

Nicky Gaines saß unablässig schniefend und keuchend auf dem Platz neben Yuki und atmete laut hörbar aus, als die Geschworenen durch eine Seitentür den kleinen Gerichtssaal betraten und ihre Plätze einnahmen.

Richter Duffy begrüßte sie, erklärte ihnen, dass heute beide Seiten ihre Abschlussplädoyers halten würden und dass anschließend die Beratungen der Geschworenen beginnen konnten.

Dann nahm er einen langen Schluck direkt aus der Dose und sagte: »Ms. Castellano, ist die Vertreterin der Anklage so weit?«

»Jawohl, Euer Ehren.«

Yuki nahm ihre Notizen in die Hand und trat an das Stehpult im Zentrum des eichengetäfelten Gerichtssaals. Sie lächelte die zwölf Geschworenen und die beiden Ersatzleute an, deren nervöse Zuckungen, Grimassen, Gelächter und Augenrollen sie im Lauf der vergangenen sechs Wochen bestens kennengelernt hatte, begrüßte sie, deutete auf die Angeklagte und ließ ihrem Herzen freien Lauf.

»Stacey Glenn ist eine verkommene und reulose Mörderin. Sie hat ihren Vater, der sie angebetet hat, umgebracht. Sie hat auch ihr Möglichstes getan, um ihre Mutter umzubringen, und war überzeugt davon, dass sie es geschafft hatte. Sie hat ihre Eltern ohne jede Gnade brutal niedergeknüppelt, weil sie die Lebensversicherungssumme in Höhe von einer Million Dollar einstreichen wollte.

Sie hat es ausschließlich des *Geldes* wegen getan.«

Dann ging Yuki noch einmal den zeitlichen Ablauf der Geschehnisse durch, den sie im Verlauf des Prozesses rekonstruiert hatte – die Aussage des Mannes an der Mautstelle und die von Glenns Nachbarin –, und erinnerte die Geschworenen an Staceys Anruf bei dem Versicherungsmakler, bei dem sie sich nach der Höhe der Versicherungspolice ihrer Eltern erkundigt hatte.

Zum Schluss bat sie die Geschworenen, sich die Aussagen von Inspektor Paul Chi, einem vielfach ausgezeichneten Ermittler der Mordkommission des San Francisco Police Department, sowie von Lynn Colomello, einer erfahrenen Sanitäterin, ins Gedächtnis zu rufen.

»Inspektor Chi und die Rettungssanitäterin Lynn Colomello haben beide ausgesagt, dass Rose Glenn zwar in akuter Lebensgefahr schwebte, als man sie im Bett neben ihrem toten Ehemann aufgefunden hat, dass sie aber nichtsdestotrotz bei *Bewusstsein* und bei *klarem Verstand* war.

Rose Glenn konnte den Anweisungen der Sanitäterin folgen. Sie wusste, wer sie angegriffen hatte und, was das Wichtigste ist, *sie war in der Lage, diese Information an die Polizei weiterzugeben*.

Sie wissen, dass Inspektor Chi, als er an diesem Vormittag zum Schauplatz eines Mordes gerufen wurde, eine Videokamera eingesteckt hat. Als er erkannte, dass Mrs. Glenn noch am Leben war, nahm er das Gespräch auf, in der festen Überzeugung, dass es sich um Mrs. Glenns letzte Worte handelte.

Rose Glenn wusste ganz genau, wer da über sie hergefallen war. Und in diesem Videofilm schildert sie die ganze Geschichte weit eindrucksvoller, als es mir jemals möglich wäre.

Nicky, bitte.«

14

Auf der Leinwand seitlich der Richterbank, direkt vor den Augen der Geschworenen, war nun eine Aufnahme des notdürftig beleuchteten Mordschauplatzes zu erkennen.

Sie zeigte ein Schlafzimmer mit einem riesigen Doppelbett. Die Laken waren zerwühlt und schwarz vom getrockneten Blut. Am hinteren Bettrand lag der verdrehte Körper eines Mannes, das Gesicht von der Kamera abgewandt. Blut und Hirnmasse klebten am Kopfbrett, und sowohl an seinem Schädel als auch an seinem Hals waren tiefe Wunden zu erkennen.

Da wurde die geisterhafte Hand einer Frau auf dem Bett sichtbar, die die Kamera zu sich winkte. Die angestrengten Atemgeräusche wurden lauter, als die Kamera sich dem Bett näherte.

Es war abscheulich und grauenhaft mit anzusehen, dass Rose Glenn trotz des zerschmetterten Kiefers und obwohl ihr ein Auge fehlte, eindeutig *am Leben war*.

»Ich bin Inspektor Paul Chi«, ertönte eine Männerstimme. »Mrs. Glenn, ein Krankenwagen ist bereits unterwegs. Können Sie mich hören?«

Erstaunlicherweise bewegte die Frau den Kopf langsam ein kleines Stück nach unten und dann wieder zurück.

»Sind Sie Rose Glenn?«

Die Frau nickte erneut.

»Ist Ronald Reagan der Präsident der Vereinigten Staaten?«

Rose Glenn drehte den Kopf seitwärts … nein.

»Rose, wissen Sie, wer Ihrem Mann und Ihnen das angetan hat?«

Der Atem der Frau ging jetzt mühsamer, aber sie nickte wieder, indem sie den Kopf ein Stückchen nach unten und wieder zurückbewegte.

»War der Angreifer ein Unbekannter?«, wollte Chi wissen.

Rose Glenn schüttelte den Kopf.

»War der Angreifer jemand aus ihrer Familie?«

Sie nickte!

Da fingen plötzlich die Funkgeräte der Polizisten an zu krächzen und mit lautem Getöse wurde eine Trage ins Zimmer und vor die Linse der Kamera gerollt. Dann war der Blick wieder frei.

Eine Sanitäterin mit einem blonden Pferdeschwanz und einer heiseren Raucherstimme sagte: »Heilige Muttergottes. Sie *lebt*.«

Das war die Sanitäterin, die bereits vor Gericht ausgesagt hatte, Lynn Colomello. Jetzt war zu sehen, wie sie zu Anthony Glenn eilte und seinen Puls fühlte. Chi fragte die Frau: »Rose, hat Ihr Sohn das getan? Hat Ihr Sohn Rudy das getan?«

Rose Glenn schüttelte quälend langsam den Kopf. Nein.

Dann kamen noch zwei weitere Sanitäter hinzu, und ihre Schritte übertönten die nächste Frage. Sie sprachen über die einzuleitenden Notmaßnahmen, holten eine Sauerstoffflasche hervor und schoben eine Kanüle in eines von Rose Glenns Nasenlöchern.

Paul Chi sprach weiter. Mit ruhiger Stimme bat er die Sanitäter: »Ich brauche nur noch einen Moment.« Dann wandte er sich an das Opfer: »Rose. Rose. War es Ihre Tochter Stacey? Hat sie Sie überfallen?«

Die Frau nickte.

»Rose, wollen Sie damit sagen, dass Ihre Tochter Stacey Ihnen das angetan hat?«

Die Frau gab ein keuchendes »Jaahhhh« von sich.

Es hörte sich grässlich an. Die Luft entwich aus ihren Lungen, als würde sie Chi mit ihrem letzten Atemzug die Identität ihres Mörders verraten.

Und dann, auf Colomellos Kommando, hoben die Sanitäter Rose Glenn auf die Trage. Die Befragung war zu Ende.

Die Leinwand wurde dunkel, und das Licht im Gerichtssaal ging an. Die Geschworenen hatten das Video schon einmal gesehen, aber da es den krönenden Abschluss von Yukis Argumentationskette bildete, konnte sie nur hoffen, dass es seine erschütternde Wirkung erneut entfalten würde.

Yuki räusperte sich und sagte: »Meine Damen und Herren. Rose Glenn hat an diesem Morgen zahlreiche Fragen gestellt bekommen. Sie war in der Lage, diese Fragen mit Ja oder Nein zu beantworten, sie war sogar in der Lage zu sprechen. Auf die Frage, ob es sich bei dem Aggressor um ihre Tochter gehandelt hat, *hat sie mit Ja geantwortet.*

Zu keinem Zeitpunkt im Verlauf dieses Prozesses hat Rose Glenn die Worte zurückgenommen, die sie gegenüber Inspektor Chi ausgesagt hat. Sie kann sich schlicht und einfach nicht mehr an das Geschehene erinnern.

Und warum kann sie sich nicht mehr erinnern? Weil ihre Tochter ihr mit einem Stemmeisen den Schädel eingeschlagen und ihr dadurch so schwerwiegende Verletzungen zugefügt hat, dass sie beinah nicht überlebt hätte.

Aber Rose Glenn *hat* überlebt – verwitwet, entstellt und teilweise gelähmt.

Das alles, meine Damen und Herren, *ist das Werk der Angeklagten.*

Daher bitte ich Sie im Namen des Volkes, Stacey Glenn in beiden Anklagepunkten für *schuldig* zu befinden: für den Mord an ihrem Vater, Anthony Glenn, und für den Mordversuch an ihrer Mutter, Rose Glenn. Bitte sorgen Sie dafür, dass Stacey Glenn für diese Verbrechen die volle Härte des Gesetzes zu spüren bekommt.«

Als Yuki sich setzte, empfand sie mehrere Dinge gleichzeitig, und alle waren gut: das wohlige Gefühl, etwas erreicht zu haben, Nickys Schulterklopfen und die Gegenwart ihrer Mutter, die ihren ganzen Körper zu umfangen schien.

»Gut gemacht, Yuki-eh«, sagte ihre Mutter. »Hast du Tol geschossen.«

15

Philip Hoffman hatte im Angesicht der Geschworenen kein einziges Mal die Fassung verloren. Er hatte die Zeugen der Anklage mit Respekt behandelt und hatte nie mehr Aufhebens um eine Sache gemacht, als notwendig gewesen war. Er war sich sicher, dass die Geschworenen ihn mochten und ihm vertrauten, und er baute darauf, dass dieses gute Gefühl sich auch auf seine Mandantin übertrug.

»Leute«, sagte er und ragte wie ein Turm hinter dem Stehpult auf, das in seinem Schatten wie ein winziges Spielzeug wirkte. »Stacey Glenn ist eine nette junge Frau, die noch nie im Leben irgendjemandem etwas zuleide getan hat. Sie liebt ihre Eltern, und als Rose Glenn unter größter psychischer und physischer Belastung hier vor Ihnen aufgetreten ist, da hat sie Ihnen bestätigt, dass Stacey nicht den geringsten Hang zur Gewalttätigkeit in sich trägt. Dass Stacey niemals ihren Vater oder sie selbst angegriffen hätte.

Sie haben Rose Glenn sagen hören, wie todunglücklich sie darüber ist, dass sie im Angesicht des Todes etwas gesagt oder getan hat, was als Aussage gegen ihre eigene Tochter fehlinterpretiert werden konnte.«

Hoffman schüttelte den Kopf, ließ seine Notizen auf dem Stehpult liegen und trat vor die Geschworenenbank. Dann verschränkte er die Arme hinter dem Rücken und blickte die Geschworenen mit seinen dunklen Augen der Reihe nach an.

»Die Anklagevertretung hat dieses Video vom Schauplatz des Verbrechens hier gezeigt, um Sie emotional aufzuwühlen, weil sie nämlich sonst absolut *gar nichts* in den Händen hat. Und dieser Film, so bewegend er auch sein mag, ist kein Beweis dafür, dass Stacey Glenn *irgendeine* Straftat begangen hat.«

Hoffman rief den Geschworenen noch einmal den Prozessverlauf ins Gedächtnis, zitierte die beiden Neurologen und den Psychiater, die ausgesagt hatten, dass Rose Glenn während der Befragung durch Inspektor Chi unter Schock gestanden habe und dass ihre Antworten daher nicht die geringste Glaubwürdigkeit besäßen.

Er sagte, dass der Angestellte an der Mautstelle zwar *glaubte*, Stacey Glenn gesehen zu haben, dass er aber höchstens einige wenige Sekunden mit jedem einzelnen vorbeifahrenden Autofahrer Blickkontakt hatte und dass der Blickkontakt in diesem Fall, wenn überhaupt, bei Nacht stattgefunden hatte.

»Eine Aufnahme vom Nummernschild des Subaru Forester gibt es nicht«, fuhr Hoffman fort, »und auch keine von der Fahrerin.

Die Nachbarin, Bernice Lawrence, die beschwört, dass sie Staceys Wagen in der Einfahrt ihrer Eltern hat stehen sehen… nun ja, sie ist eine gute Staatsbürgerin und wollte der Polizei helfen. Vielleicht hat sie ja ein ähnliches Auto gesehen, vielleicht hat sie auch einfach nur das Datum verwechselt, aber jedenfalls hat sie eingestanden, dass sie Stacey selbst in dieser Nacht nicht zu Gesicht bekommen hat.

Bemüht man zudem noch den gesunden Menschenverstand, dann ist es sowieso recht unwahrscheinlich, dass meine Mandantin so dumm wäre, ihren Wagen vor dem Haus ihrer Eltern abzustellen, um sie anschließend umzubringen. Das ist einfach lächerlich.

Sie haben gesehen, in welchem Zustand das Schlafzimmer von Rose und Tony Glenn nach dem Überfall war«, sagte er. »Können Sie sich vorstellen, dass ein Mensch mit voller Wucht ein Dutzend Mal mit einem Stemmeisen auf zwei Menschen einschlagen kann, ohne dass auch nur ein Haar oder ein Blutstropfen an seiner Kleidung hängen bleibt?

Wenige Stunden nach dieser Tragödie wurde Stacey zur Befragung von der Polizei abgeholt. Dabei hat man ihre Haare, ihre Hände, ihren ganzen Körper ausführlich untersucht. Man hat ihre Wohnung auf den Kopf gestellt und ihre Schuhe und Kleider im Labor gründlich unter die Lupe genommen.

Dabei ergab sich nicht der geringste Hinweis auf ihre Person. Nicht der *geringste*!

Man hat Staceys Wagen bis auf die letzte Schraube auseinandergenommen und *keinerlei* Indizien gefunden.

Was den Schlüssel angeht, der in der Haustür ihrer Eltern steckte, gestatten Sie mir folgende Frage: Wer von Ihnen hat einen Ersatzschlüssel unter der Fußmatte oder an sonst einer leicht zugänglichen Stelle versteckt, wo er von jedem x-Beliebigen gefunden werden kann?

Und dann der Anruf bei Wayne Chadwell, dem Versicherungsmakler.

Stacey wollte einfach nur als verantwortungsbewusste Tochter handeln. Ihre Eltern wurden immer älter. Sie hat sich nach der Police erkundigt, weil sie sichergehen wollte, dass sie gut *abgesichert* sind.

Also, meine Damen und Herren, zusammenfassend lässt sich sagen: Es gibt keinerlei kriminaltechnisch verwertbare Indizien, die meine Mandantin mit diesem Verbrechen in Verbindung bringen. *Absolut keine!*

Aber die Polizei besitzt die fragwürdige Aussage einer schwer verletzten Frau, und darum wurde dieses Verbrechen meiner Mandantin angelastet … ohne einen anderen Täter auch nur in Erwägung zu ziehen. Gibt es in diesem Fall so etwas wie einen begründeten Zweifel? Aus meiner Sicht ist dieser ganze Fall ein einziger begründeter Zweifel.

Rose Glenn hat ihren Mann verloren und ist selbst dem

Tod nur um Haaresbreite entkommen. Und jetzt fordert die Anklage Sie auf, die Tragödie dieser armen Frau noch zusätzlich zu vergrößern, indem Sie ihr auch noch die Tochter nehmen sollen.

Leute, Stacey hat es nicht getan!

Und es gibt keinerlei Indizien, die für ihre Täterschaft sprechen.

Ich bitte Sie inständig, Stacey Glenn in allen Anklagepunkten für ›nicht schuldig‹ zu erklären. Und ich danke Ihnen.«

16

Cindy, die mit dem frischen, pinkfarbenen Wickelkleid unter dem Mantel und ihren glänzenden Haaren so aussah, als sei sie gerade einem Kaufhaus-Schaufenster entstiegen, zwängte sich an den verdreckten Drogensüchtigen vorbei, die vor dem dreistöckigen, roten Backsteingebäude an der Kreuzung von Fifth und Townsend Street herumlungerten, und bedankte sich bei dem zahnlosen jungen Mann, der ihr die Tür aufhielt.

Das Erdgeschoss des »From the Heart« bestand aus einem einzigen, großen Raum. An einer Wand zog sich eine Essensausgabe wie in einer Cafeteria entlang, der Rest des Saals war mit langen Reihen von Klapptischen und -stühlen sowie zahlreichen Obdachlosen gefüllt – einige sprachen mit sich selbst, andere aßen Rührei von Papptellern.

In der Nähe des Eingangs bemerkte Cindy eine hagere Schwarze, die sie aufmerksam betrachtete. Sie war wohl um die vierzig und trug eine auffällig gemusterte Bluse über einer schwarzen Stretchhose. An einer Kette um ihren Hals baumelte eine Brille mit lilafarbenem Gestell, und auf dem Namensschild an ihrer Bluse stand MS. LUVIE JUMP, AUFENTHALTSRAUM, AUFSICHT.

Ms. Jump musterte Cindy, dann sagte sie: »Helfen?«

Cindy erklärte ihr, wer sie war und dass sie für die *San Francisco Chronicle* an einer Geschichte über Bagman Jesus arbeitete.

»Ich recherchiere seine Ermordung«, sagte Cindy und zog die Morgenzeitung aus ihrer Laptop-Tasche. Sie schlug die dritte Seite auf und gab den Blick auf die Schlagzeile in der oberen Hälfte frei.

Die schwarze Frau kniff die Augen zusammen, warf einen Blick auf die Zeitung und sagte: »Heute schon Kaffee gehabt?«

»Nein.«

»Dann setzen Sie sich.«

Eine Minute später kam Luvie Jump mit zwei Bechern Kaffee, einem Brötchenkorb und ein paar Portionspäckchen Butter zurück.

»Lesen Sie mir das vor?«, bat sie, setzte sich Cindy gegenüber und legte Plastikteller und Servietten auf den Tisch. »Ich hab meine Lesebrille nicht dabei.«

Cindy erwiderte lächelnd: »*Liebend* gern. Ich habe nicht oft die Gelegenheit zu einer Lesung.« Sie strich die Zeitung glatt und sagte: »Die Schlagzeile lautet: ›Messias der Straße ermordet. Polizei tappt im Dunkeln‹.«

»Mm-hmm. Weiter.«

»Okay, dann steht hier: ›In den frühen Morgenstunden des 7. Mai wurde vor dem Caltrain-Rangierbahnhof in der Townsend Street ein Obdachloser brutal zusammengeschlagen und erschossen.

Über hundert Obdachlose fallen Jahr für Jahr der Verwahrlosung und der Gewalt auf unseren Straßen zum Opfer, und die Stadtverwaltung lässt sie möglichst schnell verscharren, um sie anschließend zu vergessen.‹«

»Das kannst du laut sagen«, murmelte Luvie.

Cindy fuhr fort. »›Aber dieser Mann wird nicht so einfach vergessen werden. Er war ein Freund der Ausgestoßenen, der Schattenmenschen, derjenigen, die am unteren Rand der Gesellschaft ihr Dasein fristen. Er war ihr guter Hirte, und sie haben ihn geliebt.

Seinen wahren Namen kennen wir nicht, aber er wurde Bagman Jesus genannt.‹«

Cindys Kehle wurde trocken und sie hob den Blick. Luvie

Jump lächelte sie an, und ihre Mundwinkel zitterten, als würde sie gleich anfangen zu weinen.

»Er hat mein erstes Kind zur Welt gebracht, in einer Seitengasse«, sagte sie. »Darum hat er sich dieses Baby am Kreuz um den Hals gehängt. Jesus ist der Retter. Jesus ist der *Retter.* Wie kann ich Ihnen helfen, Cindy Thomas? Sie brauchen's nur zu sagen.«

»Ich will alles über ihn wissen.«

»Wo soll ich anfangen?«

»Kennen Sie seinen richtigen Namen?«

17

Der Tote hatte Cindys Herz, Geist und Seele voll und ganz in Beschlag genommen. Conklin und ich saßen mit ihr in MacBain's Beers O' the World Pub, einer Polizistenkneipe in der Bryant Street. Aus der Jukebox dröhnte »Dancing Queen« und an der langen, polierten Theke staute sich in drei Reihen das gut gelaunte Feierabendvolk, das direkt aus der Hall of Justice herübergekommen war.

Cindy nahm von alledem nichts wahr.

Mit vor Wut bebender Stimme sagte sie zu uns: »Er hat ihr *Baby* zur Welt gebracht, und sie kennt nicht mal seinen richtigen *Namen*! Niemand weiß, wie er heißt. Wenn wenigstens was von seinem Gesicht übrig geblieben wäre, dann könnten wir ein Bild von ihm veröffentlichen. Vielleicht könnte ihn dann jemand identifizieren.«

Sie stürzte ihr Bier hinunter, knallte den leeren Krug auf den Tisch und sagte: »Ich muss dafür sorgen, dass die Leute verstehen, was für ein Mensch er war. Dass sie eine Minute lang ihre Nase aus den Klatschspalten nehmen und erkennen, dass jemand wie Bagman Jesus wirklich wichtig war.«

»Wir haben's kapiert, Cindy«, sagte ich. »Hol doch mal Luft. Lass mal jemand anderen zu Wort kommen!«

»Tut mir leid.« Cindy lachte. Dann hob sie die Hand und rief nach unserer Kellnerin. »Sydney. Noch mal das Gleiche, bitte.«

»Rich und ich sind in der Mittagspause das Vermisstenregister durchgegangen und haben einen Abgleich mit Bagmans Fingerabdrücken gemacht.«

»In der Mittagspause. Wow«, meinte Cindy spöttisch.

»Hey, sieh's doch mal von der anderen Seite«, entgegnete

ich. »Wir haben deinen Bagman ganz oben auf den riesigen Stapel mit den ungeklärten Fällen gehievt.«

Cindy schaute mich mit einem entschuldigenden Blick an, der aber nicht ernst gemeint war. So ein freches Gör. Ich lachte. Was blieb mir anderes übrig?

»Habt ihr was rausgekriegt?«, wollte sie wissen.

Conklin sagte: »Keine Übereinstimmung bei den Fingerabdrücken. Andererseits sind im Lauf des letzten Jahrzehnts in Kalifornien etliche Hundert durchschnittlich große, weiße Männer mit braunen Augen als vermisst gemeldet worden. Ich habe dich um halb drei angerufen, damit du die Informationen noch vor Redaktionsschluss bekommst. Aber wenn du deine Anrufe nicht abhörst ...«

»Trotzdem vielen Dank, Rich. Ich habe jemanden interviewt. Mein Handy war abgestellt.«

Die nächste Runde Bier traf ein, und als dann noch das Essen gebracht wurde, servierte Cindy uns die Höhepunkte ihrer anderen Interviews im »From the Heart«. Es dauerte zwar eine Weile, aber irgendwann merkte ich, dass Cindy ziemlich eindeutig mit Conklin flirtete. Also widmete ich mich meinem Lendensteak und sah den beiden bei ihrer Unterhaltung zu.

Vor ungefähr anderthalb Jahren hatten meine Gefühle für meinen Partner eine scharfe und unerwartete Wendung genommen. Wir waren dienstlich nach Los Angeles geflogen, hatten spät am Abend noch zusammen gegessen, ein bisschen Wein getrunken und unseren Rückflug nach San Francisco verpasst.

Es war spät, und so buchte ich zwei Zimmer im Marriott am Flughafen. Als Conklin an meine Tür klopfte, trug ich nur einen Bademantel. Ungefähr zwei Minuten später wälzten wir uns schon zusammen auf einem Doppelbett.

Dann, noch bevor es zu spät war, zog ich die Notbremse. Es hatte schrecklich wehgetan und sich absolut herzzerreißend angefühlt … so absurd und falsch, als würde die Sonne im Osten untergehen.

Aber es war das Richtige gewesen. Zum einen waren Joe und ich damals zwar gerade getrennt, aber ich liebte ihn immer noch. Außerdem ist Conklin ungefähr zehn Jahre jünger als ich, und wir sind *Partner*. Und darüber hinaus bin ich sein *Boss*.

Nach dieser Nacht hatten wir uns darauf verständigt, die Momente, in denen die Spannung zwischen uns die Luft im Streifenwagen zum Knistern brachte, die Momente, in denen ich nicht mehr wusste, was ich eigentlich sagen wollte und einfach nur in Richies hellbraune Augen starrte, zu ignorieren. Auch den dreißigsekündigen Tiraden, die Rich ab und zu vom Stapel ließ und in denen es immer nur darum ging, wie verrückt er nach mir war, wichen wir aus, so gut es eben ging.

Aber das hier war etwas ganz anderes.

Im Augenblick grinste Inspektor Hottie Cindy an, während sie meine Anwesenheit praktisch komplett vergessen hatte.

Ich könnte jetzt sagen, dass Cindy und Rich ein wunderbares Paar abgeben würden. Sie sind beide Single. Sie sehen gut aus zusammen. Sie scheinen sich eine Menge zu sagen zu haben.

»Rich«, meinte Cindy gerade. »Ich trinke noch ein Bier. Kannst du vielleicht dafür sorgen, dass ich sicher nach Hause komme?«

»Ich fahr dich«, sagte ich und legte ihr schwesterlich die Hand auf den Arm. »Mein Wagen steht vor der Tür, und ich kann auf dem Heimweg einen kleinen Schlenker bei dir vorbei machen.«

18

Yuki wäre fast mit Phil Hoffman zusammengeprallt, als dieser aus dem Fahrstuhl kam.

»Was meinen Sie, was das soll?«, brummte Hoffman.

»Komisch, oder?«, erwiderte Yuki.

Es war 10 Uhr. Vorgestern hatten sie und Hoffman ihre Schlussplädoyers gehalten, und gerade hatte ein Mitarbeiter des Richters ihnen telefonisch mitgeteilt, dass sie sich im Gerichtssaal 6a einzufinden hatten.

»Könnte auch gar nichts sein«, meinte Yuki. »Ich habe mal erlebt, dass die Geschworenen einen Taschenrechner haben wollten. Ich dachte schon, um die Strafe für meinen Mandanten auszurechnen. Aber dann hat sich rausgestellt, dass ein Geschworener in der Mittagspause seine Steuererklärung machen wollte.«

Hoffman lachte und hielt ihr die erste der beiden Doppeltüren auf, die in den Gerichtssaal führten. Gaines übernahm die zweite Doppeltür und kurz darauf setzten sich die drei Rechtsanwälte an ihre jeweiligen Plätze.

Richter Duffy saß bereits auf seiner Bank, Gerichtsschreiber und Gerichtsdiener waren auch an Ort und Stelle, und der Stellvertreter des Sheriffs stand vor der Geschworenenbank und strich sich immer wieder den Schnurrbart glatt.

Duffy schob sich die Brille auf die Stirn, klappte seinen Laptop zu und bat Staatsanwaltschaft und Verteidigung zu sich nach vorn.

»Die Sprecherin der Geschworenen hat mir eine Nachricht zukommen lassen«, sagte Duffy. Ein Lächeln umspielte seine Mundwinkel, als er ein zusammengefaltetes Blatt Papier entfaltete und es hochhielt, sodass Yuki und Hoffman die zwölf mit einem schwarzen Stift gezeichneten Galgen sehen konnten. Unter den Galgen war zu lesen: »Euer Ehren, ich glaube, wir haben ein Problem.«

»Das *gibt's* doch nicht«, platzte Yuki heraus. »Sie hängen? Nach… wie lange jetzt? Vielleicht zehn Stunden Beratung?«

»Euer *Ehren*«, meinte Hoffman. »Bitte lassen Sie nicht zu, dass sie so früh schon aufgeben. Das ist doch total *absurd*!«

Duffys Gesichtsausdruck war undurchschaubar, aber auf *Hoffmans* Miene spiegelte sich genau dieselbe Aufregung, derselbe Ärger, dieselbe Übelkeit, die auch Yuki empfand. Allein die Prozessvorbereitungen hatten Monate in Anspruch genommen. Dutzende Zeugen hatten unter Eid ausgesagt. Unzählige Arbeitsstunden waren in die Vorbereitung geflossen, gefolgt von einer sechswöchigen und, wie Yuki fand, ziemlich reibungslosen Präsentation der Fakten im Gerichtssaal.

Sollte der Prozess abgebrochen werden – und genau das war die Konsequenz, wenn die Geschworenen kein einstimmiges Urteil finden konnten –, dann würde die Staatsanwaltschaft die notwendigen Mittel für einen zweiten Versuch womöglich nicht mehr zur Verfügung stellen. Und auch Hoffmans Kanzlei würde vermutlich die Reißleine ziehen.

Und das bedeutete, dass Stacey Glenn freikommen würde.

»Nehmen Sie Platz. Die Angeklagte brauchen wir dazu nicht.«

Dann rief Duffy dem stellvertretenden Sheriff zu: »Mr. Bonaventure, bitten Sie die Geschworenen herein.«

19

Während die Geschworenen ihre Taschen neben ihre Plätze stellten, zuckten alle möglichen Gedanken durch Yukis Kopf wie das Blinklicht eines Streifenwagens. Sie musterte die Geschworenen einzeln und suchte in ihren Gesichtern oder in ihrer Körpersprache nach irgendwelchen Signalen.

Wer glaubte, dass Stacey Glenn unschuldig war? Wie viele hatten sich dafür ausgesprochen aufzugeben … und wieso?

Die Sprecherin, Linda Chen, war US-Amerikanerin chinesischer Abstammung, vierzig Jahre alt, hatte eine Eliteuniversität besucht und war eine erfolgreiche Immobilienmaklerin. Sie besaß ein kompromissloses Auftreten, zu dem ihr breites und herzliches Lächeln ein Gegengewicht bildete. Yuki und Hoffman waren bei der Zusammenstellung der Geschworenen sehr froh gewesen, dass sie dabei war, umso mehr, als sie dann auch noch zur Sprecherin gewählt worden war.

Jetzt fragte sich Yuki, warum sie wohl zugelassen hatte, dass die Geschworenen so schnell die Flinte ins Korn geworfen hatten.

Duffy lächelte die Geschworenen an und sagte: »Ich habe ernsthaft über Ihre Nachricht nachgedacht. Mir ist vollkommen klar, dass ein sechswöchiger Prozess eine ziemliche Qual ist und dass viele von Ihnen endlich wieder nach Hause gehen wollen.

Andererseits war dieser Prozess schon bis jetzt eine ziemlich kostspielige Angelegenheit … und das nicht nur in Bezug auf das Geld, auch wenn der Bundesstaat Kalifornien eine ganze Stangc investiert hat. Staatsanwaltschaft und Verteidigung haben über ein halbes Jahr daran gearbeitet, um Ihnen diesen Fall zur Entscheidung vorlegen zu können. – So wie es jetzt aussieht«, sagte Duffy, »sind Sie die Experten in der Sache *Das Volk gegen Stacey Glenn*. Wenn Sie nicht zu einer einstimmigen Entscheidung gelangen können, muss der Prozess ganz neu aufgerollt werden, und es gibt keinen Grund zu der Annahme, dass andere Geschworene qualifizierter oder unvoreingenommener oder mit mehr Weisheit gesegnet sein könnten als Sie.«

Dann erläuterte Duffy der Jury, dass er sie hiermit bitten wollte, ihre Beratungen fortzusetzen, nicht etwa, um eventuelle tiefe, auf Indizien beruhende Überzeugungen ins Wanken zu bringen, sondern damit sie ihre Ansichten unvoreingenommen noch einmal unter die Lupe nehmen und versuchen konnten, einen Konsens zu erreichen.

Der Richter verpasste den Geschworenen damit die sogenannte »Allen Charge«, auch »Dynamit-Belehrung« genannt, deren Funktion genau darin bestand, mögliche Blockaden in einer festgefahrenen Geschworenenjury zu lösen. Puristische Juristen betrachteten dieses Mittel allerdings als Zwangsmaßnahme, und eine ganze Reihe von Bundesstaaten lehnten die Anwendung der »Allen Charge« grundsätzlich ab.

Yuki wusste, dass das in dieser Situation die beste verfügbare Maßnahme war, doch konnte die Allen Charge leider auch zum Bumerang werden, zum Beispiel, wenn sich die Geschworenen dadurch auf den Schlips getreten fühlten und sich einfach auf den Urteilsspruch einigten, der ihrer Tätigkeit am schnellsten ein Ende setzte.

Und für Yuki war klar, dass die einfachste und schmerzloseste Entscheidung in diesem Fall der Freispruch gewesen wäre.

Richter Duffy sagte gerade: »Sie sollen es so abgeschieden und so angenehm wie möglich haben, darum habe ich das Fairmont Hotel für Sie reservieren lassen, auf unbestimmte Zeit, so lange, wie Sie brauchen.«

Yuki sah, wie der Schreck sich auf den Gesichtern der Geschworenen ausbreitete, als ihnen klarwurde, dass der Richter sie *ohne jede Vorwarnung* in ein Hotel sperrte und ihnen damit den Fernseher, Zeitungen, selbst gekochtes Essen und andere Annehmlichkeiten des täglichen Lebens raubte.

Darüber waren sie alles andere als erfreut.

Duffy bedankte sich im Namen des Gerichts bei den Geschworenen, nahm seine Getränkedose in die Hand und verließ seinen Platz.

20

Als Yuki ihr Büro betrat, fing das Telefon an zu klingeln.

»Ich bin's«, sagte Len Parisi, der stellvertretende Bezirksstaatsanwalt und außerdem ihr Vorgesetzter, Förderer und schärfster Kritiker zugleich. »Haben Sie etwas Zeit?«

Yuki klappte ihr Make-up-Täschchen auf, zog den Lippenstift nach, klappte das Täschchen wieder zu und trat hinaus in den Flur.

»Soll ich mitkommen?«, sagte Nicky Gaines und fuhr sich mit den Fingern durch den wuscheligen, blonden Haarschopf.

»Ja. Versuch, ihn zum Lachen zu bringen!«

»Echt?«

»Kann nichts schaden.«

Parisi telefonierte, als Yuki an seine offene Tür klopfte. Er ließ seinen Drehstuhl herumwirbeln und streckte ihr den gereckten Zeigefinger entgegen, was überall auf der Welt das Gleiche bedeutete: »Bin gleich fertig«.

Parisi war Ende vierzig, besaß widerspenstige rote Haare, einen birnenförmigen Leib und ein schwaches Herz, das ihn vor anderthalb Jahren fast das Leben gekostet hätte. In der Stadt war er allgemein unter dem Spitznamen »Red Dog« bekannt, und Yuki hatte das Gefühl, dass ihm das gefiel. Man hatte sofort das Bild einer sabbernden Bulldogge mit Stachelhalsband vor Augen.

Parisi legte auf, signalisierte Yuki und Nicky, dass sie eintreten sollten, und bellte: »Habe ich richtig gehört? Die Geschworenen hängen?«

»Ja«, sagte Yuki von der Tür her. »Duffy hat die Allen Charge angewandt und sie eingesperrt.«

»Na, so was. Was glauben Sie? Wie viele haben verweigert? Einer? Zwei?«

»Ich weiß es nicht, Len«, erwiderte Yuki. »Ich habe sechs Geschworene gezählt, die meinem Blick ausgewichen sind.«

»Meine Fresse«, sagte Parisi. »Bin froh, dass Duffy ihnen Daumenschrauben angelegt hat, aber Sie sollten sich keine allzu großen Hoffnungen machen.« Er schüttelte den Kopf und fragte rhetorisch: »Wo hakt es denn? Stacey Glenn hat es doch getan.«

»Ich schätze, es liegt an Rose Glenns Aussage«, erwiderte Yuki. »Als sie gesagt hat: ›Mein Baby würde uns niemals etwas antun‹. Das muss es sein …«

Parisi hörte schon nicht mehr zu. »Also gut, jetzt warten wir eben ab. Gaines, Sie gehen in der Zwischenzeit zum Friseur. Castellano, Sie helfen nach der Mittagspause Kathy Valoy. Sie hat wahnsinnig viel zu tun. Das war's. Danke.«

Parisis Telefon klingelte, und er griff zum Hörer.

»Ich hätte es echt gemacht«, sagte Nicky, während er und Yuki den Flur entlanggingen. »Aber er hat mich nicht mal angeschaut. Ich bin einfach nicht dazu gekommen, eine geistreiche Bemerkung einzustreuen. Oder eine bissige. Oder wenigstens ein Wortspiel.«

Yuki lachte.

»Dabei habe ich jede Menge Witze auf Lager, das kannst du mir glauben. Kennst du den schon: Kommen ein Priester, ein Rabbi und ein Nashorn in eine Bar …«

Yuki gluckste melodisch. »Immerhin hast du *mich* zum Lachen gebracht«, sagte sie. »Das ist doch schon was. Gut gemacht, Nummer zwei. Bis später.«

Yuki ließ Gaines im Großraumbüro stehen, ging über die Treppe ins Erdgeschoss hinunter und trat hinter einem breitschultrigen Polizisten, der die schwere Stahl- und Glastür aufwuchtete, hinaus auf die Bryant Street.

Mit schnellem Blick überflog sie die Reportermeute, die auf der Treppe vor der Hall of Justice herumsaß. Noch hatte niemand sie bemerkt.

Gut so.

Manchmal stellte die Presse ihr Fragen, die sie nur zu gerne beantworten wollte, aber dann kam es oft genug vor, dass sie ihre Gedanken nicht im Zaum halten konnte und die Worte ihr unkontrolliert aus dem Mund sprudelten. Daher ging Yuki, als sie Candy Stimpson, eine resolute Reporterin beim *Examiner*, entdeckt hatte, mit schnellen Schritten die Treppe hinunter und steuerte direkt die nächste Straßenecke an.

Die Journalistin rief hinter ihr her: »Yuki! Geht der Glenn-Prozess womöglich den Bach runter? Wie fühlen Sie sich im Augenblick? Ich will doch bloß *einen* Satz. Einen einzigen, lausigen *Satz*!«

»Lassen Sie mich in Ruhe, Candy«, zischte Yuki. Sie drehte sich zu der Journalistin um, ohne ihre Schritte zu verlangsamen, und trat vom Bürgersteig auf die Straße. »Ich habe nichts dazu zu sagen.«

Candy Stimpson schrie: »*Yuki, nicht!*«

Doch Yuki verstand nicht, was sie meinte.

21

Das Licht blendete Yuki.

»*Mom!*«, schrie sie. »*Mommy!*«

»Ist ja gut«, war eine beruhigende Männerstimme zu vernehmen. »Ihnen geht es gut.«

Das Licht ging aus, und sie blickte in ein Paar graue Augen hinter blau umrandeten Brillengläsern, dann sah sie auch den Rest seines Gesichts. Sie kannte ihn nicht und hatte ihn noch nie im Leben gesehen.

»Wer *sind* Sie?«

»Ich bin Dr. Chesney«, sagte er. »John. Und Sie sind …?«

»Ms. Castellano. Yuki.«

»Gut.« Er lächelte. »Das steht auch in Ihrem Ausweis. Ich habe noch ein paar Fragen an Sie …«

»Was zum Teufel soll denn das? Was ist *los*?«

»Sie befinden sich in der Notaufnahme«, fuhr Dr. Chesney fort. Er musste etwa Anfang dreißig sein und sah so aus, als würde er regelmäßig ein Fitnessstudio aufsuchen. »Sie sind in ein Auto gelaufen«, sagte er.

»Bin ich *nicht*.«

»Sie haben Glück gehabt, weil die Fahrerin sowieso gerade vor einer roten Ampel stehen bleiben wollte«, machte Chesney weiter. »Die Computertomografie Ihres Schädels war ohne Befund. Sie haben lediglich eine leichte Gehirnerschütterung, ein paar Kratzer, ein paar Schnittwunden, die genäht werden mussten, einen ziemlich beeindruckenden blauen Fleck an der linken Hüfte, aber keine Knochenbrüche davongetragen. Wie viele Finger sind das?«

»Zwei.«

»Und jetzt?«

»*Drei!*«

»Okay. Jetzt machen Sie bitte Folgendes: Schließen Sie die Augen und legen Sie den linken Zeigefinger an die Nasenspitze. Und jetzt das Gleiche mit der rechten Hand. Hervorragend. Was ist das Letzte, woran Sie sich erinnern können?«

»Ich habe einen beeindruckenden blauen Fleck an der linken Hüfte.«

Chesney lachte. »Ich meine vor dem Unfall.«

»Eine Journalistin war mir auf den Fersen …«

»Wissen Sie noch, wie sie heißt?«

»Candy Großmaul Stimpson.«

»Okay. Sehr gut. Sie sitzt draußen und wartet auf Sie. Ich möchte Sie über Nacht gerne hierbehalten, zur Beobachtung …«

Aber jetzt blickte Yuki sich um, und so langsam wurde ihr klar, in welcher Notaufnahme sie da gelandet war. Ihre Eingeweide verkrampften sich. Sie hielt sich an den Seiten des Bettes fest. »Welches Krankenhaus ist das hier?«

»Das San Francisco Municipal.«

Hier ist Mommy gestorben.

»Ich würde Sie gerne morgen früh noch einmal gründlich untersuchen …«

»Ich *verzichte*«, unterbrach ihn Yuki. »Mir geht's gut.«

»Sie können natürlich auch gehen«, sagte Chesney. Er reichte ihr ein Klemmbrett mit einem Formular und sagte: »Das ist eine Erklärung, dass Sie auf eigenen Wunsch und gegen den ärztlichen Rat nach Hause gehen wollen. Hier müssen Sie unterschreiben.«

»Haben Sie einen Stift?«

Chesney ließ seinen Kugelschreiber klicken, und Yuki unterzeichnete an der angegebenen Stelle. Er sagte: »Ich empfehle Ihnen Paracetamol. Sie können Ihre Meinung aber jederzeit ändern und über Nacht hierbleiben, Yuki.«

»*Nein*. Nein, nein, nein.«

»Ihre Entscheidung«, meinte Chesney. »Verzichten Sie mindestens drei Tage lang darauf, sich die Haare zu waschen …«

»Sind Sie *verrückt*? Ich soll meine Haare nicht waschen? Ich muss doch *arbeiten* …«

»Hören Sie. Yuki, sehen Sie mich an, und passen Sie genau auf. Sie wollen doch, dass der Arzt in zehn Tagen die Fäden ziehen kann. Wenn Sie jetzt noch dreißig, vierzig Sekunden Geduld aufbringen können, dann bringt die Krankenschwester Ihnen Ihre Kleider. Ich schlage vor, Sie gehen nach Hause und legen sich schlafen.«

»Wie bitte?«

»*Legen Sie sich schlafen*. Und passen Sie auf, wo Sie hintreten. Das meine ich ernst.«

22

Yuki dachte: *Ich muss hier raus. Ich muss sofort hier raus!*

Sie zog die letzten Kleidungsstücke an, schlüpfte in ihre Schuhe, riss die Vorhänge ihres Behandlungsabteils auf und trat die Flucht an. Nach einem falschen Abzweig in die Entbindungsstation und einem Umweg über die Cafeteria entdeckte sie die Tür zum Wartezimmer.

Sie trat ein, und Candy Stimpson erhob sich.

»Oh, Yuki, es tut mir so furchtbar *leid.*«

Candy besaß einen ausladenden Lockenschopf und riesige Brüste. Sie umarmte Yuki, die sich kurz wehrte, bis es ihr gelang, sich aus der Umklammerung zu befreien. Dann stürmte sie in Richtung Ausgang und sagte: »Wie viel Uhr ist es? Wie lange bin ich schon hier?«

Candy hielt Schritt mit Yuki und redete ununterbrochen.

»Es ist schon nach fünf. Ich habe Ihre Aktentasche und Ihre Handtasche und sämtliche Unterlagen hier. Im Interesse einer umfassenden Aufklärung habe ich Ihre Brieftasche aufgemacht. Ich musste Ihre Krankenversicherungskarte herausholen und … oh! Hier sind auch der Name und die Telefonnummer der Frau, die Sie angefahren hat. Sie hofft, dass Sie nicht so schwer verletzt sind. Wahrscheinlich hat sie Schiss gekriegt, weil sie mit ihrem BMW eine Rechtsanwältin umgenietet hat… ha! Oh, und geben Sie mir das Rezept, Yuki. Wir fahren bei einer Apotheke vorbei. Haben Sie etwas zu essen zu Hause? Haben Sie vielleicht Kopfschmerzen?«

»Kopfschmerzen?«

Candy schaute sie an und nickte stumm.

Yuki griff sich an die linke Seite ihres Schädels und spürte Stoppeln und stachelige Nähte, eine ganze Reihe davon.

»Oh, neeeeein. Einen Spiegel. *Ich brauche sofort einen Spiegel!«*

Candy wühlte in ihrer Handtasche, fand einen fünf mal fünf Zentimeter großen Klappspiegel und reichte ihn Yuki. Die klappte ihn auf, suchte den richtigen Winkel und starrte, als sie sich schließlich in ganzer Pracht erkennen konnte, mit weit aufgerissenen, ungläubigen Augen hinein.

Man hatte ihr den Kopf rasiert. Eine sieben Zentimeter breite Schneise führte von der linken Schläfe in langem, elegantem Schwung bis hinter das linke Ohr. Schwarze Fäden zogen sich wie eine stachelige Raupe in der Mitte dieser fein säuberlich rasierten Bahn entlang.

»Sehen Sie mich an. Ich bin ein *Monster*!«, schrie Yuki.

»Aber der Monsterlook *steht* Ihnen. Kommen Sie, ich stütze Sie. Und jetzt bringe ich Sie nach Hause.«

23

Es war wieder mal ein verdammt *geiler* Abend im Aria. Aus der Wurlitzer dröhnten Gangster-Raps und Opernklassiker, Touristen ließen sich von Martinis in Hochstimmung bringen und die Stammgäste von Gin und Tonic, vom Sehen und Gesehenwerden.

»Pet Girl« saß alleine an der überfüllten Theke und hegte ihr Geheimnis, als wäre es ein frisch geschlüpftes Vogelküken.

Sie war eine zierliche Blondine mit braunen Augen und wirkte zehn Jahre jünger als ihre dreiunddreißig, eine Frau, die einen Raum jederzeit unbemerkt betreten und wieder verlassen konnte, so, als trüge sie einen Tarnmantel, als wäre sie eine gottverdammte Superheldin.

Das war die positive Seite.

Pet Girl legte einen Zehner auf den Tresen. Sie nahm ihren Irish Coffee und schlenderte zurück in den VIP-Raum, wo McKenzie Oliver, der vor Kurzem verstorbene Rockstar und ihr ehemaliger Freund, in einem Bronzesarg auf dem Billardtisch aufgebahrt war.

Pet Girls Affäre mit McKenzie hatte sechs Monate oder siebenundzwanzig Jahre lang gedauert, je nachdem, wie man es sehen wollte, aber so oder so hatte sie vor wenigen Tagen ein jähes Ende genommen.

Das war ätzend. Und sie hatte immer noch nicht so ganz kapiert, *wieso* eigentlich. Sie hatte ihn geliebt, den wahren Menschen, der er gewesen war, den Jungen mit der Hühnerbrust und den Plattfüßen und seine Art, wie er gleichzeitig cool und verängstigt ausgesehen hatte, wie damals im Sandkasten, als er noch Mikey gewesen war und sie seine Freundin.

Aber das alles hatte ihm ganz eindeutig nicht das Geringste bedeutet. Glasklarer Beweis war diese minderjährige, drogensüchtige Pennerin mit dem tätowierten Gesicht und den Nasenringen, McKenzies »feste« Freundin, mit der er sich während der ganzen Zeit, als sie mit ihm zusammen gewesen war, ebenfalls regelmäßig getroffen hatte. Und Pet Girl hatte es als Letzte erfahren, wie so oft, da man sie zeit ihres Lebens nicht ernst genommen hatte.

Als sie die beiden im Bett erwischt hatte, hatte McKenzie sie mit diesem Blick angeschaut, der besagte: Komm *schon. Überleg doch mal, wer ich* bin. *Was hast du* erwartet?

Er hatte sich nicht einmal bei ihr entschuldigt.

Jetzt warf Pet Girl einen Blick in den mit Samt ausgelegten Sarg und musste zugeben, dass McKenzie gut aussah. Zumindest sauber – in jeder Hinsicht. Sie spürte ein Kribbeln in der Nase, ihre Augen füllten sich mit Tränen, die Trauer schlug wie ein Blitz in ihr Herz ein – was sie am allerwenigsten erwartet hatte und genau dann, als sie es am allerwenigsten erwartete.

Sie wischte die Tränen ab, ließ seinen Haustürschlüssel in die Brusttasche seines ledernen Anzugsjacketts gleiten und flüsterte dem Toten zu: »*Leck mich,* du Arschloch.« Dann trug sie sich ins Kondolenzbuch ein und ließ sich auf ein Sofa plumpsen, um die Party vom Rand aus zu verfolgen.

Und es war schon eine tolle Party, die McKenzie da bekam.

Die Typen aus seiner Band zogen Kokslinien auf dem Billardtisch. Bono kauerte mit seinem Manager in einer Ecke. Willie Nelson kam vorbei, um dem Verstorbenen die letzte Ehre zu erweisen, und alle anderen quatschten sinnloses Zeug über diese Tragödie, die Leute, die sie schon ihr Leben lang kannte, die Leute, die glaubten, dass sie sie kannten, und die doch nicht das Geringste über sie wussten.

Pet Girl schloss die Augen und hörte J'razz zu, dem Leadsänger von McKenzies Band. Er sang »Dark Star«, McKenzies Hommage an sich selbst. Als der Applaus verklungen war, prostete J'razz dem Leichnam zu und sagte: »Echt Scheiße, dass du so verflucht früh abgetreten bist, Mann.«

Das Licht ging aus. Kerzen leuchteten. Alle stimmten ein, als J'razz »A Hole in the Night« anstimmte, McKenzies Freunde und Fans, und alle dachten, dass es die Drogen waren, die ihn umgebracht hatten.

Doch Pet Girl wusste, dass Drogen nichts damit zu tun hatten.

McKenzie Oliver war ermordet worden.

Das wusste sie, weil sie es getan hatte.

Zweiter Teil

Die Oberschicht

24

Pet Girl saß mit dem Rücken zur Wand auf dem Fußboden des ehemaligen Kinderzimmers. Sie trug Schweißerhandschuhe und Stiefel mit Stahlkappen, und ihr geliebter Rama lag sicher in ihrer Tasche. Sie lauschte und hörte dem Gebrüll der Baileys zu, das gedämpft durch die Gipswand zu ihr durchdrang.

»Schwein!«

»Schlampe!«

»Halt's Maul, halt's Maul, halt's Maul!«

Diese Idioten wussten nicht einmal, dass sie keine drei Meter von ihnen entfernt in der Dunkelheit saß, dass sie seit Stunden darauf gewartet hatte, dass sie nach Hause kamen und sich in den Schlaf vögelten.

Sie hatte die Zeit gut genutzt und war den großen Plan noch einmal durchgegangen. Sie war vorbereitet. Sie kannte ihre Angewohnheiten, den Grundriss, den besten Weg ins Haus und den schnellsten Weg wieder hinaus.

Und sie kannte den Code.

Es war ein guter Plan, aber Pet Girl hatte auch einen Plan B in der Tasche – für den Fall, dass sie geschnappt wurde. *Und sie hatte sogar den Nerv, ihn in die Tat umzusetzen.*

Auf der anderen Seite der Wand beschuldigte Ethan Bailey seine Frau gerade, in der Gegend herumzuvögeln, und Pet Girl hatte keinen Zweifel, dass sie genau das auch getan hatte. Isa war schon damals auf der Katherine Delmar Burke School eine ziemlich begabte Flirterin gewesen.

Seit damals hatte Isa die Kunst der beiläufigen Verführung unbestreitbar zur Vollkommenheit entwickelt. Wie Gwyneth Paltrow, wenn sie einen guten Tag hatte.

Aber das war nicht der Grund, weshalb Pet Girl Isa so hasste.

Der lag noch tiefer, in der Zeit, als ihr Leben in tausend Scherben zersprungen war… als Pet Girl zehn gewesen und ihr Vater gestorben war. Damals, bei der Beerdigung, hatte Isa sie fest in den Arm genommen und gesagt: »Es tut mir soooooo leid. Aber du darfst niemals vergessen, dass ich dich liebe. Wir sind die besten Freundinnen, *für immer.*«

»Für immer« hatte ein paar Wochen gedauert.

Aber als das Vermögen und der Beistand ihres Vaters voll und ganz an seine *richtige* Familie gefallen waren, da war es, als ob Pet Girl und ihre Mutter niemals existiert hätten. Keine Privatschulen, keine Tanzkurse, keine Geburtstagspartys mehr auf dem Hügel der Snobs. Pet Girl war durch das feinmaschige Netz derer, die alles hatten, in das eintönige und trostlose Flachland der Scheißegalen gestürzt, dorthin, wo die uneheliche Tochter eines verheirateten Mannes auch hingehörte.

Isa hingegen hatte mit achtzehn ihren Schulabschluss gemacht und mit zweiundzwanzig in einem handgefertigten, perlenverzierten Carolina-Herrera-Hochzeitskleid Ethan Bailey geheiratet. Die gesamte höhere Gesellschaft der Westküste war zu der Feier eingeladen gewesen. Danach war es genauso weitergegangen: ihre beiden klugen Kinder, ihre Wohltätigkeitsveranstaltungen, ihre Zugehörigkeit zur funkelnden Spitze der High Society.

Pet Girls Mutter hatte gesagt: »Mach was, Schätzchen. Fang noch mal von vorn an.« Doch Pet Girl war in dieser Stadt verwurzelt, und ihre Wurzeln gingen noch tiefer und reichten noch weiter zurück als Isas mitternachtsblaue Blutlinie.

Und so sah also Pet Girls Leben nach dem Fall aus: Sie arbeitete für die Baileys und ihre ekelerregende Bande, führte ihre neurotischen Hunde Gassi, lagerte ihre widerlichen Pelzmäntel im Kühlhaus ein, trug Einladungen an ihre versnobten Bekannten aus, an Leute, die sie mit »Pet Girl« ansprachen und die auch dann über sie sprachen, wenn sie es hören konnte.

Lange Zeit hatte sie gedacht, dass sie damit klarkommen konnte.

Aber wenn sie eines von McKenzie Oliver gelernt hatte, dann das, dass »damit klarkommen können« eine stark überschätzte Fähigkeit war.

Pet Girl sah sich um. Überall im Zimmer standen jetzt Regale mit fürchterlichen, niemals getragenen Klamotten und Bergen mit unausgepackten Kartons, in denen teure Sachen lagen, die irgendjemand aus einer Laune heraus gekauft hatte.

Es war zum Kotzen. Die Dekadenz der Superreichen. Dieser ganze Vierundzwanzig-Karat-Scheiß.

Das Geschrei im Schlafzimmer hatte mittlerweile aufgehört. Pet Girl legte ein Ohr an die Wand, hörte die Baileys hecheln und stöhnen, hörte Isa rufen: »Oh, ja, das ist gut, oh!«, während die beiden sich, wie sie es nannten, *liebten*. Isas Stimme lieferte Pet Girl noch einen Grund mehr, sie für alle Zeit verstummen zu lassen.

Und dann war es still.

Pet Girl griff nach dem Henkel ihrer Segeltuchtasche.

Es war so weit.

25

Pet Girl öffnete die Schlafzimmertür der Baileys und ging in die Knie, als die Möpse Wako und Waldo zu ihr gerannt kamen. Sie stieß beruhigende Laute aus, streichelte die beiden Hunde und sah zu, wie sie zurück zu ihren Körbchen trotteten, sich einmal um die eigene Achse drehten und sich wieder hinlegten.

Anschließend verharrte Pet Girl und lauschte den regelmäßigen Atemzügen der Baileys in dem riesigen, mondbeschienenen Bett. Die seidenen Taftvorhänge bauschten sich vor dem Fenster, und das Rascheln übertönte ihren eigenen, nervösen Atem ebenso wie das Rauschen des Autoverkehrs auf der Straße.

Sie konnte erkennen, dass Isa nackt war. Sie lag auf dem Bauch, unter einem Laken allerfeinster Qualität und einem Federbett aus hundert Prozent Gänsedaunen. Die langen dunklen Haare fielen ihr wie ein Fächer über die Schultern. Ethan lag zu ihrer Linken auf dem Rücken, schnarchte, und sein Atem roch ein wenig nach Alkohol.

Pet Girl trat an Isas Seite und nahm ihre entblößte Schulter ins Visier. Ihr Herz klopfte heftig. Sie war so aufgeregt, als sei sie gerade aus einem Flugzeug gesprungen und wartete jetzt auf den Moment, wo sie die Reißleine des Fallschirms ziehen konnte.

Sie stellte ihre Segeltuchtasche auf den Boden, machte sie auf und griff hinein. Genau in diesem Augenblick drehte Isa sich um, richtete sich halb auf und rief, als sie Pet Girls gebeugte Silhouette erblickte, mit schwerer Zunge: »Wer ist da?«

Pet Girl krächzte: »Ich bin's, Isa, *ich* bin's nur.«

»Was machst… du denn hier?«

Pet Girl stand wie angewurzelt da. War sie denn verrückt geworden? Und wenn Isa jetzt das Licht einschaltete? Wenn die Hunde durchdrehten? Wenn Ethan aufwachte?

Plan B war zufriedenstellend, aber alles andere als ideal.

»Ich habe deine Medizin besorgt. Ich bin *extra* nochmal losgegangen«, flüsterte Pet Girl und improvisierte wild drauflos. Ethan wurde unruhig und drehte sich auf die Seite, wandte ihr den Rücken zu. Er zog die Decke bis unter die Schulter. Er bekam *gar* nichts mit.

»Leg sie auf meinen Nachttisch und dann verschwinde von hier, okay?«

»Das *mache* ich doch gerade«, erwiderte Pet Girl, und ihre Stimme klang nun glaubhaft sauer. »Hast du gehört? Ich bin *extra* nochmal losgegangen. Und bitte sehr, *gern geschehen.*«

Pet Girls Hand befand sich nur wenige Zentimeter von Isas Schulter entfernt. Sie stieß zu, sanft und exakt.

»Was war denn das?«, sagte Isa. »Hast du mich gezwickt?«

»Ja, genau, du Hexe. Weil ich dich *hasse*. Ich wünschte, du wärst *tot*.«

Isa lachte. »Nur keine falsche Zurückhaltung, Schätzchen.«

»Nein«, erwiderte Pet Girl. »Keine Angst.«

Doch da entstand in ihrem Kopf plötzlich eine neue Idee. *So etwas wie ein Plan C.*

Pet Girl trat an Ethans Bettseite, hob ein Taschenbuch vom Boden auf, legte es zurück auf das Nachttischchen und betrachtete seinen haarigen Arm, der quer über der Daunendecke lag.

»Was machst du denn da?«, wollte Isa wissen.

»Aufräumen«, sagte Pet Girl.

Und stieß noch einmal zu.

Oh, ja, ist das gut. Oh.

»Schlaf weiter«, sagte Pet Girl und ließ ihre Tasche zuschnappen. »Ich komme morgen früh wieder vorbei und hole die Hunde ab.«

»Weck uns nicht auf, du Spätzchen.«

»Keine Sorge. Träum was Schönes«, sagte sie, und ihre Stimme schwang sich in übermütige Höhen. Die Segeltuchtasche über die Schulter geschwungen, so rannte Pet Girl in der Dunkelheit die beiden Treppen nach unten und gab Isas Code in die Tastatur vor der Haustür ein, deaktivierte die Alarmanlage und aktivierte sie anschließend wieder.

Dann trat sie nach draußen, frei wie ein Spätzchen. »Träumt was Schönes, ihr Süßen«, sang die Stimme in ihrem Kopf. »Träumt was Schönes.«

26

Am Montag um die Mittagszeit tauchte Jacobi auf, beugte sich über unsere Schreibtische und sagte zu mir und Conklin: »Ihr müsst rüber zum Broadway, Ecke Pierce, bevor die Leichen abtransportiert werden. Boxer, du löst die Spätschicht ab und übernimmst die Leitung der Ermittlungen.«

»Die Ermittlungen übernehmen?«, sagte ich dümmlich.

Ich warf Conklin einen Blick zu. Wir hatten gerade über die Baileys gesprochen, die vor wenigen Stunden tot in ihrem Bett aufgefunden worden waren. Und wir hatten uns darüber gefreut, dass wir keinen Fall an der Backe hatten, wo die pausenlose Medienhysterie vorprogrammiert war, wo man stündlich irgendwelche Ermittlungsfortschritte bekannt geben musste.

»Der Bürgermeister ist Ethan Baileys Cousin«, sagte Jacobi.

»Das weiß ich.«

»Er will, dass du dabei bist, Boxer, genau wie der Chief. Hat ausdrücklich deinen Namen erwähnt.«

So schmeichelhaft das auch gemeint war, ich hätte beinahe gekotzt. Rich und ich erstickten in ungelösten Fällen, und bei einem Verbrechen von solch großem gesellschaftlichem Interesse mischte das Präsidium im Hintergrund auf jeden Fall kräftig mit – ganz abgesehen davon, dass unsere anderen zwölf Fälle sich keineswegs von selbst lösten. Die Aufklärung würde nur immer schwieriger werden.

»Keine Widerrede«, sagte Jacobi zu mir. »Die Polizei, dein Freund und Helfer.«

Ich starrte ihn mit zusammengepressten Lippen an, damit mir kein böses Wort entwich.

Aber ich sah, dass Conklins Reaktion vollkommen anders

ausfiel. Er räumte ein Stück von seinem Schreibtisch frei, und Jacobi pflanzte seinen Hintern darauf, ohne seinen Redefluss zu stoppen.

»Die Baileys hatten Personal, das im gleichen Haus in einem separaten Flügel untergebracht war. Die Haushälterin, Iraida Hernandez, hat die Leichen entdeckt. Am besten sprecht ihr erst mal mit ihr.«

Ich hatte mein Notizbuch hervorgeholt. »Was noch?« Ich hing über dem Grill, spürte schon, wie die Flammen sich die Finger nach mir leckten.

»Gestern Abend haben die Baileys mit einem Bekannten zu Abend gegessen. Ein Innenarchitekt, ein gewisser Noble Blue. Könnte sein, dass er der letzte Mensch war, der sie lebend gesehen hat. Die Hernandez hat zuerst den Notruf gewählt und anschließend bei Blue angerufen und der wiederum beim Bürgermeister. Mehr haben wir bis jetzt noch nicht.«

Na ja, da würde noch mehr kommen. Viel mehr.

Die Familiengeschichte der Baileys war allgemein bekannt.

Isa Booth Baileys Familie lebte schon in der vierten Generation in San Francisco. Sie ging ursprünglich auf einen der Eisenbahnmagnaten zurück, die in der Mitte des 19. Jahrhunderts Schienenstränge quer durch die Prärie gezogen hatten. Isas Familie spielte in der Milliardärsliga.

Auch Ethan Baileys Stammbaum nahm seinen Anfang im San Francisco des 19. Jahrhunderts, allerdings entstammte er der Arbeiterklasse. Sein Urgroßvater war Bergarbeiter gewesen, und die Familie hatte sich durch ganz normale Handelsgeschäfte Stück für Stück nach oben gearbeitet. Als Ethan irgendwann mitten in der vergangenen Nacht gestorben war, da war er Besitzer der Restaurantkette »Baileys« gewesen, die ein »All-you-can-eat-Büffet« für $ 9,99 im Angebot hatte.

Ob gemeinsam oder allein, sie hatten jedenfalls die Blicke der High Society von San Francisco ebenso auf sich gezogen wie die derer, die gerne dazugehört hätten. Es gab Gerüchte über Liebhaber aus Hollywood, anrüchige Arrangements und sämtliche Partys, die man mit Geld kaufen konnte: Sexpartys, Drogenpartys, Partypartys.

Als ich mich wieder in Jacobis Vortrag einklinkte, sagte er gerade: »Dieser Noble Blue ist irgendwie ein komischer Kauz. Er behauptet, dass er euch alles über die Baileys erzählen kann, auch die intimen Details, und das mit den Intimkenntnissen könnt ihr gerne wörtlich nehmen. Boxer, du kriegst jeden Mann, den du für diesen Fall brauchst ... Lemke, Samuels, McNeil. Ich will regelmäßig informiert werden und stecke immer wieder mal meine Nase zur Tür rein.«

Ich schickte ihm den bösen Blick, sagte aber: »Prima. Weißt du, was ich hoffe?« Ich nahm Jacobi die Akte ab und stand auf, um mein Jackett anzuziehen.

Jacobi setzte eine gleichgültige Miene auf. »Was denn, Boxer?«

»Dass die Baileys Abschiedsbriefe hinterlassen haben.«

27

Conklin setzte sich ans Steuer unseres zivilen Chevy, und wir folgten der Bryant Street nach Norden, quälten uns durch den zäh fließenden Verkehr, so lange, bis ich sagte: »Das ist doch bekloppt«, und die Sirene einschaltete. Fünfzehn Minuten später standen wir vor dem Haus des Ehepaars Bailey.

Die Feuerwehr war da, außerdem diverse Steifenwagen und zivile Einsatzfahrzeuge sowie der Kleinbus der Kriminaltechnik, der den Bürgersteig vor dem Haus blockierte.

In San Francisco leben nicht allzu viele Hollywood-Typen, aber wenn wir so etwas wie einen Stadtplan der Stars hätten, dann hätte das Haus der Baileys darin auf jeden Fall seinen Platz gehabt. Das riesige, dreigeschossige, braun-gelbe, stuckgeschmückte Anwesen mit seinen weißen Querbalken und Applikationen thronte an der Ecke von Broadway und Pierce Street und erstreckte sich einen halben Straßenzug weit nach Süden und nach Osten.

Für mich sah es eher aus wie ein Museum als wie ein Wohnhaus, doch seine glanzvolle Vergangenheit reichte zurück bis in die Zeit der Prohibition, und es war das Beste, was man für fünfzehn Millionen Mäuse bekommen konnte: knapp dreitausend Quadratmeter in einer der besten Lagen der Stadt.

Ich begrüßte den ersten Beamten an der Tür, Pat Noonan, einen jungen Mann mit abstehenden roten Ohren, der sich mehr und mehr den Ruf erarbeitete, ein vorzüglicher Polizist zu sein. Samuels und Lemke kamen den Gartenweg entlang, und ich schickte sie zurück auf die Straße. Sie sollten die Nachbarschaft abgrasen.

»Einbruch?«, erkundigte ich mich bei Noonan.

»Nein, Ma'am. Wer immer das Haus betreten hat, er hatte den Code für die Alarmanlage und einen Schlüssel. Die fünf da drüben? Das ist das Personal. Sie wohnen im Haus und waren gestern Abend alle hier, haben aber nichts gesehen oder gehört.«

Ich murmelte: »Das macht mich jetzt fertig.« Dann stellte Noonan uns der Hauswirtschafterin vor, Iraida Hernandez.

Sie war eine drahtige Frau, makellos sauber gekleidet und Ende fünfzig. Ihre Augen waren vom vielen Weinen gerötet, und ihr Englisch war besser als meines. Ich nahm sie etwas beiseite, damit wir uns ungestört unterhalten konnten.

»Das war kein Selbstmord«, stellte Mrs. Hernandez trotzig fest. »Ich war Isas Kindermädchen. Und jetzt ziehe ich ihre Kinder groß. Ich kenne die ganze Familie schon seit der Empfängnis, und ich sage Ihnen, dass Isa und Ethan ein glückliches Paar waren.«

»Wo sind die Kinder jetzt?«

»Gott sei Dank haben sie bei den Großeltern übernachtet. Mir ist richtig schlecht. Was, wenn nicht ich ihre Eltern gefunden hätte, sondern sie? Oder wenn sie zu Hause gewesen wären … nein, nein, nein. Das ist ja nicht auszudenken.«

Ich fragte Mrs. Hernandez, wo sie die Nacht verbracht hatte. – »Im Bett. Ich habe mir *Die lange Nacht der Schönheitsoperationen: Vorher – Nachher* angeschaut.« – Was sie nach dem Öffnen der Schlafzimmertür gesehen hatte. – »Sie waren tot. Noch warm!« – Und ob sie jemanden kannte, der den Baileys möglicherweise etwas antun wollte. – »Eine Menge Leute waren neidisch auf sie, aber umbringen? Ich glaube, das muss eher ein schrecklicher Unfall gewesen sein.«

Mrs. Hernandez schaute mich an, als hoffte sie, dass ich diesen schrecklichen Traum verscheuchen konnte, aber ich beschäftigte mich in Gedanken bereits mit diesem seltsamen

Rätsel, fragte mich, ob ich da womöglich in einen dieser englischen Krimis geraten war, wo die Tätersuche im Wohnzimmer stattfindet.

Ich teilte Mrs. Hernandez mit, dass wir sie und die anderen Bediensteten mit auf die Wache nehmen mussten, um ihre Fingerabdrücke und ihre DNA zu sichern. Dann rief ich Jacobi an.

»Das war kein Einbruch«, sagte ich. »Egal, was in diesem Haus passiert ist, das Personal hat aller Wahrscheinlichkeit nach Bescheid gewusst. Alle fünf hatten überall ungehinderten Zugang, also…«

»…kann es gut sein, dass einer von ihnen der Täter ist, falls die Baileys ermordet worden sind.«

»Ganz genau. Du kannst ja Gedanken lesen.«

Ich sagte ihm, dass ich der Meinung war, er und Chi sollten die Befragungen durchführen, und er war damit einverstanden. Dann duckten Conklin und ich uns unter dem Absperrband hindurch und sprachen im Foyer einen neuen Beamten an, der uns ins Schlafzimmer der Baileys brachte.

Das Innere des Hauses war ein Wunderland aus unterschiedlich getönten Gipswänden sowie aufwendigen Stuck- und Maurerarbeiten. In jedem Zimmer befanden sich schöne, alte, europäische Gemälde und Antiquitäten, hinter jeder Tür lag ein noch größerer, noch schönerer Raum. Es war eine atemberaubende Aneinanderreihung von Überraschungen.

Als wir in den zweiten Stock kamen, hörte ich in der Mitte des mit Teppich ausgelegten Flurs Stimmen und das Krächzen von Funkgeräten.

Ein geschniegelter junger Beamter aus der Nachtschicht, Sergeant Bob Nardone, betrat den Flur und rief meinen Namen, während wir näher kamen.

Ich sagte: »Tut mir leid, Bob, aber ich muss die Ermittlungen übernehmen. Befehl von oben.«

Aus irgendeinem Grund rechnete ich fest mit einer Auseinandersetzung.

»Du willst mich verarschen, Boxer, stimmt's? Bitte, der Fall gehört dir.«

28

Charlie Clapper, der Leiter unseres kriminaltechnischen Labors, stand neben dem Bett des Ehepaars Bailey. Clapper ist Mitte fünfzig und hat sein halbes Leben bei der Strafverfolgung zugebracht. Er hat schon alles gesehen, was es gibt. Vielleicht sogar noch mehr. Charlie ist kein Sprücheklopfer. Er macht seine Arbeit absolut gründlich und sorgfältig, dann sagt er, was er zu sagen hat, und macht sich vom Acker.

Clapper war schon seit rund zwei Stunden am Tatort. Auf dem Teppich waren keine Fähnchen oder Markierungen zu sehen, also gab es auch kein Blut oder andere Spuren. Während die Kriminaltechniker auf den Möbeln nach Fingerabdrücken suchten, betrachtete ich ausführlich das ungewöhnliche Bild, das sich mir bot.

Die Baileys lagen im Bett, so ruhig und makellos, als wären sie aus Wachs.

Beide Leichen waren nackt, die untere Körperhälfte von Laken und einer Daunendecke bedeckt. Ein schwarzer Spitzen-BH hing über dem massiven, mit Schnitzereien verzierten Kopfbrett. Andere Kleidungsstücke, Ober- wie Unterwäsche, lagen verstreut auf dem Boden, wie eilig dorthin geworfen.

»Wir haben alles genauso vorgefunden, abgesehen von einer offenen Flasche Moët & Chandon und zwei Sektgläsern, die bereits auf dem Weg ins Labor sind«, sagte Clapper zu Conklin und mir. »Mr. Bailey hat Cafergot gegen seine Migräne und Prevacid gegen Sodbrennen genommen. Seine Frau Clonazepam. Das hilft gegen Angstzustände.«

»Das ist doch so was wie Valium, oder?«, erkundigte sich Conklin.

»Es ist vergleichbar. Als Dosis ist auf dem Glas eine Tablette täglich vor dem Schlafengehen vermerkt. Das ist die Minimaldosis.«

»Wie viel war noch im Tablettenglas?«, wollte Conklin wissen.

»Sie war fast voll.«

»Kann Clonazepam in Kombination mit Alkohol zum Tod führen?«

»Macht höchstens müde.«

»Und? Was hältst du davon?«, wandte ich mich an Clapper.

»Tja, ich schaue mir die Lage der Leichen an und hoffe, dass mir irgendwas dazu einfällt. Wenn sie Händchen halten würden, dann würde ich zu gemeinsamem Selbstmord tendieren. Oder vielleicht irgendwas noch Düstereres.«

»Dass der Killer das Ganze vielleicht so arrangiert hat, als sie schon tot waren?«

Clapper nickte. »Ganz genau. Von vornherein geplant oder erst nachträglich. Aber hier haben wir zwei offenkundig gesunde Menschen Mitte dreißig, beide in einer natürlichen Schlafhaltung. Auf den Laken haben wir Sperma gefunden, aber sonst nichts, weder Blut noch irgendetwas anderes. Und ich kann auch keine Anzeichen für einen Kampf entdecken, keine Druckstellen, keine Wunden.«

»Bitte Charlie, gib uns doch wenigstens *irgendwas*!«, sagte ich.

»Na ja, eines können wir jedenfalls ausschließen: Kohlenmonoxid. Die Feuerwehr hat gründlich nachgesehen und das Ergebnis war negativ. Außerdem haben auch die Hunde der Baileys hier geschlafen«, sagte Clapper und deutete auf die Hundekörbchen beim Fenster, »und die sind beide am Leben. Nach Auskunft der Haushälterin hat die Hundesitterin sie um acht abgeholt und als sie sie zurückbrachte zu Mrs. Hernandez gesagt, dass mit den Tieren alles in Ordnung sei.«

»Sehr schön«, sagte ich. »Eigentlich geradezu perfekt.«

»Ich melde mich wegen der Fingerabdrücke. Den Rest überlasse ich der Gerichtsmedizinerin. Aber du hast recht, Lindsay. Dieser Tatort ist zu sauber. *Falls* es ein Tatort ist.«

»Das war alles?«

Charlie zwinkerte. »Das war alles. Clapper hat gesprochen.«

29

Die Baileys bekamen das Beste von allem, selbst noch im Tod. Wir erhielten ohne großes Palaver einen Durchsuchungsbefehl. Zum allerersten Mal. Dann kam der stellvertretende Bezirksstaatsanwalt Leonard Parisi vorbei und bat um eine Besichtigung des sogenannten Tatorts.

Seine Anwesenheit sagte mir, dass Red Dog, falls es sich hier tatsächlich um einen Mord handeln und falls ein Tatverdächtiger unter Anklage gestellt werden sollte, den Fall selbst übernehmen würde. Ich zeigte ihm die Opfer, und er blieb schweigend und respektvoll stehen.

Dann sagte er: »Das ist übel. Was immer hier passiert sein mag, es ist sehr seltsam.«

Kaum war Parisi wieder verschwunden, tauchte Claire mit zwei Assistenten im Schlepptau auf. Ich brachte sie auf den neuesten Stand, während sie die Baileys fotografierte. Zwei Aufnahmen von jeder Seite, erst dann rührte sie die Leichen an.

»Kannst du mir schon was dazu sagen?«, erkundigte ich mich, während sie die Laken beiseitezog und noch mehr Fotos machte.

»Moment noch, Kleine. Ich weiß ja noch nicht mal, was ich überhaupt *denken* soll.«

Sie schnaubte ein paarmal, bat um Hilfe beim Umdrehen der Leichname und sagte: »Keine Leichenstarre. Die Verfärbung geht langsam zurück. Sie sind immer noch warm. Daher würde ich sagen, dass sie maximal zwölf Stunden tot sind.«

»Könnten es auch sechs Stunden sein?«

»Ja.«

»Noch was?«

»Ja, klar. Sie sind reich, schlank, schön und tot.«

Anschließend ließ Claire den üblichen Spruch hören: dass sie vor dem Abschluss der Obduktion keinerlei offizielle Aussagen machen würde.

»Aber mir ist etwas Ungewöhnliches aufgefallen«, sagte sie dann zu meinem Partner und mir. »Zwei Tote mit ähnlicher Starre und ähnlicher Verfärbung. Aus irgendeinem Grund hat es diese beiden hier *gleichzeitig* erwischt, Lindsay.

Sieh sie dir mal an. Keine sichtbare Gewalteinwirkung, keine Einschusslöcher, keine blauen Flecken, keine Abwehrverletzungen. So langsam glaube ich, dass wir es mit einer Vergiftung zu tun haben könnten, verstehst du?«

»Vergiftung, hmm? Also womöglich ein Doppelmord? Oder ein einfacher Mord plus Selbstmord? Ich denke bloß laut nach.«

Claire grinste mich an. »Ich obduziere die beiden heute noch, schicke das Blut ins Labor und melde mich, sobald die Ergebnisse da sind. Ich sag dir Bescheid, sobald ich irgendetwas rausgefunden habe.«

Conklin und ich waren im obersten Stock des musealen Anwesens der Baileys beschäftigt, während Clappers Team die Küche und die Badezimmer in Angriff nahm. Wir suchten nach Anzeichen für ein Eindringen, nach Notizzetteln und Tagebüchern, aber wir fanden nichts. Wir konfiszierten drei Laptops: Isas, Ethans sowie den des neunjährigen Christopher Bailey, nur zur Sicherheit.

Systematisch durchwühlten wir die Schränke und schauten unter die Betten, durchsuchten anschließend die Wohnräume der Bediensteten, damit sie nach ihrer Rückkehr aus dem Präsidium wieder in ihre Zimmer konnten.

Als ich noch einmal bei Claire vorbeischaute, wurden gerade die Leichensäcke verschlossen. Claire sah meine gerunzelte Stirn und sagte: »*Ich* mache mir keine Sorgen, Linds, also entspann dich. Das toxikologische Gutachten wird uns bestimmt weiterhelfen.«

30

»Da wären wir also«, sagte Conklin und nickte in Richtung des ungefähr vierzig Jahre alten, dunkelblonden Mannes in Shorts und einem leuchtend pinkfarbenen T-Shirt, der uns aus einer der rund um einen ovalen Pool gruppierten Palmenhütten zuwinkte.

Wenn es jemals einen Ort gegeben hatte, an dem wir sofort als Polizisten auffielen, dann hier. Seit Sean Penn hier nach Abschluss der Dreharbeiten zu seinem Nixon-Film mal eine Party geschmissen hatte, war die Bambuddha Lounge zum Dreh- und Angelpunkt der hippen Reichen geworden. Als wir über die Terrasse gingen, wurden Köpfe weggedreht und Joints ausgedrückt.

»Ich bin Noble Blue«, sagte der Mann in Pink.

Wir machten uns gegenseitig bekannt. Ich bestellte ein Mineralwasser zu Nobles Mai-Thai, und nachdem es sich alle bequem gemacht hatten, sagte ich: »Soviel ich weiß, haben Sie gestern mit den Baileys zu Abend gegessen.«

»Ist es denn zu glauben?«, erwiderte Blue. »Ihre letzte Mahlzeit. Das hätte ich mir in einer Million Jahren nicht träumen lassen. Vor dem Essen waren wir in der Oper. *Don Giovanni*, es war großartig.«

Bei dem Wort »großartig« verschluckte er sich und Tränen liefen ihm über die gebräunten Wangen. Er wischte sie mit einem Papiertaschentuch ab. »'tschuldigung«, sagte Blue. »Es ist nur so… Isa und Ethan haben dort so viele Freunde getroffen. Es ist fast so, als hätten sie absichtlich einen besonderen Abend arrangiert, weil sie wussten…«

»Könnten sie es denn gewusst haben?«, hakte Conklin nach. »Welchen Eindruck haben die beiden auf Sie gemacht?«

Blue meinte, sie seien »hundertprozentig normal« gewesen. Isa hatte während des Essens mit einem Mann am Nebentisch geflirtet, und Ethan hatte sich wie üblich darüber aufgeregt.

»Wie sehr aufgeregt?«, wollte ich wissen.

Blue lächelte und sagte: »Ich will damit keineswegs sagen *gewalttätig*, Sergeant. Das gehörte bei den beiden zum Vorspiel.«

Conklin sagte: »Haben Sie irgendeine Ahnung, wer sich ihren Tod gewünscht haben könnte?«

»Nein. Ich meine, nicht mal in meinen wildesten Fantasien. Aber es gab bestimmt etliche Leute, die sich zurückgewiesen gefühlt haben. Alle wollten in der Nähe der beiden sein, und das ging natürlich nicht.«

Blue erwähnte ein paar Komitees, deren Vorsitz Isa innegehabt hatte, und Leute, die deswegen beleidigt gewesen waren. Er sprach von anderen prominenten Paaren und einem nicht besonders freundschaftlichen Wettstreit darüber, wer auf den Gesellschaftsseiten der *Chronicle* öfter erwähnt wurde.

Und er verfiel in eine gewisse Schwärmerei, als er von Isas dreißigstem Geburtstag und der Geburtstagsparty in Paris berichtete, was sie zu dem Anlass getragen hatte, dass Barbra Streisand dort aufgetreten war und dass ihre dreihundert Gäste eine Woche lang außergewöhnlichen Luxus genossen hatten.

Conklin hatte sich bis jetzt Notizen gemacht, doch angesichts einer dreihundert Namen langen Gästeliste hob er den Kopf.

»Kann ich die Gästeliste irgendwo bekommen?«

»Na, klar. Ich glaube, sie wurde sogar veröffentlicht. Sie könnten sie vielleicht googeln?«, sagte Blue hilfsbereit. Er schnäuzte sich, nippte an seinem Drink und fügte gedankenverloren hinzu: »Klar gab es Leute, die sie gehasst haben. Ethan und Isa hatten jede Menge Neider. Ihr Geld. Ihre Berühmtheit.

Und beide waren sie so scharf, dass sie Rasierklingen ausgeschwitzt haben.«

Ich nickte, aber nach Noble Blues einstündiger, virtueller Führung durch das Leben des Ehepaars Bailey war ich erschöpft und enttäuscht darüber, dass wir so viele Informationen bekommen hatten, mit denen wir so wenig anfangen konnten.

Gleichzeitig jedoch hatte Noble Blue mein Interesse geweckt. Ich stellte fest, dass ich etwas für diese beiden Menschen empfand, die anscheinend das Glück gepachtet hatten… so lange, bis ihr Leben ausgelöscht worden war – als hätte irgendjemand einen Schalter umgelegt und sie einfach ausgeknipst.

Ich bedankte mich bei Blue, faltete meine verkrampften Beine auseinander und verließ die Palmenhütte im Zentrum des Tenderloin-Distrikts.

»Jetzt weiß ich noch weniger als vorhin, als Jacobi uns diesen faulen Apfel in den Schoß geworfen hat«, sagte ich zu Conklin, als wir auf die Eddy Street traten.

»Dir«, erwiderte Conklin, während er das Auto aufschloss.

»Mir, was?«

Er schenkte mir sein Ladykiller-Lächeln, bei dem es schon mal vorkommen konnte, dass ich meinen eigenen Namen vergaß. »Dir«, wiederholte mein Partner. »Diesen faulen Apfel, den Jacobi *dir* zugeworfen hat.«

31

Die Beamten, die an den Ermittlungen im Fall Bailey beteiligt waren, hatten sich locker in dem schmuddeligen, sechs mal neun Meter großen Bereitschaftsraum verteilt, den wir oft als unser Zuhause betrachten.

Jacobi saß an meinem Schreibtisch und sagte ins Telefon: »Sie sind gerade reingekommen. Okay. Sobald du kannst.«

Dann legte er auf. »Clapper sagt, dass er weder im Schlafzimmer noch im Badezimmer verdächtige Fingerabdrücke gefunden hat. Nichts Interessantes, weder in den Gläsern noch in den Pillen oder in der Champagnerflasche.

Claire ist noch unterwegs. Paul, warum fängst du nicht einfach an?«

Paul Chi ist geschmeidig, dynamisch, steckt voller Ideen und ist ein erstklassiger Verhörspezialist. Er hatte zusammen mit Jacobi die Hausangestellten befragt und gab nun darüber Bericht.

»Erstens, der Gärtner: Pedro Vasquez, zweiundvierzig Jahre alt, Latino. War irgendwie unruhig. Hat uns freiwillig gestanden, dass er auf seinem Laptop ein paar Pornos hat«, meinte Chi. »Hat sich aber rausgestellt, dass die Mitwirkenden alle über achtzehn waren. Ich habe eine Stunde lang mit ihm geredet und kann kein Motiv erkennen, zumindest noch nicht. Seine Fingerabdrücke wurden im Schlafzimmer der Baileys *nicht* gefunden. Vasquez hat gesagt, er sei noch nie über das Erdgeschoss hinausgekommen, und zum jetzigen Zeitpunkt haben wir keinen Anlass anzunehmen, dass das nicht stimmt.

Zweitens: Iraida Hernandez«, fuhr Chi fort und blätterte eine Seite weiter. »Das ist eine nette Dame.«

»Ist das deine professionelle Einschätzung als Polizeibeamter, Chi?«, erkundigte sich Lemke mit sanfter Stimme.

»Jawohl, so ist es«, erwiderte Chi. »Hernandez ist gebürtige Mexikanerin, mittlerweile aber eingebürgert, achtundfünfzig Jahre alt. Sie ist seit über dreißig Jahren für die Familie tätig, erst in Isa Booths Elternhaus und jetzt bei den Baileys. Ihre Fingerabdrücke sind, wie nicht anders zu erwarten, überall im Schlafzimmer zu finden.

Sie hat keine Vorstrafen, aber sie könnte durchaus ein Motiv haben.«

»Ehrlich?«, sagte ich.

Chi nickte. »Sie sagt, dass sie wahrscheinlich im Testament der Baileys erwähnt wird. Das dürfen wir nicht aus dem Blick lassen, aber mein Gefühl sagt mir, dass sie nichts damit zu tun hat. Iraida Hernandez hält sich an die Vorschriften. Sie ist loyal. Sie hat über niemanden ein böses Wort verloren, also bleibt es dabei: eine ›nette Dame‹.«

»Was ist mit der Köchin?«, ließ sich Cappy McNeil vernehmen. Cappy ist ein großer, kräftiger Kerl mit gut hundertzehn Kilo, und wenn die Donuts oder die Treppen ihn nicht vorzeitig in den Ruhestand schicken, wird er vielleicht irgendwann Lieutenant in irgendeinem kleinen Städtchen am Meer. Das ist jedenfalls sein großes Ziel. »Die Küste sehen und sterben«, sagt er immer.

»Wie ich gerade sagen wollte«, meinte Chi an seinen Partner gewandt. »Nummer drei: die Köchin. Miller, Marilyn, siebenundvierzig Jahre alt. Kommt irgendwoher, wo man normalerweise drüber wegfliegt.« Chi warf einen Blick auf seine Notizen. »Ohio. Ist erst seit einem Jahr bei den Baileys. Hat eine saubere Weste. Keine Fingerabdrücke in den oberen Stockwerken. Das Einzige, was sie gesagt hat, war: ›Was wird jetzt aus mir?‹ Ich sehe kein Motiv. Was hätte sie davon? Aber sie hatte Zugang zu den Baileys, genau wie die übrigen Angestellten. Und wenn wir eine Vergiftung ins Auge fassen …«

Chi zuckte mit den Schultern, als wollte er sagen: *Sie ist die Köchin*.

Jacobi sagte: »Ich habe Marilyn Miller gebeten, die Stadt nicht zu verlassen, und habe zwei Teams der Special Investigation Division angefordert. Die sollen sie rund um die Uhr beschatten.«

Chi beendete seinen Bericht mit den beiden verbliebenen Angestellten, einer zweiten Haushälterin und dem Mechaniker. Sie waren beide so sauber wie die Schnurrbarthaare einer Katze. Da stürmte Claire in Turnschuhen und Schutzanzug in den Bereitschaftsraum.

Sie blickte sich um und sagte: »Habt ihr etwa gedacht: *Claire ist da, jetzt kann die Party ja losgehen?* Denkt noch mal nach.«

32

Chi rollte einen Stuhl für Claire herbei. Sie setzte sich, legte die Füße auf einen Schreibtisch und sagte: »Meine Damen und Herren, die Körper der Baileys waren so absolut makellos, dass ich mich eigentlich nur gefragt habe, wieso sie nicht wieder angefangen haben zu atmen. Keine Tabletten im Magen, keine Schürfwunden, blauen Flecken oder sonstige Verletzungen. Kein Kohlenmonoxid. Und da ich niemals zulassen würde, dass sich irgendwelches Hautgewebe zwischen mich und meine Diagnose drängt, habe ich bei beiden eine schichtweise Sektion der Hals- und auch der Nackenpartien vorgenommen.

Summa summarum habe ich sie mit Ausnahme ihrer Träume wirklich komplett unter die Lupe genommen. Das Obduktionsergebnis ist in beiden Fällen absolut negativ.«

Alle stöhnten auf. Sogar ich.

»Dann habe ich mit Ethan Baileys Hausarzt gesprochen«, fuhr Claire fort. »Und mit Isas Gynäkologen. Beide Ärzte hatten eine komplette und aktuelle Krankengeschichte ihrer Patienten parat. Daraus ergibt sich, dass beide Baileys die letzten Untersuchungen jeweils mit fünf Sternen bestanden haben, macht insgesamt also zehn. Diese jungen Menschen haben genau gewusst, wie sie ihre Körper behandeln müssen.

Und als ich vor zehn Minuten, nach dem Gespräch mit dir…«, sie schaute Jacobi an, »…den Telefonhörer aus der Hand gelegt habe, kam der vorläufige toxikologische Bericht zur Tür hereinmarschiert.

Ich wäre jede Wette eingegangen, dass Gift mit im Spiel war, dass der oder die eine den oder die andere über den Jordan geschickt und anschließend sich selbst vergiftet hat, sodass wir es mit einem kombinierten Mord-Selbstmord oder gar mit einem Doppel-Selbstmord zu tun haben. Aber dann habe ich eine Überraschung erlebt – und zwar keine erfreuliche.«

Wir starrten Claire mit aufgerissenen Augen an.

Niemand sagte etwas. Womöglich hielten wir alle den Atem an.

Claire schwenkte einen Computerausdruck durch die Luft und sagte: »Die Toxikologie war negativ. Kein Gift, keine Opiate, keine Betäubungsmittel, kein gar nichts. Todesursache? Keine Ahnung. Todesart? Keine Ahnung. Das Ganze stinkt zum Himmel, und ich weiß nicht, wieso«, fuhr sie fort, »aber die Wahrscheinlichkeit, dass diese beiden Menschen mit ihren durch und durch negativen Obduktionsergebnissen und ohne jeden toxikologischen Befund praktisch gleichzeitig ihr Leben aushauchen, ist, statistisch gesehen, *astronomisch gering.*«

»Oh, Mann«, murmelte ich. »So viel zum Thema: ›Das toxikologische Gutachten wird uns bestimmt weiterhelfen‹.«

»Okay, okay, Lindsay, da habe ich falsch gelegen. Da es so etwas wie einen ›Plötzlichen Erwachsenentod‹ nicht gibt, gehen wir von einem Tötungsdelikt aus. Also bekommen Ethan und Isa Bailey von mir bis auf Weiteres einen Blondinen-Totenschein.«

Chi meldete sich zu Wort und sagte: »Claire, meine Teure, das höre ich zum ersten Mal. Was ist denn ein Blondinen-Totenschein?«

»Kein Durchblick«, prustete Claire hervor. »Die Akte bleibt vorerst geöffnet. Noch Fragen?«

»Ja«, meinte Jacobi. »Was nun?«

Claire nahm die Füße vom Tisch, stand auf und sagte: »Ich gehe jetzt nach Hause, gebe meinem Baby einen Kuss, esse einen kompletten Putenauflauf und anschließend noch eine

Schale Schokoladenpudding mit Schlagsahne, und ich kann bloß hoffen, dass mich niemand daran hindern will.«

Sie blickte sich im Raum um, sah unsere nach dem langen Arbeitstag erschöpften und im Schein der Neonröhren gräulichen Gesichter. Wir sahen bestimmt aus wie Zombies.

Besonders Jacobi machte einen schlechten Eindruck. Er musste den Angehörigen, der Presse, dem Polizeichef und dem Bürgermeister die Mitteilung machen, dass wir noch immer absolut keinen Schimmer hatten.

»Ich weiß, dass ihr noch am Anfang steht, genau wie ich auch«, sagte Claire und ihr Lächeln schickte ein paar kleine Strahlen der Hoffnung in unsere versammelte Düsternis. »Ich habe die Proben noch einmal ins Labor geschickt, damit die Nachtschicht sich alles noch einmal vornimmt«, sagte sie. »Ich habe ihnen die Anweisung gegeben, sämtliche Tests noch einmal durchzuführen und dabei besonders auf das Eigenartige, das Seltsame und das *Bizarre* zu achten.«

33

Conklin und ich verbrachten volle sieben Stunden mit der Befragung der Bekannten und Angehörigen der Baileys sowie der wenigen persönlichen Angestellten, die nicht im Haus wohnten: Isas Sekretärin, die Hundesitterin, die gleichzeitig auch eine Art Mädchen für alles war, sowie der Hauslehrer der Kinder.

Nichts. Wir schrieben unsere Notizbücher voll und zogen weiter.

Während die übrigen Mitglieder meines Teams sich wieder der Befragung der Nachbarschaft widmeten, statteten Conklin und ich Isas unfassbar reichen Eltern, Yancey und Rita Booth, einen Besuch ab. Sie hatten uns unter Tränen auf ihr fantastisches Anwesen im Stadtteil Nob Hill eingeladen.

Wir verbrachten etliche Stunden bei ihnen, überwiegend damit, zuzuhören und Notizen zu machen. Die Booths waren Mitte sechzig, durch Isas Tod völlig aus der Bahn geworfen, und sie mussten sich den Schock von der Seele reden, indem sie uns mit der Familiengeschichte der Booths und Baileys vertraut machten.

Nach Yancey Booths Schilderung gab es einen hundert Jahre alten Streit zwischen den beiden Familien, der bis zum heutigen Tag andauerte und der bei einem Grundstück mit uneindeutigem Grenzverlauf seinen Anfang genommen hatte.

Wir erfuhren, dass Ethan Bailey drei Brüder hatte, die allesamt erfolglos geblieben waren, und diese kleine, unbedeutende Tatsache eröffnete uns einen neuen Zugang zu den Ermittlungen.

Wir sahen uns Bilder der Familie Booth an, die bis in das Zeitalter des Goldrauschs zurückreichten, und wir lernten die

Enkelkinder kennen, beziehungsweise *sie* lernten *uns* kennen, nachdem sie unbedingt ins Zimmer kommen wollten, um die Polizei zu sehen.

Um fünf Uhr nachmittags lehnten wir eine Einladung zum Abendessen ab. Wir ließen unsere Visitenkarten sowie die Zusage zurück, dass Isa Booth auf unserer Prioritätenliste an erster Stelle stand, und dann machten wir, dass wir wegkamen.

Während wir die Eingangstreppe hinuntergingen, murmelte ich Conklin zu: »Mit diesem Fall haben wir noch bis zur Pensionierung zu tun.«

Wir setzten uns ins Auto, besprachen noch einmal, was wir über das Leben von Isa und Ethan erfahren hatten, und fragten uns, ob dieser Fall wohl jemals aufgeklärt würde.

Ich sagte zu Conklin: »Ihre Eltern werden nie darüber wegkommen.«

»Sie haben sie auf jeden Fall sehr geliebt.«

»Als Mrs. Booth vorhin zusammengebrochen ist ...«

»Herzzerreißend. Ich meine, es würde mich nicht wundern, wenn sie an dieser Geschichte zugrunde geht.«

»Und dann die beiden kleinen Jungs.«

»Gerade alt genug, dass sie es verstehen können. Wie der jüngere, Peter, gesagt hat: ›Bitte sagen Sie mir, wieso jemand Mommy und Daddy das angetan hat‹ ...« Conklin seufzte. »Siehst du? Isa und Ethan können es nicht selbst getan haben. Ich kann mir nicht vorstellen, dass einer von den beiden den anderen umgebracht hat. Nicht mit diesen Kindern.«

»Ich weiß.«

Dann erzählte ich Conklin von den Kindern meiner Schwester, Brigid und Meredith, die ungefähr im selben Alter sind wie die beiden Bailey-Jungs. »Ich rufe meine Schwester heute Abend noch an. Einfach bloß, um die glücklichen Stimmchen der Mädchen zu hören.«

»Gute Idee«, meinte Conklin.

»Wir wollten sie eigentlich besuchen. Joe und ich. Aber jetzt ist er geschäftlich unterwegs.«

»Das ist aber schade. Dann müsst ihr Cat eben besuchen, wenn er wieder da ist.«

»Das hat er auch gesagt.«

»Du magst doch Kinder, Lindsay«, sagte Conklin nach einer kurzen Pause. »Du solltest selbst auch welche bekommen.«

Ich wandte mich ab und schaute zum Fenster hinaus, während in meinem Kopf alle möglichen, verbotenen Gedanken durcheinanderpurzelten … wie nahe Rich und ich uns mittlerweile standen, die Tabu-Worte und -Taten, der Duft seiner Haare, wie es sich angefühlt hatte, ihn zu küssen, der Teil von mir, der es bedauerte, dass ich Nein gesagt hatte, weil ich jetzt niemals erfahren würde, wie gut wir zusammengepasst hätten.

»Lindsay? Alles in Ordnung?«

Ich wandte mich zu ihm um und sagte: »Ich denke bloß nach.« Und als ich ihm in die Augen blickte, spürte ich einen Stromschlag, einen Lichtbogen zwischen ihm und mir.

In weiter Ferne klingelte ein Telefon.

Beim dritten Klingeln griff ich nach dem Handy an meinem Gürtel. Ich war wütend, traurig und froh – in dieser Reihenfolge. Jacobi war am Telefon, aber selbst wenn sich nur jemand verwählt gehabt hätte, es wäre mir recht gewesen.

Das Klingeln hatte mich gerettet.

Denn womöglich hätte ich Conklin einen Augenblick später vorgeschlagen, das zu tun, woran ich gerade gedacht hatte … und hätte damit nichts weiter erreicht, als dass ich mich *noch schlechter* gefühlt hätte.

34

Claire stand schon wieder mitten in unserem Bereitschaftsraum, aber dieses Mal sah sie irgendwie seltsam aus, als hätte sie sich einen Kinnhaken eingefangen.

»Falls irgendjemand hier im Saal meine Vorlesung noch nicht gehört hat: Es gibt zwei Arten von Fällen. Die einen sind über die Begleitumstände zu klären, die anderen mithilfe einer Obduktion.«

Sie fing an, hin und her zu gehen und ebenso mit sich selbst wie mit uns zehn anderen Anwesenden zu reden, die alle wissen wollten, was bei der zweiten Toxikologie herausgekommen war.

»Dieser Obdachlose, ihr wisst schon, dieser Bagman Jesus. Der hatte Verletzungen am ganzen Körper, sechs Schusswunden in Kopf und Hals und dazu noch postmortale Schlagverletzungen. Seine Leiche hat man in einer Gegend gefunden, in der sich auch Drogendealer aufhalten, aber in diesem Fall *brauche* ich die Begleitumstände gar nicht.

Aber jetzt haben wir zwei Tote, die in ihren eigenen Betten aufgefunden worden sind. Dazu kommt eine Obduktion ohne jedes Resultat, eine kriminaltechnische Untersuchung ohne jedes Resultat…«

Sie unterbrach sich. Schluckte.

»Die toxikologischen Tests mit Schwerpunkt auf dem Eigenartigen, dem Seltsamen und dem *Bizarren*«, versuchte ich ihr auf die Sprünge zu helfen.

»Negativ. Absolut negativ. Vielen Dank, mein Mädchen, ich hätte beinahe vergessen, was ich eigentlich sagen wollte. Aber jetzt weiß ich's wieder: Die Aufklärung des Falles Bailey hängt voll und ganz an den Begleitumständen.

Und ein Fall, dessen Aufklärung ganz an den Begleitumständen hängt, bedeutet, dass wir Polizeiarbeit brauchen. Ihr wisst alle, was ich damit meine. Wie war ihre finanzielle Situation? Hatte vielleicht jemand eine Affäre? Ein Doppelleben? Ich müsst mir helfen, müsst mir eine Richtung vorgeben, weil ich nämlich total in der Luft hänge.«

Also darum ging's. Claire war mit ihrem Latein am Ende. Ich wusste nicht, ob ich das schon jemals erlebt hatte.

»Das ist die Presseerklärung, die ich morgen früh rausgeben muss«, sagte Claire. Sie holte einen Zettel aus einer Seitentasche und begann vorzulesen.

»Der Fall Bailey wird von der Gerichtsmedizin aktiv verfolgt. Da die Todesumstände immer noch ungeklärt sind, gehen wir im Augenblick von einem Tötungsdelikt aus. Dazu kann ich keinen weiteren Kommentar abgeben, da ich die Ermittlungen in keiner Weise gefährden möchte.«

Claire hob den Blick.

»Und dann fällt die Pressemeute über mich her und macht Hackfleisch aus mir.«

»Du hast doch nicht gesagt, dass du aufgeben willst, oder?«, hakte Jacobi nach.

Ich betrachtete Claire besorgt. Sie machte einen leidenden und ängstlichen Eindruck.

»Ich nehme mir eine zusätzliche Beratung. Ich habe schon zwei sehr bekannte, amtlich beglaubigte Kriminalpathologen angerufen und sie gebeten, sich die Sache anzuschauen«, meinte Claire. »Du musst es den Angehörigen beibringen, Jacobi. Sag ihnen, dass wir die Leichen ihrer Kinder noch nicht freigeben können, weil wir mit unserer Arbeit noch nicht fertig sind.«

35

Yuki starrte schon wieder in seine blau-grauen Augen. Dieses Mal saß Dr. John Chesney ihr gegenüber an einem kleinen Tisch in der Krankenhaus-Cafeteria, stürzte sich auf sein vegetarisches Chili und sagte: »Endlich Mittagessen, vierzehn Stunden nach dem Aufstehen.«

Yuki fand ihn *hinreißend,* nur vom Anschauen wurde ihr schwindelig, und dabei war ihr vollkommen klar, dass ein hinreißendes Äußeres nicht bedeuten musste, dass er gut oder ehrlich oder *überhaupt* irgendetwas war. Ihr schossen sogar ein paar Bilder von ausgesprochen gut aussehenden *Mieslingen* durch den Kopf, mit denen sie mal zusammen gewesen war, ganz zu schweigen von mehr als nur ein paar schnuckeligen *Mördern,* denen sie vor Gericht gegenübergestanden hatte – aber was soll's!

John Chesney war nicht nur hinreißend, sondern auch noch verdammt *nett.*

Sie konnte beinahe den Atem ihrer Mutter im Nacken fühlen, die ihr zuflüsterte: »Yuki-eh, diese Doktah John is' gut' Mann fül hei-ra-té.«

Mom, wir wissen doch absolut nichts *über ihn.*

Chesney nippte an seiner Cola und sagte: »Ich weiß bis jetzt nicht einmal, ob ich überhaupt in San Francisco *angekommen* bin. Seit vier Monaten lebe ich in dieser Stadt und habe tagein, tagaus nichts anderes gemacht, als nach der Arbeit nach Hause zu joggen und dann unter der Dusche einzuschlafen.«

Yuki lachte. Stellte ihn sich vor, nackt, die dunkelblonden Haare an den Kopf geklatscht, Wassertropfen schlängeln sich über seinen kompakten, muskulösen Körper …

»Und wenn ich aufwache, bin ich wieder hier. Wie *Und täg-*

lich grüßt das Murmeltier, bloß in einer Krisenregion. Aber ich will mich nicht beklagen. Das ist genau der Job, den ich immer gewollt habe. Was ist mit Ihnen? Sie sind Rechtsanwältin, nicht wahr?«

»Ja, genau.«

Yuki erzählte John, dass sie im Augenblick auf das Urteil in einem ziemlich aufsehenerregenden Fall wartete, vielleicht hatte er ja davon gehört.

»Eine ehemalige Schönheitskönigin bringt ihren Vater mit einem Stemmeisen um und versucht das Gleiche dann auch bei ihrer Mutter …«

»Das ist *Ihr* Fall? Wir haben hier alle darüber gesprochen. Die Mutter hat fünf harte Schläge auf den Schädel überlebt. Mein Gott, eine eingeschlagene Schädeldecke, gebrochene Augenhöhlen und ein zerschmetterter Kiefer. Mannomann, diese Frau hat wirklich *Lebenswillen.*«

»Ja, genau. Es war bitter für uns, als sie das, was wir alle für ihre letzten Worte gehalten haben, widerrufen hat …« Yuki dachte an Rose Glenn, strich mit der Hand über ihre frisch rasierte Schläfe, hob den Blick und sah, wie Chesney sie wohlwollend anlächelte.

»Der Schnitt steht Ihnen großartig, Yuki.«

»Finden Sie?«

»Ihnen ist doch klar, dass ich das tun *musste,* oder?«

»Tja, der gute Vorsatz rechtfertigt nicht die böse Tat, Herr Doktor. *Sie* haben doch angefangen mit Ihrem Haarschneider, oder etwa nicht? Wie mit einem Rasenmäher. Haben mir den übelsten Haarschnitt meines gesamten Lebens verpasst, ist es nicht so, Herr Doktor?«

Chesney lachte und sagte: »Ich bekenne mich der Verursachung eines schlechten Haarschnitts schuldig. Aber ich habe Ihnen sehr hübsche Nähte gemacht.«

Yuki fiel in sein Lachen ein und sagte: »John, ich habe Sie

angerufen, weil ich mich bei Ihnen entschuldigen wollte. Es tut mir leid, dass ich mich hier wie eine durchgeknallte Furie aufgeführt habe.«

»Ha! Sie waren die beste verrückte Patientin, die ich je hatte.«

»Ach, hören Sie doch auf!« Sie lachte erneut.

»Ganz ehrlich. Sie haben mich nicht bedroht, haben mich nicht geschlagen und mich auch nicht mit einer Spritze gestochen. Gerade jetzt liegt ein Typ mit drei gebrochenen Rippen und einer Gehirnerschütterung in der Notaufnahme, der sein Handy einfach nicht hergeben wollte. ›Ich arbeite‹, hat er gesagt. Zu dritt mussten wir ihm das Ding aus der Hand reißen.«

Und genau in diesem Augenblick gab Chesneys Piepser Laut. Er warf einen Blick darauf, sagte: »Verdammt. Ich muss zurück. Äh… Yuki… hätten Sie vielleicht Lust, das irgendwann zu wiederholen?«

»Na klar«, erwiderte Yuki. »Ich wohne nur eine Taxifahrt von hier entfernt.«

»Vielleicht könnten wir ja irgendwo *hingehen*. Vielleicht könnten Sie mir die Stadt zeigen.«

Yuki lächelte ihn scheu an und sagte: »Das heißt dann wohl, dass Sie mir verzeihen.«

John legte seine Hand auf ihre und sagte: »Ich sage Ihnen Bescheid, wenn es so weit ist.«

Sie lachte, und er lachte auch. Und ihre Blicke verschmolzen, so lange, bis er seine Hand wieder wegnahm – und dann war er verschwunden.

Yuki wartete schon jetzt sehnsüchtig auf seinen Anruf.

36

Cindy kam aus ihrem Apartmenthaus und bog nach rechts ab. Sie hatte das Handy ans Ohr gepresst und hörte Lindsay sagen: »Ich wünschte, ich könnte irgendetwas unternehmen, aber wir ersticken in diesem Bailey-Fall. Wir *ersticken* darin.«

»Meine Chefredakteurin hat die erste Lokalseite für meinen Artikel reserviert. Da gibt es einen *Redaktionsschluss*. Willst du etwa behaupten, dass du überhaupt nichts Neues hast?«

»Willst du die Wahrheit hören? Conklin und ich sind noch am allerersten Tag von Bagman Jesus abgezogen worden. Wir haben versucht, in unserer Freizeit was rauszukriegen…«

»Trotzdem vielen Dank, Linds. Nein, ehrlich«, sagte Cindy und klappte ihr Handy zu. Genug geredet. *Niemand interessierte sich für diesen Fall.*

Cindy ging die Townsend Street entlang bis zu dem Durchgang zwischen ihrem Wohnhaus und der Stelle, an der Bagman Jesus ermordet worden war. Sie blieb vor dem bescheidenen Gedenkschrein außerhalb des Rangierbahnhofs stehen. Immer noch verunzierten Blutflecken den Bürgersteig, steckten frisch verwelkte Blumen und handgeschriebene Zettel in den Zaunmaschen.

Sie blieb eine Weile stehen und las die Botschaften von Freunden, die Bagman Jesus vermissten und sich an ihn erinnerten. Diese Botschaften zerrissen ihr fast das Herz. Ein guter Mensch war ermordet worden, und die Polizei hatte viel zu viel zu tun, als dass sie seinen Mörder suchen konnte. Wer also schlug sich auf Bagmans Seite? Wer kämpfte für ihn?

Sie.

Cindy ging weiter, im gleichen Tempo wie die Fußgänger, die gerade aus dem Bahnhof kamen. Sie gelangte zur Fifth Street und steuerte das Backsteingebäude in der Mitte des Häuserblocks an, wo das »From the Heart« untergebracht war.

Auf der einen Seite der Suppenküche befand sich ein Loch von einem Schnapsladen und auf der anderen Seite ein heruntergekommener chinesischer Imbiss, der aussah, als würde man hier Eichhörnchen mit brauner Soße und Erdnüssen bekommen.

Zwischen dem Imbiss und der Suppenküche lag eine schwarze Tür. Hinter dieser Tür war Cindy verabredet. Sie schob den Henkel ihrer Laptop-Tasche noch ein Stück höher, drehte den Türgriff und versetzte der Tür einen Stoß mit der Hüfte. Sie schwang auf und gab den Weg in ein dunkles, säuerlich riechendes Treppenhaus frei.

Cindy begann mit dem steilen Aufstieg. Die Treppe wand sich um einen schmalen Absatz herum und führte zu einem Stockwerk mit drei Türen, hinter denen sich, laut Aufschrift, ein Nagelstudio, ein Massagesalon sowie, zur Vorderseite des Gebäudes hin, PINCUS & PINCUS, RECHTSANWÄLTE verbargen.

Cindy drückte auf die Sprechtaste neben der Tür, nannte ihren Namen und wurde eingelassen. Sie setzte sich in den Wartebereich, der in einem kleinen Erker untergebracht war. Mehr als ein rissiges Ledersofa und ein Kaffeetischchen passten beim besten Willen nicht hinein. Sie blätterte eine alte Ausgabe der *US-Weekly* durch, und als sie angesprochen wurde, hob sie den Blick.

Der Mann stellte sich als Neil Pincus vor. Er trug eine graue Baumwollhose und ein weißes Hemd mit aufgekrempelten Ärmeln. Keine Krawatte. Er besaß eine hohe Stirn und ein freundliches, unauffälliges Gesicht sowie einen goldenen Ehering am Finger. Er reichte ihr seine rechte Hand, und sie ergriff sie.

»Schön, Sie kennenzulernen, Mr. Pincus.«

»Ich heiße Neil. Kommen Sie mit nach hinten. Ich habe nur ein paar Minuten Zeit, aber die gehören ganz Ihnen.«

37

Cindy setzte sich auf die Besucherseite des Schreibtischs, den Rücken dem dreckigen Fenster zugewandt. Sie schaute sich ein paar gerahmte Fotografien an, die auf der Anrichte zu ihrer Rechten standen: die Gebrüder Pincus mit ihren gut aussehenden Frauen und jugendlichen Töchtern. Neil Pincus drückte eine Taste an seiner Telefonkonsole und sagte zu seinem Bruder: »Al, kannst du bitte meine Anrufe entgegennehmen? Es dauert bloß ein paar Minuten.«

Dann wandte er sich an Cindy. »Wie kann ich Ihnen behilflich sein?«

»Sie genießen wirklich einen ausgezeichneten Ruf hier in der Gegend.«

»Danke. Wir tun, was wir können«, erwiderte Pincus. »Wenn jemand verhaftet wird, dann bekommt er oder sie entweder einen Pflichtverteidiger oder wendet sich an uns.«

»Es ist schön, dass Sie diese Arbeit gratis anbieten.«

»Ehrlich gesagt verschafft es uns eine ziemlich große Befriedigung, und wir sind nicht allein. Wir arbeiten mit einer Gruppe von Geschäftsleuten hier aus der Umgebung zusammen, die Geld für Rechtsbeistände und andere Dinge spenden. Wir haben ein Spritzen-Austauschprogramm initiiert und eine Alphabetisierungskampagne gestartet …«

Das Telefon klingelte. Neil Pincus warf einen Blick auf das Display mit der Anruferkennung, wandte sich dann wieder Cindy zu und redete trotz des Klingelns weiter. »Tut mir leid. Aber ich glaube, Sie sollten mir möglichst schnell verraten, warum Sie hier sind, bevor das Telefon uns noch in den Wahnsinn treibt.«

»Ich arbeite gerade an einer fünfteiligen Serie über Bagman

Jesus, den Obdachlosen, der hier vor Kurzem tot aufgefunden worden ist.«

»Ich habe Ihren Artikel gelesen.«

»Okay. Gut. Also, es geht um Folgendes«, fuhr Cindy fort. »Ich habe bereits versucht, die Polizei für diesen Fall zu interessieren, aber ohne Erfolg. Sie glaubt nicht, dass der Mord sich überhaupt aufklären lässt.«

Pincus seufzte. »Typisch.«

»Ich brauche Bagmans richtigen Namen, damit ich irgendeinen Anhaltspunkt in seiner Vergangenheit habe, von dem ich ausgehen kann, um mich in die Gegenwart vorzuarbeiten.«

»Ach. Wenn ich das gewusst hätte, dann hätten Sie sich den Weg sparen können. Ich habe ihn immer wieder auf der Straße gesehen, klar, aber Bagman Jesus war nie hier bei uns und wäre er mal hier gewesen, würde ich es Ihnen vermutlich nicht sagen.«

»Anwaltliche Schweigepflicht?«

»Knapp daneben. Hören Sie, Cindy, ich kenne Sie nicht und kann Ihnen eigentlich keine Vorschriften machen. Aber ich mache es trotzdem: Obdachlose sind keine Welpen, die sich verlaufen haben. Ihre Obdachlosigkeit hat einen Grund. Die meisten sind drogensüchtig. Oder leiden unter einer *Psychose*. Manche sind auch gewalttätig. Sie haben bestimmt die allerbesten Absichten, aber dieser Mann wurde auf offener Straße *ermordet*.«

»Ich verstehe.«

»Ach, tatsächlich? Sie sind ein hübsches Mädchen mit hübschen Klamotten, die im Tenderloin-Distrikt herumläuft und überall nach dem Mörder von Bagman Jesus fragt. Nehmen wir doch nur mal für eine Minute an, dass Sie seinen Killer tatsächlich finden… und dass er sich gegen *Sie* wendet?«

38

Nachdem sie sich von Neil Pincus verabschiedet hatte, war Cindy wütend und genau so wild entschlossen wie zuvor. Der Rechtsanwalt hatte sie ein *Mädchen* genannt. Als wäre sie eine seiner Töchter. Er hatte ihre Hartnäckigkeit unterschätzt und einfach nicht kapiert, dass sie seit Jahren als Journalistin arbeitete und dass sie als Gerichtsreporterin *ständig* mit Verbrechen zu tun hatte.

Sie war vorsichtig. Sie besaß Erfahrung. Sie war ein Profi.

Und was das Schlimmste war? Er hatte einen Nerv getroffen.

Sie schüttelte eine Welle der Angst ab, machte die Tür des »From the Heart« auf, warf einen Blick auf die ungefähr hundert zerlumpten Gestalten, die vor der Essensausgabe anstanden, auf die anderen, die sich über ihre Teller beugten und ihr Rührei mit Schinken beschützten. In einer Ecke standen drei Männer mit schmutzigen Klamotten und rappten.

Zum ersten Mal stellte sie sich die Frage, ob vielleicht jemand aus diesem Kreis Bagman Jesus getötet hatte.

Sie sah sich nach der Aufsicht um, Luvie Jump, konnte sie aber nirgendwo entdecken. Also legte sie die zu einem Trichter geformten Hände an den Mund und bat laut rufend um Aufmerksamkeit.

»Ich bin Cindy Thomas von der *Chronicle*«, sagte sie. »Ich schreibe eine Artikelserie über Bagman Jesus. Ich setze mich jetzt gleich da draußen hin.« Sie deutete durch das Fenster auf zwei Plastikstühle auf dem Bürgersteig. »Falls mir jemand weiterhelfen kann, wäre ich sehr dankbar dafür.«

Stimmen erhoben sich und hallten durch den großen Saal.

Cindy ging zur Tür hinaus, setzte sich auf den stabileren der beiden Stühle, klappte ihren Laptop auf, und vor ihr bildete sich eine Schlange. Gleich beim ersten Interview lernte Cindy etwas dazu: »Ich wäre dankbar« war ein Code für: »Ich bezahle für Informationen.«

Eine Stunde nach ihrer Ansage hatte Cindy dreißig Geschichten über eine persönliche Begegnung mit Bagman Jesus gesammelt, Bruchstücke aus kaum verständlichen und offen gestanden sinnlosen Gesprächen, nichts Belastbares, Nützliches, ja, nicht einmal Interessantes.

Der Preis für diesen absonderlichen Flickenteppich aus Informationen belief sich auf insgesamt fünfundsiebzig Dollar einschließlich sämtlicher Münzen aus den Tiefen ihrer Handtasche plus einem Lippenstift, einer Stiftlampe, ihrer Haarspange, einer Schachtel Pfefferminzbonbons sowie drei Filzstiften.

Ihr Spesenbericht würde absolut lächerlich aussehen, aber mit ihrem Artikel war sie immer noch keinen Millimeter weiter gekommen.

Cindy hob den Blick, als die Letzte in der Reihe, eine schwarze Frau mit roter Mütze und violettem Brillengestell, sich ihr gegenübersetzte.

»Ich habe zwar kein Bargeld mehr, aber immerhin noch eine Netzkarte für den öffentlichen Nahverkehr«, sagte Cindy.

»Cindy? Sie wollen sich doch nicht etwa hier niederlassen? Das wäre nämlich verboten.«

»Luvie! Ich arbeite immer noch an dieser verdammten Geschichte. Und ich habe immer noch nichts rausgekriegt, nicht einmal Bagmans richtigen Namen.«

»Mit wem haben Sie denn schon gesprochen?«

Cindy blätterte an den Anfang ihres Dokuments. »Noise Machine. Miss Patty. Salzamander. Razor, Twink T, Little Bit…«

»Wenn ich Sie an dieser Stelle mal unterbrechen dürfte, Schätzchen. Sehen Sie, Ihr *Problem* ist gleichzeitig auch Ihre

Lösung. Leute, die auf der Straße leben, benutzen normalerweise einen Spitznamen. Sie wissen schon. Ein Alias. Manche haben ein Strafregister. Andere wollen nicht, dass ihre Angehörigen sie aufstöbern. Sie *wollen* unauffindbar bleiben. Das könnte auch der Grund dafür sein, dass Bagman Jesus keinen richtigen Namen hat.«

Cindy seufzte und dachte daran, wie sie den ganzen Vormittag lang von den Namenlosen, den Heimatlosen und Hoffnungslosen bedrängt worden war. Es tat ihr leid, dass sie Lindsay so angeschnauzt hatte, die einen fruchtbareren Boden beackerte und damit auch absolut recht hatte.

Sie verabschiedete sich im Geiste bereits von ihrem Redaktionsschluss, bedankte sich bei Luvie, packte ihren Computer ein und ging in Richtung Mission District. Bagman Jesus hatte sich aus eigenem Entschluss von seiner Vergangenheit losgesagt. Sein Tod war gleichzeitig das Ende seiner Geschichte.

Oder doch nicht?

Eine Idee nahm Gestalt an.

Cindy rief ihre Chefredakteurin an und sagte: »Therese, hast du in fünf Minuten ein bisschen Zeit für mich? Ich möchte dir etwas vorbeibringen. Etwas mit *Beinen*.«

39

Die Nachmittagssonne schien durch das Oberlicht und ließ einen Heiligenschein um Sara Needlemans Kopf entstehen, während sie Pet Girl die *Hölle* heißmachte.

»Was hast du dir eigentlich dabei gedacht, die Platzkarten der Baileys einfach stehen zu lassen?«

»Ich war gar nicht verantwortlich für die Platzkarten, Sara.«

»Warst du *wohl.* Ich habe dich ausdrücklich gebeten, die Platzkarten mit der Gästeliste abzugleichen. Stehen Isa und Ethan Bailey auf der Gästeliste?«

»Nein, natürlich nicht.«

»Ich würde dir am liebsten den Hals umdrehen, aber echt. Die beiden leeren Stühle an Tisch vier. Unter den gegebenen Umständen denkt da natürlich jeder an die Baileys.«

»Es tut mir leid, Sara«, sagte Pet Girl, aber es tat ihr *überhaupt* nicht leid. Ehrlich gesagt blubberte das Entzücken in ihr hoch wie Champagnerbläschen. Sie musste ein Lachen unterdrücken.

Platzkarten! Als ob Platzkarten irgendwie wichtig wären!

Pet Girl saß zusammen mit zwei anderen Assistentinnen in der wunderbaren Loggia des Asian Art Museum am Empfangsschalter und begrüßte die Gäste eines Verlobungs-Dinners für Sara Needlemans Nichte Frieda.

Geladen war die Crème der feinen Gesellschaft von San Francisco: Senatoren, promovierte Ärzte und Naturwissenschaftler, Verleger und Filmstars. Sie kamen in ihren Smokings und ihren maßgeschneiderten Kleidern die breite Treppe herauf, wurden am Empfangsschalter über die Sitzordnung informiert und in die Samsung Hall geleitet.

Von dort konnten sie sich auf die verschiedenen Galerien

mit all den unbezahlbaren Kunstwerken aus Japan, China und Korea verteilen und sich in Ruhe umschauen, bevor sie sich an ihrem mit Rohseide und Callalilien gedeckten Tisch niederließen. Anschließend würde ihnen ein siebengängiges Menü serviert werden, das der berühmte Koch Yoji Futomato zubereitet hatte.

Doch das kam erst später. Im Augenblick war Sara Needleman gerade dabei, ihrer Schimpftirade das abschließende Sahnehäubchen aufzusetzen. »Du kannst jetzt gehen«, zischte sie. »Die meisten sind ja schon da.«

»Danke, Sara.« Pet Girl lächelte. »Soll ich trotzdem morgen früh mit den Hunden rausgehen?«

»Ja, ja, bitte mach das. Ich will ausschlafen.«

»Keine Sorge«, meinte Pet Girl. »Ich bin ganz leise.«

Pet Girl verabschiedete sich von den anderen Assistentinnen. Sie verstaute ihre mit handschriftlichen Notizen versehene Gästeliste in der Handtasche und fing bereits an, über die zweihundert Gäste, die sie am heutigen Abend willkommen geheißen hatte, nachzudenken: Wer war ihr freundlich begegnet und wer nicht? Wie viele Punkte hatten die Einzelnen erzielt?

Und sie dachte an den vor ihr liegenden Abend.

Sie würde Pasta kochen. Ein bisschen Wein trinken. Sich ein paar angenehme Stunden machen, indem sie die Gästeliste durchging.

Ihre Notizen sortieren.

Ein paar *Pläne* machen.

40

Claire hatte die Hände in die Hüften gestemmt und gesagt: »Wir brauchen Polizeiarbeit …« Und die hatten wir gemacht. Conklin und ich hatten das Haus der Baileys zum vierten Mal in dieser Woche komplett auf den Kopf gestellt, und nur *Gott* kann wissen, was wir da eigentlich gesucht haben.

Wir nahmen jeden einzelnen der knapp dreitausend Quadratmeter unter die Lupe: den Ballsaal, die beiden Pool-Räume – der eine mit einem Poolbillardtisch, der andere mit einem Swimmingpool –, die Schlafzimmer-Suiten, die Küchen, die Vorratskammern, die Lesezimmer, die Spielzimmer, die Ess- und Wohnzimmer. Wir machten Schränke, Kisten und Tresore auf, leerten Schubladen aus und blätterten jedes einzelne Buch in der ganzen riesenhaften Bibliothek durch.

»Ich weiß schon gar nicht mehr, wonach wir eigentlich suchen«, meckerte ich Conklin an.

»Das liegt daran, dass das, was sie umgebracht hat, hier nicht ist«, erwiderte Rich. »Nicht genug damit, dass mir die *guten* Ideen ausgegangen sind, mittlerweile habe ich auch keine schlechten mehr.«

»Ja, genau, aber dafür haben wir die ganze Hütte wirklich gründlich demoliert, nicht wahr?«

Jede Türklinke, jede glatte Oberfläche, jedes Kunstobjekt war mit einer schwarzen Puderschicht bedeckt. Jeder Spiegel, jedes Gemälde war von der Wand genommen worden.

Sogar der allzeit gütige und weise Charlie hatte seiner Entrüstung freien Lauf gelassen: »Die Baileys hatten jede Menge Freunde und haben jede Menge Partys gefeiert. Wir haben so viele Fingerabdrücke und Spuren gefunden, dass wir damit das gesamte kriminaltechnische Labor komplett auslasten könnten, und zwar ein ganzes *Jahr* lang.«

Conklin sagte: »Und was nun, Sarge?«

»Okay. Wir sind fertig.«

Auf dem Weg ins Foyer schalteten wir sämtliche Lichter aus, und als Conklin hinter uns die Tür abschloss, prallten wir in der Dunkelheit zusammen. Dann brachte er mich zu meinem Auto.

Er hielt mir die Tür auf, aber als ich den Fuß auf das Trittbrett meines Explorer setzte, rutschte ich weg und verlor das Gleichgewicht. Rich fing mich auf, packte mich an den Schultern und für einen Sekundenbruchteil sah ich die Gefahr.

Dann machte ich die Augen zu.

Und als ob wir es geplant hätten, lag sein Mund plötzlich auf meinem, und meine Arme schlangen sich um seinen Hals, und ich hatte das Gefühl, als würde ich schweben.

Ich hielt ihn fest, das Feuer fraß mich auf, meine Haare wehten um unsere Köpfe, während die Autos an uns vorbeibrausten. Ich hörte jemanden aus einem offenen Wagenfenster rufen: »Sucht euch ein Zimmer!«

Und dann holte die Schwerkraft mich schlagartig zurück auf die Erde.

Was zum Teufel machten wir da?

Noch bevor Rich sagen konnte: »Genau die richtige Idee«, keuchte ich: »Verdammt noch mal, Richie, wer ist eigentlich der Verrücktere von uns beiden, du oder ich?«

Seine Hände lagen auf meinem Rücken, und er drückte mich fest an sich.

Sanft befreite ich mich aus seiner Umarmung. Sein Gesicht war ganz zerknautscht von unseren Küssen, und er sah … verletzt aus.

»Es tut mir leid, Rich. Ich hätte …«

»Was hättest du?«

»Ich hätte besser aufpassen müssen, wo ich hintrete. Ist bei dir alles in Ordnung?«

»Oh, aber klar doch. Bloß noch mal so was, von dem ich so tun muss, als sei es nie passiert.«

Meine Lippen kribbelten immer noch, und ich schämte mich. Ich ertrug seine gekränkte Miene nicht mehr länger und wandte mich ab, stellte meinen zitternden Fuß fest auf das Trittbrett und hievte meinen dämlichen Arsch auf den Fahrersitz.

»Bis morgen«, sagte ich. »Okay?«

»Na klar. Ja, Lindsay, ja.«

Ich klappte die Tür zu, legte den Rückwärtsgang ein, und als ich losfuhr, gab Rich mir ein Zeichen, dass ich das Fenster aufmachen sollte. Das machte ich.

»*Du*. Du wolltest es doch wissen. *Du* bist die Verrücktere«, sagte er und legte beide Hände auf die Fensteröffnung. »Ganz unter uns: *Du* bist es.«

Ich beugte mich zum Fenster hinaus, legte den Arm um Richs Hals und zog ihn an mich, sodass unsere Wangen sich berührten. Sein Gesicht fühlte sich warm und feucht an, und als er die Hand in meinen Haaren vergrub, schmolz ich fast dahin. Ich sagte: »Rich, bitte verzeih mir.«

Dann machte ich mich von ihm los und versuchte ein Lächeln. Ich winkte ihm zu und fuhr in die leere Wohnung, die ich zusammen mit Joe bewohnte.

Am liebsten hätte ich geheult.

Es hatte sich nichts geändert. Immer noch waren da die gleichen Gründe, die gegen eine Beziehung zu Rich sprachen. Ich war *immer noch* zehn Jahre älter, wir waren *immer noch* Partner, und ich liebte *immer noch* Joe.

Also warum, so fragte ich mich, während ich Rich hinter mir ließ – mit Vollgas hinter mir ließ, um genau zu sein –, *fühlt es sich so falsch an, das Richtige zu tun?*

41

Yuki und Phil Hoffman saßen auf bequemen Polstersesseln in Richter Duffys Arbeitszimmer, die Gerichtsstenografin saß neben dem Schreibtisch des Richters hinter ihrer Maschine, und Yuki dachte: *Und jetzt? Was zum Teufel ist denn jetzt schon wieder los?*

Richter Duffy machte einen abgespannten Eindruck, als hätte er sein Markenzeichen, die gleichmütige Gelassenheit, irgendwo verlegt. Er tippte mit dem Finger auf eine Audiokassette, die neben ihm lag, und rief gereizt: »Corinne? Ist dieser Kassettenrekorder endlich so weit?«

Seine Sekretärin betrat das holzgetäfelte Büro und stellte den Rekorder vor dem Richter auf den Tisch. Dieser bedankte sich und steckte die Kassette in das Fach.

Dann sagte er zu Yuki und Hoffman: »Das ist ein Mitschnitt eines Telefonats, das von einem überwachten Münzfernsprecher im Frauengefängnis aus mit der Geschworenen Nummer zwei geführt wurde. Die Qualität ist zwar nicht besonders gut, aber man kann es verstehen.«

Yuki warf Hoffman einen Blick zu und erntete ein Achselzucken, als der Richter auf eine Taste drückte.

Eine junge Frau sagte: »Kannst du mich hören?« Eine zweite Frau, die durch ihren näselnden Singsang als Geschworene Nummer zwei, die pensionierte Postangestellte Carly Phelan, zu erkennen war, sagte: »Lallie, ich kann nicht lange sprechen. Ich bin eigentlich auf dem Klo.«

Der Richter drückte auf *Stopp* und sagte: »Lallie ist die Tochter der Geschworenen.«

Hoffman meinte: »Die Geschworene hat eine *Tochter,* die im *Frauengefängnis* einsitzt?«

»Sieht ganz danach aus«, erwiderte Duffy.

Dann ließ er das Band weiterlaufen. Zwischen den beiden Frauen entspann sich ein Gespräch über den Stand von Lallies Verfahren, darüber, wie ihre Mutter die Hotel-Unterbringung fand, und wie Lallies Sohn betreut wurde, jetzt, wo seine Mutter und seine Großmutter nicht zu Hause waren.

Duffy sagte: »Jetzt kommt's. Hören Sie gut zu.«

Yuki musste sich anstrengen, um die Worte trotz des Leitungsrauschens zu verstehen.

»Ich habe deine Angeklagte heute Morgen unter der Dusche getroffen«, sagte Lallie. »Diese Stacey Glenn.«

»Mist«, sagte Hoffman.

Duffy spulte ein Stück zurück und ließ es noch einmal laufen. »Ich habe deine Angeklagte heute Morgen unter der Dusche getroffen. Diese Stacey Glenn. Sie hat mit der Aufseherin geredet. Sie hat gesagt, wenn sie diesen Mord tatsächlich begangen *hätte,* hätte sie doch niemals ein Stemmeisen genommen, wo sie doch eine bestens geeignete Pistole zu Hause liegen hat.«

Yuki wurde schwindelig und ein wenig übel.

Erstens hatte Carly Phelan bei der Vorvernehmung der Geschworenen etwas Entscheidendes verschwiegen. Wenn sie gleich gesagt hätte, dass ihre eigene Tochter im Gefängnis sitzt, dann hätte man sie gar nicht erst genommen. Schließlich war es in einem solchen Fall absolut naheliegend, dass sie eine gewisse Voreingenommenheit gegenüber der Anklage mitbrachte.

Die Staatsanwaltschaft wollte ja ihre eigene Tochter wegsperren lassen!

Zweitens, was noch schlimmer war: Lallie Phelan hatte mit ihrer Mutter über die Angeklagte gesprochen. Falls Carly Phelan mit irgendeinem der anderen Geschworenen darüber redete, dann musste die gesamte Jury ausgetauscht werden.

»Wollen Sie den Prozess einstellen?«, erkundigte sich Hoffman.

»Nein. Das habe ich nicht vor.«

»Dann stelle ich hiermit den Antrag, genau das zu tun, Euer Ehren. Ich muss die Rechte meiner Mandantin wahren«, konterte Hoffman. Mit einem Mal sang er ein ganz anderes Lied als noch vor einer Woche.

Duffy winkte ab. »Ich schmeiße die Geschworene Nummer zwei raus und hole einen Ersatz.«

»Da muss ich Einspruch einlegen, Euer Ehren«, sagte Hoffman. »Dieses Telefonat hat gestern Abend stattgefunden. Mrs. Phelan hat womöglich bereits alle Geschworenen angesteckt. Ihre Tochter hat ihr erzählt, dass meine Mandantin eine *Pistole* besitzt.«

»Euer Ehren, ich bin auf *Ihrer* Seite«, meldete sich Yuki zu Wort. »Je früher Sie Mrs. Phelan aus der Jury entfernen, desto besser. Die Ersatzleute stehen schon bereit.«

»Ist vermerkt. Also gut«, meinte Duffy. »Weiter im Text.«

42

Hoffman und Yuki verließen das Büro des Richters und gingen den gelbbraun gestrichenen Flur entlang in Richtung Gerichtssaal. Yuki musste doppelt so viele Schritte machen wie ihr schlaksiger Gegenspieler, um Schritt halten zu können.

Hoffman strich sich die Haare nach hinten und sagte: »Die Geschworenen werden Galle spucken, wenn sie das erfahren.«

Yuki schaute zu Hoffman auf. Was dachte er eigentlich von ihr? Dass sie eine Anfängerin war, eine Idiotin oder beides?

Die Geschworenen würden genervt reagieren, keine Frage. Ein neues Jury-Mitglied bedeutete, dass sie sämtliche bisherigen Beratungen beiseitelegen und noch einmal ganz von vorn anfangen, sämtliche Indizien noch einmal bewerten mussten, wie am ersten Tag.

Yukis fantastisches Abschlussplädoyer würde im Nebel der Zeit versinken, und die Geschworenen hätten nichts anderes mehr im Kopf als ihre Entscheidung, damit sie endlich dieses Hotel verlassen konnten.

Yuki wusste, dass Hoffman innerlich frohlockte.

Er hatte in Carly Phelan die ganze Zeit über eine Geheimwaffe gehabt, und das, ohne es zu wissen. Falls Phelan die Geschworenen irgendwie beeinflusst hatte, dann auf jeden Fall zugunsten der *Verteidigung.*

»Hören Sie doch auf, Phil.«

»Yuki, ich habe keine Ahnung, wie Sie das meinen.«

»Na, klar.«

Beiden war klar, dass Hoffman in Berufung gehen würde, falls die Jury die Angeklagte schuldig sprach. Allein die Tatsache, dass Carly Phelan bei der Vorvernehmung gelogen hatte, reichte aus, um das Urteil anzufechten.

Andererseits, wenn die Geschworenen sich wieder nicht einig werden konnten, und das war sehr gut möglich, dann wäre der Richter gezwungen, den Prozess abzubrechen.

Richter Duffy wollte das nicht. Er wollte diesen Fall abschließen und zu den Akten legen.

Da braucht er sich keine Sorgen zu machen, dachte Yuki. Es würde ein oder zwei Jahre dauern, bis der nächste Prozess vorbereitet war, und dann würde die Staatsanwaltschaft die Kosten dafür abwägen und die Anklage höchstwahrscheinlich fallen lassen.

Aber natürlich konnte die Jury auch auf *Freispruch* plädieren. Das Ergebnis war so oder so dasselbe: Die kleine Stacey würde freigelassen.

Yuki dachte: *Meine verdammte Niederlagenserie hört einfach nicht auf.* Siegen, verlieren oder unentschieden, die Chancen standen jedenfalls gut, dass Stacey Glenn, diese abscheuliche Vatermörderin, auf freien Fuß gesetzt wurde.

43

Am nächsten Morgen stand Cindy am Maschendrahtzaun vor dem Caltrain-Rangierbahnhof, legte den druckfrischen Lokalteil auf den Gehweg und beschwerte ihn mit ein paar Kerzen.

Über ihrem Artikel prangte in großen, dicken Lettern die Schlagzeile: $ 25.000 BELOHNUNG.

Der einleitende Absatz direkt unter der Überschrift lautete: »Die *San Francisco Chronicle* setzt eine Belohnung von $ 25.000 für Hinweise aus, die zur Festnahme und Verurteilung derjenigen Person führen, die für den Tod von ›Bagman Jesus‹ verantwortlich ist.«

Cindy spürte ein Zupfen an ihrem Ärmel. Sie wich zurück, wirbelte herum und entdeckte unmittelbar neben sich eine Frau um die dreißig mit strähnigem Haar, fleckiger Haut, einem kurzen, schwarzen Mantel und leicht nach Urin stinkenden Kleidern.

»Ich hab Bagman gekannt. Du musst mich nich' so anschau'n. Ich seh vielleicht ziemlich fertig aus, aber ich weiß, wo ich von rede.«

»Das ist toll«, sagte Cindy. »Ich bin Cindy Thomas.«

»Flora Gold.«

»Hallo Flora. Sie haben ein paar Informationen für mich?«

Die Frau schaute sich in beide Richtungen um, sah den Fußgängerstrom der Pendler, die aus ihren spießigen Vororten in ihre Büros bei irgendwelchen Software-Unternehmen strömten. Ms. Gold wirkte im scharfen Gegensatz dazu wie ein Troll, der eben erst aus der Kanalisation gekrochen war.

Sie richtete ihren unsicheren Blick wieder auf Cindy.

»Ich wollte bloß sagen, dass er ’n guter Mensch war. Er hat sich um mich gekümmert.«

»In welcher *Hinsicht* hat er sich denn um Sie gekümmert?«

»In *jeder* Hinsicht. Und *das* da hat er mir gemacht.«

Die Frau öffnete ihren Mantel, zog den Kragen ihres Sweatshirts nach unten und zeigte Cindy eine Tätowierung oberhalb ihrer Brust. Die Tinte war schwarz, und die Buchstaben besaßen einen asiatischen Einschlag. Für Cindy sah das eher nach der Arbeit eines Amateurs aus, aber die Botschaft war klar und eindeutig.

VON JESUS GERETTET & ES WAR GEIL!

»Er war der Einzige, dem ich jemals was bedeutet hab«, sagte Flora. »Er hat auf mich aufgepasst, als ich letztes Jahr von zu Hause abgehauen bin.«

Cindy versuchte, sich ihren abgrundtiefen Schrecken nicht anmerken zu lassen: Flora hatte bis letztes Jahr noch zu Hause gewohnt?

»Ja, genau. Ich bin siebzehn«, sagte Flora. »Schau mich nich’ so an. Ich kann mit mei’m Leben machen, was ich will.«

»Du nimmst Methamphetamin, stimmt’s?«

»Ja, genau. Das ist der Himmel. Beim Sex auf Ice kriegst du Orgasmen, dass dir die Schädeldecke wegfliegt, mindestens eine Woche lang. Das kannst du dir nich’ mal vorstell’n. Nein, du solltest es ausprobieren.«

»Du wirst daran sterben!«

»Nich’ dein Problem«, erwiderte Flora und machte den Mantel wieder zu. »Ich wollte bloß was Nettes über Bagman sagen.«

Flora drehte sich um und ging mit schnellen Schritten die Townsend Street hinauf.

Cindy rannte ihr hinterher und rief ihren Namen, bis Flora stehen blieb und sagte: »Was?«

»Wie finde ich dich wieder?«

»Willst du die Nummer von mei'm Pager haben?«, schnaubte der Teenager. »Oder lieber meine E-Mail-Adresse?«

Cindy sah Flora Gold nach, bis sie nicht mehr zu erkennen war. Flora Gold. Jetzt hatte sie es verstanden. So hieß ein Mittel, mit dem Schnittblumen sich länger frisch hielten.

Und was hatte es mit dieser Tätowierung auf sich?

VON JESUS GERETTET & ES WAR GEIL!

Cindy versuchte, sich einen Reim darauf zu machen. Wie hatte Bagman Flora gerettet? Sie nahm Meth. Sie war süchtig. Sie würde bald sterben.

Flora hatte gesagt, dass das Tattoo von Bagman war, aber die Worte klangen irgendwie seltsam, mit einem sexuellen Unterton. Es kam ihr fast vor wie ein Brandzeichen, wie eine Art Besitzanzeige.

Welcher Heilige würde einer Jüngerin ein Brandzeichen verpassen?

44

Ein Wachmann klopfte an die Tür des Konferenzsaals. Cindy hob den Kopf, genau wie alle anderen Teilnehmer an der Redaktionssitzung.

»Ms. Thomas, da draußen steht eine Pennerin. Sie sagt, sie will mit Ihnen sprechen und will auf keinen Fall wieder weggehen. Hat da unten schon für einen ziemlichen Auflauf gesorgt.«

»Na ja, das war ja abzusehen«, meinte Cindys Chefredakteurin, Therese Stanford. »Wer fünfundzwanzigtausend Dollar als Belohnung aussetzt …«

»Können Sie sie vielleicht nach ihrem Namen oder so fragen?«

Der Wachmann erwiderte: »Sie heißt Flora und behauptet, dass Sie mit ihr reden wollen.«

Cindy sagte den anderen, dass sie in fünf Minuten wieder da sei, fuhr mit dem Fahrstuhl ins Foyer hinunter und ging durch die Drehtür hinaus auf die Straße.

»Ich hab nachgedacht«, sagte Flora Gold ohne Einleitung.

»Über die Belohnung?«

»Ja, genau. Was bedeutet denn ›Hinweise, die zur Festnahme und Verurteilung *führen*‹?«

»Wenn du mir etwas verrätst, wodurch die Polizei Bagmans Mörder verhaften kann, und wenn der Mörder dann vor Gericht gestellt und verurteilt wird, dann bekommst du die Belohnung.«

Flora zog nachdenklich an ihren verfilzten Haaren.

Cindy fragte: »Weißt du, wer ihn umgebracht hat, Flora?«

Die junge Frau schüttelte den Kopf. »Aber ich weiß was. Könnte sein, dass das hundert Mäuse Wert ist.«

»Was denn?«, hakte Cindy nach. »Du kannst es mir sagen. Ich haue dich nicht übers Ohr. Versprochen.«

»Bagman Jesus hat mich geliebt. Und ich weiß seinen richtigen Namen.«

Flora reichte Cindy eine Kennmarke aus Metall. Darauf stand in Großbuchstaben ein Name. Cindy starrte gebannt darauf. Sie dachte an Flora Golds Pseudonym und an die vielen Obdachlosen von gestern und sagte: »Stimmt das wirklich?«

»Ist der Himmel blau?«

Cindy holte ihr Scheckbuch aus der Handtasche.

»Ich hab aber kein Bankkonto.«

»Oh. Okay. Kein Problem.«

Sie gingen zu dem Geldautomaten an der Ecke, Cindy hob hundert Dollar ab und gab Flora fünfzig.

»Die restlichen fünfzig bekommst du, wenn dein Hinweis sich bestätigt.«

Cindy sah zu, wie Flora das Geld zählte, die Scheine zusammenrollte und in einen ihrer Stiefel steckte.

Dann sagte sie: »Gib mir ein paar Tage Zeit und komm nochmal vorbei. So wie heute.«

Flora Gold nickte und zeigte Cindy ein schmales Lächeln. Dabei machte sie den Mund gerade so weit auf, dass die Lücken zu sehen waren, die ihre ausgefallenen Schneidezähne hinterlassen hatten. Anschließend machte sich die Journalistin auf den Weg zurück zum Redaktionsgebäude.

Ohne noch einen Gedanken an die Redaktionssitzung zu verschwenden, ging Cindy direkt in ihr Büro und rollte den Schreibtischstuhl dicht an ihren Schreibtisch. Sie startete Google und gab »Rodney Booker« ein.

Keine Sekunde später erschienen Informationen auf ihrem Bildschirm. Cindy lehnte sich zurück und sah zu, wie die Geschichte sich vor ihren Augen entfaltete. Es war ein Wunder. Ein Wunder, das sie sich *verdient* hatte.

Bagman Jesus war entschlüsselt.
Er hatte einen Namen. Er hatte eine Vergangenheit.
Und er hatte Eltern, die in Santa Rosa lebten.

45

Cindy saß auf der gemütlichen Glasveranda des millionenteuren Bungalows in Santa Rosa und fühlte sich ausgesprochen ungemütlich. War sie überstürzt vorgegangen? Ja.

Zudringlich? Auf jeden Fall.

Rücksichtslos? Sie hätte einen *Orden* für ihre unfassbare Unsensibilität verdient gehabt.

Was hatte sie sich eigentlich dabei gedacht? Das war natürlich genau der entscheidende Punkt. Sie hatte an ihre Geschichte gedacht und nicht an lebendige Menschen, und so hatte sie sich wie eine lebende Handgranate in das Leben der Bookers geworfen.

Als Lee-Ann Booker ihr mit erwartungsvoll leuchtendem Gesicht die Haustür geöffnet hatte, hatte Cindy erkannt, dass es zu spät war, um noch einen Rückzieher zu machen.

Jetzt saßen sie alle zusammen auf der Veranda.

Lee-Ann Booker, hübsch blondiert und Mitte sechzig, hielt eine Halskette mit zahlreichen Kreuzen und Halbedelsteinen und mexikanischen Talismanen in den verkrampften Fingern. Sie saß neben Cindy auf dem Rattansofa, schluchzte in Papiertaschentücher, hickste und schluchzte erneut.

Ihr Mann, Billy Booker, brachte Cindy einen Becher Kaffee.

»Sind Sie sicher, dass Sie nicht etwas *Stärkeres* haben wollen?«, fragte er. Es klang wie eine Drohung.

Booker war schwarz, ebenfalls Mitte sechzig, mit einem militärischen Auftreten und dem drahtigen Körper eines passionierten Läufers.

»Nein danke, alles bestens«, sagte Cindy.

Was nicht der Wahrheit entsprach.

Soweit sie sich erinnern konnte, hatte sie noch nie im Leben einem anderen Menschen solchen Schmerz zugefügt. Und außerdem hatte sie große Angst.

Booker setzte sich in den Sessel gegenüber dem Sofa, beugte sich nach vorn, stützte die Ellbogen auf die Knie und blickte Cindy finster an.

»Wie kommen Sie darauf, dass dieser ›Bagman Jesus‹ unser Sohn sein soll?«

»Eine Frau, die behauptet, dass sie gut mit ihm befreundet war, hat mir das hier gegeben«, erwiderte Cindy. Sie wühlte in ihrer Handtasche und holte die blecherne Erkennungsmarke hervor, auf deren Vorderseite der Schriftzug RODNEY BOOKER und auf deren Rückseite PEACE CORPS eingeprägt worden war. Sie reichte sie Booker und sah ein ängstliches Zucken auf seinem Gesicht.

»Soll das vielleicht irgendein *Beweis* sein? Mutter und ich wollen ihn sehen.«

»Bis jetzt hat sich kein Angehöriger gemeldet, Mr. Booker. Er liegt in der Gerichtsmedizin. Ähm, normalerweise werden die Leichen dort nicht präsentiert, aber ich kann anrufen …«

Booker sprang auf und trat gegen einen Rattanhocker, der daraufhin quer durch das Zimmer sauste. Dann wirbelte er herum und blickte Cindy direkt ins Gesicht.

»Soll das heißen, dass er in einer Tiefkühltruhe liegt wie ein toter Fisch? Wer hat versucht, uns ausfindig zu machen? Niemand. Wenn Rodney *weiß* wäre, dann hätte man uns schon längst informiert.«

»Um ehrlich zu sein, Mr. Booker, das Gesicht dieses Mannes wurde so gründlich zertrümmert, dass nichts mehr davon zu erkennen ist. Er hatte keinerlei Papiere bei sich. Ich habe eine Menge Arbeit investiert, um hinter das Geheimnis seiner Identität zu kommen.«

»Schön für Sie, Ms. Thomas. Schön für Sie. Sein Gesicht ist

also kaputt, und Papiere hatte er auch nicht, also frage ich Sie noch einmal: Woher wollen Sie wissen, dass dieser Tote unser Sohn war?«

Cindy erwiderte: »Wenn ich ein gutes, scharfes Foto von Rodney bekommen könnte, dann könnte ich ziemlich schnell Klarheit schaffen. Ich rufe Sie morgen an.«

Behutsam zog Lee-Ann Booker ein Foto zwischen den klebrigen Plastikseiten eines Albums hervor und reichte es Cindy. »Die Aufnahme ist ungefähr fünf Jahre alt.«

Das Foto zeigte Rodney Booker auf genau dem Sofa, auf dem Cindy jetzt saß. Er sah gut aus, war hellhäutig, breitschultrig, besaß kurz geschnittene Haare und ein wunderschönes Lächeln.

Cindy gab sich große Mühe, um in Rodneys Körperbau und Hautfarbe irgendeine Ähnlichkeit mit Bagman Jesus zu entdecken, aber das, was sie von ihm zu Gesicht bekommen hatte, war kaum als *Mensch* zu erkennen gewesen.

»Waren Sie eigentlich schon in Rodneys Haus?«, wollte Billy Booker wissen.

»*Rodney hat ein Haus?*«

»Ja, *verdammt nochmal*, Mädchen! Mein Sohn sitzt womöglich jetzt in diesem Augenblick zu *Hause* und schaut sich ein Spiel im Fernsehen an, während Sie uns hier in Todesangst versetzen.«

Lee-Ann Booker heulte auf, und Cindys Gedanken schlugen erneut Purzelbäume. Ein Haus? Bagman Jesus war doch obdachlos, oder nicht? Wie konnte er dann ein Haus besitzen? Was, wenn Rodney Booker am Leben und wohlauf... und sie vollkommen daneben war?

Billy Booker griff nach einem Stift und einem Notizblock auf dem Beistelltisch, kritzelte die Handynummer und die Adresse seines Sohnes auf das oberste Blatt, riss es ab und reichte es Cindy.

»Wenn ich anrufe, springt immer die Mailbox an. Vielleicht haben Sie ja mehr Glück. Und, was haben Sie jetzt vor, Ms. Thomas? Verraten Sie mir *das*. Dann weiß ich auch, was *ich* machen werde.«

Cindy verließ das Haus der Bookers in der Gewissheit, dass ihr gut gemeinter Spontanbesuch nicht nur ein totaler Schlag ins Wasser gewesen war, sondern auch alles dafür sprach, dass er sich zu einem handfesten *Skandal* auswachsen würde.

46

Während der gesamten Rückfahrt von Santa Rosa nach San Francisco kreisten ihre Gedanken unaufhörlich nur um ein Thema. Sie hatte den Bookers versprochen, *morgen* Bescheid zu sagen, ob Bagman Jesus ihr Sohn war oder nicht.

Wie sollte sie das machen? Wie? Aber sie musste es versuchen, um jeden Preis.

Sie kramte mit der rechten Hand in ihrer Handtasche herum, bekam das Handy zu fassen und drückte die Kurzwahltaste mit Lindsays Büronummer. Eine Männerstimme meldete sich: »Conklin.«

»*Rich,* hier spricht Cindy. Ist Lindsay da?«

»Sie ist unterwegs, aber ich kann ihr ausricht ...«

»Warte, Rich. Ich habe einen ernst zu nehmenden Hinweis auf die Identität von Bagman Jesus. Ich glaube, sein richtiger Name lautet Rodney Booker.«

»Erledigst du jetzt auch noch die Polizeiarbeit, Cindy?«

»Irgendjemand *muss* das ja machen.«

»Okay, okay. Immer locker bleiben.«

»*Locker* bleiben? Ich bin gerade eben bei einem arglosen älteren Ehepaar hereingeplatzt und habe ihnen mitgeteilt, dass ihr Sohn tot ist ...«

»Du hast *was*?«

»Ich hatte immerhin seinen *Namen,* Rich. Zumindest habe ich das gedacht. Also bin ich zu seinen Eltern gefahren, um sie zu interviewen. Eigentlich logisch, wenn man mal darüber nachdenkt ...«

»Oh, Mann. Wie ist es gelaufen?«

»Wie eine *Bombenexplosion*, eine verdammte *Bombenex-*

plosion. Billy Booker, der Vater? Er ist Vietnamveteran, war Sergeant Major bei den Marines. Er behauptet, dass die Polizei sich deshalb nicht um den Fall kümmert, weil sie *rassistisch* ist.«

»Bagman Jesus war schwarz?«

»Booker hat Al Sharptons private Telefonnummer, und er hat damit gedroht, ihn anzurufen. Was ich damit sagen will: Ich muss diese Geschichte irgendwie in den Griff kriegen, bevor ich *selbst* zur Geschichte werde. Bevor *wir* zur Geschichte werden.«

»Wir, hmm?«

»Ja, genau. Das San Francisco Police Department und ich. Und ich trage die Last der moralischen Verantwortung. Hör zu, Rich. Rodney Booker hat ein *Haus*.«

»Jetzt kapier ich gar nichts mehr, Cindy. Ich denke, Bagman war *obdachlos*?«

»Sieh doch bitte mal nach.«

»Eingabe: ›Rodney Booker‹. Bitte sehr. Aha. Cole Street. Die geht von der Haight Street ab. Hübsche Gegend.«

War es nicht.

Es war die reine Trostlosigkeit, ein Treffpunkt für ein paar unbedeutende Drogendealer.

Und das passte.

Falls Bagman Jesus Flora Gold nicht angelogen hatte und sein richtiger Name tatsächlich Rodney Booker lautete, und falls Flora Cindy nicht angelogen hatte, dann war es durchaus denkbar, dass das Haus in der Cole Street der Ort war, wo Rodney Booker alias Bagman Jesus abends seinen Hut an den Haken gehängt hatte.

Cindy sagte zu Conklin: »Kannst du das überprüfen, Rich? Weil, wenn du es nicht machst, dann muss ich es tun.«

»Halt dich zurück, Cindy. Meine Schicht geht in zwanzig Minuten zu Ende. Dann laufe ich rüber und seh mal nach.«

»Wir treffen uns da«, sagte Cindy. »Warte auf mich.«

»Nein, Cindy. *Ich* bin der Polizist. *Du* wartest auf *mich*.«

47

Das Gebäude in der Cole Street reihte sich ein in einen ganzen Straßenzug mit heruntergekommenen viktorianischen Wohnhäusern. Es besaß einen mausgrauen Anstrich, zugenagelte Erkerfenster, eine mit Müll übersäte Eingangstreppe und war von einem melancholischen Schleier umweht, der seit dem Ende der Sechzigerjahre nicht mehr gewichen war.

»Das soll abgerissen werden«, sagte Conklin zu Cindy und deutete mit dem Kinn auf den Zettel an der Haustür.

»Allein das Grundstück dürfte doch eine ganze Menge Wert sein. Wenn dieses Haus Bagman gehört hat, wieso war er dann obdachlos?«

»Das ist eine rhetorische Frage, oder?«

»Ja, sicher«, erwiderte Cindy. »Ich denke nur laut nach.«

Conklin klopfte an die Tür, legte die Hand an den Griff seiner Pistole und klopfte noch einmal, diesmal lauter.

Cindys stand direkt hinter ihm, legte ihre zitternden Hände schützend links und rechts an die Schläfen und versuchte, durch ein kleines Seitenfenster einen Blick ins Haus zu werfen. Und dann, noch bevor Conklin sie daran hindern konnte, stieß sie die Tür auf.

Es ertönte ein erschreckter Schrei und ein Haufen Lumpen erhob sich vom Fußboden und rannte in den hinteren Teil des Hauses. Eine Tür fiel krachend ins Schloss.

»Das hier ist ein Unterschlupf für Drogis«, sagte Conklin. »Das waren Hausbesetzer, Crack-Zombies. Das ist gefährlich, Cindy. Wir gehen da nicht rein.«

Cindy schob sich an ihm vorbei und hastete auf die Treppe zu, ohne auf Conklin zu achten, der ihr hinterherrief.

Sie hatte ein Versprechen einzulösen.

Die Luft war feucht und kalt, es roch nach Schimmel und Rauch und fauligem Müll. Cindy rannte die Treppe hinauf und rief: »Rodney Booker? Sind Sie da?«

Nichts rührte sich, nicht einmal eine Maus.

Ganz oben war es heller und offener als in den darunter liegenden Stockwerken. Die Fenster waren nicht verrammelt, und die Sonne schien in ein großes Schlafzimmer.

An einer Wand, genau in der Mitte, stand ein Messingbett. Die Matratze war mit einem dunkelblauen Laken bezogen. Überall lagen Bücher herum. Auf einer zerkratzten Kommode stand eine Crackpfeife.

»Cindy. Ich habe keine Durchsuchungserlaubnis. *Kapierst du das*?«, sagte Conklin, der hinter ihr hergekommen war. »Nichts, was wir hier finden, kann vor Gericht verwendet werden.« Er packte sie an der Schulter und schüttelte sie ein wenig. »He, hörst du mir eigentlich zu?«

»Ich glaube, Bagman Jesus hat bis zu seinem Tod hier gewohnt.«

»Ach, tatsächlich? Und wie kommst du darauf?«

Cindy deutete auf die Zeichnung über dem Bett. Es war ein primitives Bild in Schwarz-Weiß, direkt auf die Gipswand gemalt, und es zeigte Menschen, die sich vor Schmerzen wanden, die Hände in die Höhe gestreckt, umgeben von Feuer und Rauch.

»Lies das«, sagte Cindy.

Das war der Beweis, nach dem Cindy gesucht hatte, der Beweis dafür, dass Rodney Booker und Bagman Jesus ein und derselbe waren.

Inmitten dieser Höllenszene waren drei Worte zu erkennen, in genau der primitiven Schrift, die Cindy auch bei Flora Golds Tätowierung gesehen hatte.

Da stand: JESUS DER RETTER.

48

Um halb sieben Uhr abends hingen Conklin und ich immer noch am Telefon. Da trat Jacobi an unsere Schreibtische, holte einen Zwanziger aus seinem Geldbeutel, legte ihn zusammen mit einem Stapel Imbiss-Speisekarten auf den Schreibtisch und sagte: »Ich schaue später noch mal vorbei.«

»Danke, Boss.«

Es war eine kraftraubende und entmutigende Arbeit.

Wir wussten immer noch nicht, ob der Tod des Ehepaars Bailey ein Unfall, ein kombinierter Mord/Selbstmord oder ein Doppelmord war. Klar war nur, dass auch den Experten, die Claire zurate gezogen hatte, nichts eingefallen war und dass die Öffentlichkeit verrücktspielte.

Also gaben Conklin und ich noch einmal alles. Wir arbeiteten die endlos lange Liste der Freunde und Bekannten der Opfer ab und stellten immer die gleichen Fragen: Wann haben Sie die Baileys zum letzten Mal gesehen? Wie war ihre Stimmung? Wie sind sie miteinander umgegangen? Gibt es vielleicht irgendjemanden, der Isa oder Ethan Bailey etwas antun wollte?

Gibt es vielleicht irgendjemanden, der sie *umbringen* wollte?

Ich wählte gerade eine Nummer, da hörte ich meinen Namen, hob den Blick und sah Cindy die Holzschranke vor unserer Assistentin, Brenda Fregosi, durchqueren. Brenda rief »Nein«, drückte die Sprechtaste, und ihre Stimme drang quäkend aus dem Lautsprecher auf meinem Schreibtisch.

»*Cindy* ist hier!«

Cindy schwenkte eine Zeitung über dem Kopf und umkurvte so die Mitarbeiter der Tagesschicht, die in ihre Mäntel schlüpften, während die Nachtschicht langsam eintrudelte. Sie ließ sich auf den Stuhl neben meinem Schreibtisch plumpsen und drehte ihn so, dass sie auch Conklin anschauen konnte.

So ungern ich das zugebe, aber sie brachte Licht ins Dunkel.

»Willst du wissen, wie die Zeitung von morgen aussieht?«, fragte sie mich.

»Nein.«

»Ich bin ein Rockstar, Richie. Schau mal«, sagte sie und klatschte die Zeitung auf meinen Schreibtisch. Conklin versuchte vergeblich, ein Lachen zu unterdrücken.

Ich sagte zu Cindy: »Kennst du das Sprichwort: ›Elend hat gerne Gesellschaft?‹«

»Du bist elend, und ich leiste dir Gesellschaft. Also worauf willst du raus?«

»Elend hat gerne *elende* Gesellschaft.«

Conklin schnaubte, Cindy prustete los, und ich konnte keine Sekunde länger ernst bleiben.

Cindy freute sich diebisch: »Ärgerst du dir nicht die Krätze, wenn ich recht behalte?«

Liebevoll strich sie die Zeitung glatt, damit ich das Bild auf der ersten Seite des Lokalteils sehen konnte, das Foto von Rodney Booker, alias Bagman Jesus, direkt unter der Schlagzeile: $ 25.000 BELOHNUNG! WER HAT DIESEN MANN GETÖTET?

Damit war es klar: Rodney Booker *war* Bagman Jesus.

Sein Vater hatte ihn anhand der Leichenfotos identifiziert, wo drei verdickte Streifen auf Rodneys Schulter zu erkennen waren, eine sehr grobe Narbentätowierung, die er sich während eines Afrikaaufenthalts zugelegt hatte.

Rodney Booker war ermordet worden, und auf seiner Fallakte stand *mein* Name. Ich brauchte also nur rauszukriegen, wer der Mörder war, aber da ich dafür keine Zeit hatte, sonnte

Cindy Thomas sich im Glanz ihres Erfolgs und wollte noch mehr.

»Ich hab mir was überlegt«, meinte sie jetzt. »Ich kann doch einfach weiter ermitteln und alles, was ich rausfinde, direkt an euch weitergeben, Lindsay.«

»Cindy, du kannst nicht in einem Mordfall ermitteln, okay? Rich, sag's ihr.«

»Ich brauche eure Erlaubnis *überhaupt* nicht«, erwiderte Cindy. Und dann, mit leuchtenden Augen: »Ich hab eine Idee. Lasst uns zu Susie's gehen und uns überlegen, wie wir das so hinkriegen, dass alle damit leben können …«

Ich verdrehte die Augen, aber Conklin grinste sie nur kopfschüttelnd an. Er mochte sie!

Ich wollte gerade Jacobi rufen, damit *er* ihr die Flausen austrieb, da kam Claire durch die Schranke gerauscht und stapfte mit blitzendem Blick auf uns zu.

»*Frau Dr. Washburn* ist auf dem Weg nach hinten«, blökte Brendas elektronisch verzerrte Stimme aus der Sprechanlage.

Claire hatte zu tun. Sie stattete der Mordkommission nur sehr ungern Hausbesuche ab. Cindy, die Ahnungslose, rief: »Claire! Wir wollen gerade zu Susie's. Komm doch einfach mit!«

Claire durchbohrte mich mit Blicken.

»Ich kann nicht zu Susie's«, sagte sie. »Und du auch nicht. Gerade habe ich die Nächste reinbekommen. Ermordet, genau wie die Baileys.«

49

Die mit einem Laken bedeckte Leiche auf dem Obduktionstisch war weiblich, dreiunddreißig Jahre alt, und ihre Haut so weiß wie das Porzellan meiner Mom. Ihre schulterlangen Haare schimmerten in vier unterschiedlichen Blondtönen. Ihre Finger- und Zehennägel waren echt und erst kürzlich frisch lackiert worden, stierblutrot.

Sie sah aus wie das schlafende Dornröschen, das auf den Kuss des Prinzen wartet.

Ich las das Namensschild. »Sara Needleman.«

»Von ihrer persönlichen Assistentin identifiziert«, sagte Claire.

Ich hatte in der *Vogue* und in der *W* schon Bilder von Sara Needleman gesehen. Sie war eine berühmte Modedesignerin und fertigte maßgeschneiderte Abendroben für alle diejenigen, die dreißig Riesen für ein Kleid ausgeben konnten. In der *Gazette* hatte ich gelesen, dass Sara Needleman oft ganze Serien von Kleidern für Brautjungfern schneiderte, die farblich aufeinander abgestimmt waren, sich stilistisch jedoch deutlich voneinander unterschieden, und dass ihr Geschäft vor allem während der Ballsaison, wenn sie für Mütter und ihre Töchter arbeitete, auf Hochtouren lief.

Sara Needleman hatte mit Sicherheit zum Bekanntenkreis der Baileys gehört.

Claire nahm ihr Klemmbrett in die Hand und sagte: »Bis jetzt habe ich Folgendes rausgekriegt: Ms. Needleman hat heute Morgen um acht ihre persönliche Assistentin, Toni Reynolds, angerufen und über Bauchkrämpfe geklagt. Ms. Reynolds sagt, sie hat ihrer Chefin geraten, den Arzt anzurufen, und ihr versprochen, nach ihr zu schauen, sobald sie bei der Arbeit war.

Sara hat ihren Hausarzt Robert Dweck angerufen, einen Internisten, und hat um die Mittagszeit einen Termin bekommen.«

»Aber den hat sie nicht eingehalten«, warf Conklin ein.

»Du bist ja ein ganz Schlauer«, erwiderte Claire. »Um 10.08 Uhr hat Sara Needleman die Notrufnummer gewählt. Und um 10.15 Uhr hat der Notarzt sie tot in ihrem Schlafzimmer aufgefunden.«

»Sie ist an Magenkrämpfen gestorben? Hat sie was Falsches gegessen?«, wollte ich wissen.

Claire machte weiter. »Das wird sich rausstellen, mein Mädchen. Das wird sich rausstellen. Der Mageninhalt und eine Blutprobe sind schon im Labor.

Mittlerweile habe ich auch mit den Sanitätern gesprochen, die Sara zu mir gebracht haben. Sie haben weder Erbrochenes noch Exkremente im Haus gefunden.«

»Warum glaubst du, dass sie genauso gestorben ist wie die Baileys?«

»Zuerst habe ich daran gar nicht gedacht. Bei ihrer Einlieferung war sowieso gerade nicht viel los, darum habe ich mich sofort an die Arbeit gemacht. Ich hatte da eine ziemlich eindeutige Vermutung.«

Drei von Claires Assistenten versuchten, einen beschäftigten Eindruck zu machen, standen aber doch so dicht dabei, dass sie jedes Wort hören konnten. Ich sah bereits den Schriftzug »EILMELDUNG!« unter einem Hochglanzfoto von Sara Needleman, mit dem wir unser reguläres Programm unterbrechen. Ich konnte bereits spüren, wie die Öffentlichkeit ihren Tod mit dem der Baileys in Verbindung brachte, wie der Luftdruck fiel.

Ein gewaltiger Sturm kündigte sich an.

Claire hakte die verschiedenen möglichen Ursachen für Sara Needlemans Tod ab.

»Wenn wir von einer Vergiftung vorerst einmal absehen, dann werden Bauchkrämpfe oft von einem durchgebrochenen Magengeschwür oder einer Bauchhöhlenschwangerschaft verursacht.«

»Aber in diesem Fall nicht«, vermutete Conklin.

»Ganz recht, großer Mann. Die Krämpfe brauchen aber gar nicht im Zusammenhang mit ihrem Tod zu stehen. Ich habe sie auf Aneurysmen, Schlaganfälle, Herzinfarkt untersucht und nichts gefunden. Ich habe sämtliche inneren Organe unter die Lupe genommen. Allesamt so gut wie neu. Die könnte man ohne Weiteres Medizinstudenten vorlegen, damit sie wissen, wie ganz normale Organe aussehen sollen.«

»Hmm.«

»Keine Verletzungen, keine Prellungen, nichts dergleichen. Sara Needleman ist kerngesund, abgesehen von der Tatsache, dass sie tot ist.«

»Sie steht auch auf meiner Liste. Ich bin bloß noch nicht dazu gekommen, sie anzurufen,« meinte Conklin.

»Jetzt ist es zu spät«, murmelte ich.

Claire sagte: »Dann habe ich ein Stück weiter gedacht. Die Baileys und die Needleman. Dieselben gesellschaftlichen Kreise. Könnte also auch dieselbe Todesursache sein. Deshalb habe ich Saras Blut ins Labor geschickt und gleich das Rundum-Sorglos-Paket gebucht. Ich habe Gewebeproben bei minus sechsundfünfzig Grad einfrieren lassen, bis irgendjemand ganz gezielt nach etwas anderem sucht als dem ganzen üblichen Kram«, fuhr Claire mürrisch fort. »Und, was kommt jetzt, Compadres?«

Conklin sprach es aus. »Noch mehr Polizeiarbeit.«

»Bingo, Ricardo. Irgendjemand muss diesen Schlamassel auflösen, weil ich nämlich in einer Sackgasse stecke.«

Claire drehte sich zu Sara Needlemans Leiche um, legte ihr die Hand auf den zugedeckten Oberkörper und sagte: »Tja, meine Liebe, ich bin mit meinem Latein am Ende. Ich habe alles ausprobiert, was irgendwie im Bereich des Möglichen liegt, aber *du* bist eindeutig ein *unmöglicher* Fall.«

Dritter Teil

Feiern, bis der Arzt kommt

50

Am Morgen nach Sara Needlemans Tod bekam ich einen Anruf von Chief Anthony Tracchio: »Der Bürgermeister sitzt mir im Nacken. Lassen Sie alles stehen und liegen und kümmern Sie sich nur noch um diesen einen Fall. Und bauen Sie ja keinen Scheiß!«

Ich erwiderte: »Jawohl, Sir, Tony. Keinen Scheiß bauen«, aber am liebsten hätte ich laut geschrien: *»Wonach suchen wir eigentlich?«*

Auch Lieutenant Michael Hampton, ein altgedienter Mitarbeiter der Special Investigation Division – SID – mit zwanzig Dienstjahren auf dem Buckel, war auf unseren Fall der toten Millionäre angesetzt worden, und er sah noch unglücklicher aus, als ich mich fühlte. Wir trafen uns in Hamptons Büro, besprachen das weitere Vorgehen und teilten die notwendigen Maßnahmen zwischen uns auf.

Hampton schickte ein Team in Dr. Dwecks Büro, um Sara Needlemans Krankenakten abzuholen sowie den Doktor und seine Mitarbeiter zu befragen. Ein weiteres SID-Team machte sich auf den Weg in Needlemans Atelier und Büroräume, um sich mit Saras persönlicher Assistentin Toni Reynolds und den anderen Mitarbeitern zu unterhalten.

Conklin und ich fuhren mit meinen vier Jungs im Schlepptau zu Sara Needlemans Haus draußen in Cow Hollow. Conklin stellte den Wagen auf der Straße ab. Chi und McNeil, Lemke und Samuels fingen an, die Nachbarn zu befragen, während Conklin und ich den Hauseingang suchten.

Sara Needlemans Haus gehörte vielleicht nicht ganz so eindeutig in die nächste Ausgabe von *Die schönsten Häuser der Welt* wie das der Baileys, aber es war trotzdem absolut atemberaubend. Der Hauswart, ein hippes Bürschchen Mitte zwanzig mit einer schwarzen Jeans und Kinnbärtchen, machte uns die Tür auf. Er führte uns durch das siebenhundertfünfzig Quadratmeter große Haus, das unverzüglich im Katalog von Sotheby's landen würde, sobald die Tatortreiniger die Schweinerei beseitigt hatten, die von den Kriminaltechnikern hinterlassen worden war.

Nachdem wir das ganze Haus mit seinen sieben Schlafzimmern einschließlich des doppelstöckigen japanischen Gartens gesehen hatten, baten wir den Hauswart, uns in unseren Bereitschaftsraum zu begleiten und uns zu erzählen, was er über Sara Needleman wusste.

Er kam bereitwillig mit.

»Ich kenne alle Leute, die hier ein und aus gegangen sind«, sagte er.

Conklin sah nach, ob er im Polizeicomputer gespeichert war, fand nichts und kam mit einem Notizblock und Kaffee wieder zurück.

Wir unterhielten uns noch eine Stunde lang mit dem Hauswart, und er ließ uns umfassend an seiner Meinung über Sara Needleman und ihre Freunde und Bekannten teilhaben.

»Überwiegend Schwuchteln und Angeber. Und dann waren da noch ihre Kunden.«

Umständlich zählte der junge Mann Saras Besucher auf, Freunde und Mitarbeiter, darunter auch die Haushälterin, die Hundesitterin, der japanische Gärtner, der Dachdecker, der Koi-Pfleger, die Yogalehrerin und die Köchin.

»In welcher Beziehung standen Sie zu Sara?«, fragte ich ihn.

»Wir sind gut miteinander ausgekommen. Aber ich war nicht Lady Chatterleys Liebhaber, falls Sie darauf rauswollen. Ich war der Laufbursche, das Mädchen für alles. Sie hat genau so jemanden gesucht, und ich war froh, dass ich diesen Job und so eine coole Wohnung überhaupt bekommen habe.«

Er berichtete, dass er Sara am Morgen ihres Todes kurz gesehen hatte. Er hatte die Zeitung hereingeholt, und ihm war nichts Ungewöhnliches an ihr aufgefallen.

»Sie hat die Tür einen Spalt weit aufgemacht und sich die Zeitung geschnappt. Und wenn sie krank gewesen wäre, hätte sie mir sowieso nichts davon gesagt.«

»Haben Sie vielleicht irgendeine Idee?«, wollte ich von ihm wissen. »Falls Sara Needleman umgebracht wurde, wer könnte der Mörder gewesen sein?«

»Ich weiß gar nicht, wo ich anfangen soll«, erwiderte er. »Sara war ein Snob. Wenn sie mit wichtigen Leuten oder Promis zu tun hatte, dann war sie ein Engel. – Aber allen anderen gegenüber, o Mann, da konnte sie echt *eiskalt* sein. Ich könnte nicht sagen, wer ihre Freunde und wer ihre Feinde waren, und, ehrlich gesagt, ich glaube, sie hätte das auch nicht gekonnt.«

51

Am Abend – Sara Needleman lag immer noch im Kühlfach der Leichenhalle – versammelten sich die mit der Aufklärung des Falls betrauten Teams in Chief Anthony Tracchios Büro mit Blick auf die tief unterhalb verlaufende Bryant Street und dem großen Panoramafoto von der Golden Gate Bridge an der Wand gegenüber seines Mahagonischreibtisches.

Tracchio war durch und durch Bürokrat und nur aufgrund politischer Überlegungen zum Polizeichef ernannt worden. Er hatte nie auf der Straße gearbeitet, war in der Körpermitte eher schwabbelig und versuchte, mithilfe einiger weniger Haare und etwas Haarspray seine Glatze zu kaschieren. Das sah zwar ziemlich komisch aus, aber so langsam wusste ich es zu schätzen, dass er ein gewiefter Politiker war. Das war etwas, was mir vollkommen abging.

Ich hatte ihn selten so aufgeregt erlebt. »Leute, sagt euren Frauen und Kindern Bescheid, dass ihr erst dann wieder nach Hause kommt, wenn wir diesen Fall in trockenen Tüchern haben. Hängt euch rein! Wer immer diese Sache aufklären kann, wird zum Helden werden. Oder zur Heldin«, fügte er in meine Richtung gewandt hinzu.

Die einzelnen Teams berichteten und Tracchio, Hampton und ich befragten sie, bevor wir ihnen neue Aufgaben mit auf den Weg gaben.

Conklin und ich notierten die Namen sämtlicher Personen, die bereits zu Sara Needlemans Tod befragt worden waren, und kehrten an unsere Schreibtische zurück, um sie mit der Liste abzugleichen, die wir für die Baileys angelegt hatten.

Jedes Mal, wenn wir einen Treffer landeten, hieb Conklin

mit der flachen Hand auf den roten Plastikbuzzer, der immer auf seinem Schreibtisch lag, und quakte: »War doch leicht«.

Um neun Uhr abends war unsere leere Pizzaschachtel in der Ablage P wie Papierkorb gelandet. Wir hatten das Hauspersonal der Baileys ebenso ausgeschlossen wie eine Vielzahl anderer Personen, aber trotzdem bestand die Liste noch aus Dutzenden weiterer Namen.

Die Baileys und Sara Needleman hatten dasselbe Fitnesscenter besucht, waren Mitglieder der Gemeinschaft zur Förderung der Oper gewesen, hatten dieselben Restaurants und Clubs frequentiert und sogar ihre Schmutzwäsche in dieselbe Wäscherei gebracht.

»Sara Needleman war dreiunddreißig, genau wie Isa Bailey. Ich wette, sie haben dieselbe Schule besucht.«

Ich nickte. Das war wenigstens etwas.

Etwas, das den Kreis für unsere Suche noch einmal erweiterte.

Ich leerte meine Mineralwasserdose, warf sie in den Mülleimer und sagte: »Ich habe mal etwas über ein Experiment gelesen. Sie haben mit Ratten angefangen. Zwei Lampen, eine grüne und eine rote. Jeweils an der Lampe, die aufleuchtet, gibt es Futter. Und in acht von zehn Fällen leuchtet die grüne auf.«

»Und weiter?«

»Die grüne Lampe leuchtet so oft, dass die Ratten einfach immer dorthin gehen. Warum auch nicht? Sie haben ja eine achtzigprozentige Erfolgsquote.

Dann haben die Verhaltensforscher dasselbe Experiment mit Menschen durchgeführt.«

»Also, ich war noch nie besonders scharf auf Rattenfutter.«

Ich lachte. »Die Menschen haben Smarties gekriegt.«

»Du willst doch bestimmt auf irgendwas raus«, meinte mein Partner.

»Die Leute haben versucht, vorauszuahnen, welche Lampe aufleuchten würde. Sie haben nach bestimmten *Mustern* gesucht – so und so viele rote vor einer grünen und so weiter. Und ihre Erfolgsquote betrug lediglich siebenundsechzig Prozent.«

»Was beweist, dass Ratten schlauer sind als Menschen.«

Ich schüttelte den Kopf.

Conklin versuchte es noch mal. »Was beweist, dass wir alle Personen, die auf einer dieser Listen stehen, noch einmal befragen sollten, ganz egal ob sie rot oder grün sind?«

Ich lachte. »Es beweist, dass die Menschen zu viel denken.«

»Du bist müde, Linds.«

»Gehen wir die Listen noch einmal durch. Aber dieses Mal denken wir nicht zu viel dabei. Wir ziehen einfach die Namen der Ratten heraus, die einen Schlüssel für die Häuser der Opfer hatten.«

Rich schlug auf den roten Buzzer. »War doch leicht«, quakte der.

52

Pet Girl übergab gerade Sara Needlemans Hunde an den Hauswart, als der Streifenwagen an der Bordsteinkante hielt und zwei Polizisten ausstiegen, die sie bereits kannte. Die Frau war groß, blond und sah aus, als hätte Sheryl Crow einen Platz bei *Promi-Bullen im Einsatz* ergattert.

Der Typ war ein ganzes Stück größer als die Blondine, gut aussehend, vielleicht so um die dreißig.

Sheryl Crow zeigte ihre Dienstmarke, stellte sich als Sergeant Boxer und ihren Partner als Inspektor Conklin vor und wollte wissen, ob Pet Girl vielleicht bereit wäre, sie ins Polizeipräsidium zu begleiten und dort einige Fragen zu beantworten.

Pet Girl sagte: »Okay.«

Sie war cool. Sie musste es einfach bloß *geschehen* lassen, dann würden die sie bald wieder *in Ruhe* lassen … genau wie beim letzten Mal, als sie wegen Isa und Ethan Bailey befragt worden war.

Sie glitt auf den Rücksitz des Streifenwagens und dachte an die Nacht zurück, als sie es getan hatte. Sie war sich ziemlich sicher, dass sie nichts übersehen hatte.

Der Hauswart jedenfalls hatte garantiert nicht gemerkt, dass sie Saras Haus betreten hatte, schließlich war er nackt hinter seinem Fenster vorbeigegangen, hatte das Licht im Bad angeknipst, und noch bevor sie die Haustür aufgemacht hatte, hatte sie die Dusche gehört.

Sie wusste noch, dass die »Lady mit der Goldenen Nähnadel« so sternhagelvoll gewesen war, dass sie nicht mal ein Auge aufgekriegt hatte. Pet Girl spürte einen Schauer der Erregung und hätte am liebsten laut gelacht oder vielleicht sogar *gepinkelt*.

Und sie hörte dem Geschnatter der beiden Bullen auf den Vordersitzen zu, wie sie mit der Funkzentrale quatschten und ihre Witzchen rissen. Die benahmen sich nicht gerade so, als hätten sie eine *Mörderin* auf der Rückbank sitzen.

Eher so, als hätten sie schon vergessen, dass sie überhaupt *da* war.

Schweigend stand sie zwischen den beiden im Fahrstuhl und lehnte auch das angebotene Kaltgetränk ab, als sie sie ins Verhörzimmer brachten.

»Sind Sie sicher?«, fragte die Frau. »Vielleicht eine Flasche Wasser?« Als ob es ihr wirklich um sie ging! Dabei wollte sie doch bloß eine DNA-Probe. Der Trick war so alt, dass sie sich wunderte, dass es immer noch Leute gab, die darauf hereinfielen.

»Ich möchte Ihnen gerne behilflich sein«, sagte Pet Girl allerliebst. »Was wollen Sie wissen?«

Inspektor Conklin war niedlich, wie ihm die hellbraunen Haare so über die Augen fielen. Er wischte die Strähnen beiseite, während er sich die Notizen durchlas, die er sich über sie gemacht hatte. Und dann wollte er wissen, wo sie im Lauf der vergangenen achtundvierzig Stunden gewesen war.

Pet Girl wusste, dass sie ihre Geschichte protokollierten, für den Fall, dass sie sie später noch einmal vernehmen würden, aber, hey: kein Problem.

»Ich habe insgesamt viermal, also zweimal morgens und zweimal abends, die Hunde der Baileys ausgeführt. Was wohl jetzt aus ihnen wird …?«

Dann erläuterte sie ausführlich ihren dicht gedrängten Zeitplan, bestehend aus Hunde ausführen und Besorgungen machen, inklusive der Runde mit Sara Needlemans preisgekrönten Landessiegern heute Morgen, nachdem der Hauswart ihr telefonisch mitgeteilt hatte, dass Sara Needleman tot sei.

»Haben Sie in dieser Gegend im Verlauf der letzten Woche

irgendetwas Ungewöhnliches oder unbekannte Personen bemerkt?«, wollte Sergeant Boxer wissen.

»Nein.«

»Was halten Sie von dem Hauswart?«

»Er ist okay. Nicht mein Typ.«

»Wie würden Sie Ihr Verhältnis zu Sara Needleman beschreiben?«, fragte Inspektor Conklin.

»Ich habe Sara *sehr, sehr gern* gehabt«, erwiderte sie. Schenkte ihm sogar ein kleines, neckisches Lächeln. Konnte ja nicht schaden. »Sara war klug und witzig und großzügig auch. Sie hat mir immer wieder Sachen aus ihrer Kollektion geschenkt. So war sie eben.«

»Wie oft haben Sie ihre Hunde ausgeführt?«

»Vielleicht einmal die Woche. Normalerweise ist sie selber mit ihnen rausgegangen. Aber gelegentlich hatte sie Terminprobleme, und dann hat sie mich angerufen, und ich habe das übernommen.«

»Und bei den Baileys?«

»Genau das Gleiche. Die Hunde ausführen. Besorgungen machen. Ich arbeite für viele Leute in diesen Kreisen. *Dutzende*. Ich habe gute Zeugnisse.«

»Hört sich ziemlich gut an«, meinte Inspektor Conklin. »Freie Zeiteinteilung.« Und dann: »Hatte Sara irgendwelche Feinde?«

»Mein Gott, ja. Sie hatte drei Exehemänner und ungefähr dreißig Exfreunde, aber ich würde nicht behaupten, dass die sie umbringen wollten.«

»Gibt es irgendjemanden auf dieser Liste, der auch einen Groll gegen die Baileys gehabt haben könnte?«

»Wenn Sie wüssten, wie *wenig* diese Leute mit mir geredet haben.«

»Haben Sie die Hausschlüssel von Sara Needleman und den Baileys?«, meldete sich Sergeant Boxer. Pet Girl griff in eine

Seitentasche ihres Rucksacks und holte einen Schlüsselring von der Größe eines Bootsankers hervor.

»Ich habe jede Menge Schlüssel. Das ist ja der springende Punkt. Ich komme meinen Klienten nicht in die Quere. Ich bin eher der stille Typ, und genau das gefällt ihnen an mir. Ich komme rein, führe die Hunde aus und bringe sie wieder zurück. Schnappe mir meinen Scheck. Meistens kriegen sie nicht mal mit, dass ich da war.«

53

Nachdem die Hundesitterin gegangen war, sagte ich zu Conklin: »Weißt du, meine Hundesitterin hat seit Jahren meinen Schlüssel und den Code für meine Alarmanlage, und ich habe mir noch nie was dabei gedacht. Martha *liebt* Karen. Ich vertraue ihr.«

»Und was willst du mir damit sagen, Sergeant meines Herzens? Willst du die ›Ratten-mit-Hausschlüssel-Theorie‹ über Bord werfen?«

»Ich weiß nicht, Kumpel. Die Hundesitterin hatte zwar Zugang, aber welches *Motiv* soll sie gehabt haben? Was hätte sie davon, ihre Arbeitgeber umzubringen?« Meine Sprechanlage summte, und Brendas Stimme ertönte, außer Atem und ein wenig verschämt. »Lindsay, Besuch für dich.«

Ich blickte mich um. Konnte niemanden entdecken.

Ich drückte die Sprechtaste und fragte Brenda: »Wer denn?«

»Er ist auf dem Weg nach hinten.«

Ich hörte ihn, noch bevor ich ihn sah. Leise quietschten die Gummireifen auf dem Linoleum, und dann war St. Jude bei mir, balancierte auf den Hinterrädern, grinste breit und stellte seinen Rollstuhl vor meinem Schreibtisch ab.

»Boxer, du siehst großartig aus. Besser denn je.«

Ich stand auf und umarmte den legendären Simon McCorkle, der im gesamten Bundesstaat nur »St. Jude, der Schutzheilige der hoffnungslosen Fälle« genannt wurde. McCorkle hatte im Dienst eine Kugel in den Rücken bekommen, war von der Hüfte abwärts gelähmt, weigerte sich jedoch standhaft, in Pension zu gehen. Seit jenem schwarzen Tag vor zwanzig Jahren kümmerte sich St. Jude von einem Büro im Kriminaltechnischen Labor aus um ungelöste Fälle.

»Danke, McCorkle. Ich sehe da ein paar graue Haare in deinem Bart. Steht dir gut.«

»Gib mir deine Hand, Boxer. Nein, die linke. Unverheiratet? Dann habe ich also immer noch eine Chance.«

Ich lachte, machte McCorkle mit Conklin bekannt, und sie drückten sich gegenseitig die Pranken wie lange verschollene Brüder des irischen Kleeblatts. Es dauerte nicht lang, bis wir St. Jude vom Fall der verstorbenen Millionäre erzählten, einem Fall, der uns in den Wahnsinn trieb.

McCorkle sagte: »Genau deswegen bin ich ja hier, Kleines. Als ich heute Morgen in der Bahn das Foto von Sara Needleman gesehen habe, habe ich eine Verbindung zu den Baileys gezogen… und weißt du was, Boxer? – Da hat's bei mir geklingelt.«

54

McCorkle griff mit einem seiner massiven, über und über tätowierten Arme hinter sich und wuchtete einen Rucksack auf seinen Schoß.

»Ich hab dir was mitgebracht«, sagte er augenzwinkernd.

»Was mag das sein? Hoffentlich Schokolade.«

Er holte eine Ermittlungsakte aus seinem Rucksack. Sie umfasste einen dicken Aktenordner voll mit Notizen und Dokumenten zu einem einzigen Mordfall. Auf dem Umschlag stand in breiten Filzstiftbuchstaben: PANGORN, 1982.

Es folgten zwei weitere Ermittlungsakten mit den Titeln GODFREY, 1982 und KENNEDY, 1982.

»Was soll das denn werden?«, fragte ich McCorkle, als er die drei Aktenordner auf meinen überfüllten Schreibtisch schob.

»Geduld, meine Hübsche. Das ist der letzte. Christopher Ross. Er musste als Letzter sterben, im Dezember 1982.«

»McCorkle, mein Lieber, hilf mir mal auf die Sprünge.«

»Ich erzähle dir alles, und dann, wer weiß, können du und ich und Conklin vielleicht unseren Frieden finden.«

Ich ließ mich gegen die Stuhllehne sinken. Manche Menschen auf dieser Welt leben für ihr Publikum, und Simon McCorkle war einer dieser Menschen.

Das rührte zum Teil daher, dass er die ganze Zeit da draußen in diesem Labor in Hunters Point hockte. Und zum Teil daher, dass er sich tagein, tagaus nur mit kalten Spuren und noch kälteren Leichen beschäftigte.

Aber da war noch etwas anderes. Ob er das Verbrechen nun heute oder im nächsten Monat aufklärte, St. Jude erzielte jedes Mal Tore, die ohne ihn niemals zustande gekommen wären. Sein Job lieferte erstklassige Geschichten.

»Die Opfer hatten verschiedene Dinge gemeinsam.« McCorkle beugte sich nach vorn und legte seinen fleischigen Arm auf die Akten, sodass ich auf eine behaarte, halbnackte Hulatänzerin an seinem privaten Tattoo-Strand starrte.

»Die Opfer entstammten allesamt der Oberschicht. Sie starben ohne jedes erkennbare Anzeichen für ein Verbrechen. Doch beim letzten Opfer, Christopher Ross, hat der Killer die Mordwaffe am Tatort zurückgelassen. *Und zwar eine ausgesprochen auffallende Tatwaffe.*«

Ich hatte damals, als diese schreckliche Mordserie zu Ende gegangen war, gerade meinen Schulabschluss gemacht und war daher mit den Einzelheiten nicht vertraut … aber so langsam fiel mir wieder ein, wieso diese Morde ungeklärt geblieben waren.

McCorkle sah grinsend zu, wie in meinem armen, erschöpften Gehirn langsam etwas zu dämmern begann. Ich wusste es wieder.

»Das war tatsächlich eine ausgesprochen auffallende Tatwaffe«, sagte ich zu dem irischen Hünen an meiner Seite. »Die Opfer wurden durch Schlangen getötet.«

55

Am selben Abend trafen sich Rich Conklin und Cindy in einem gegenüber von Cindys Wohnung gelegenen thailändischen Restaurant.

Es war kein Date, das hatten beide ausdrücklich betont, aber als sie ihm die Papiere reichte, die sie für ihn ausgedruckt hatte – sämtliche Geschichten über die High-Society-Morde von 1982, die in der *Chronicle* erschienen waren, bevor PCs genauso verbreitet gewesen waren wie Telefone –, da strahlte sie ihn an.

»Ich *vertraue* dir«, sagte sie. »Wenn du irgendjemandem verrätst, dass ich diese Sachen aus unserer ›Gruft‹ ausgegraben und dir gegeben habe, komme ich in Teufels Küche.«

»Keine sehr appetitliche Vorstellung«, erwiderte Conklin.

»Eine Hand wäscht die andere«, sagte Cindy. »Ich geb dir was, du gibst mir was.«

Cindy hatte sich eine glitzernde Glaskristallspange in die Haare gesteckt. Nur sehr wenige Mädchen über acht können sich eine Glaskristallhaarspange und pinkfarbene Kleidung gleichzeitig leisten, aber Cindy brachte es irgendwie fertig, trotzdem toll und seriös auszusehen.

Völlig hypnotisiert sah Conklin zu, wie sie nur mit den Lippen das Fleisch von einem Hühnchenflügel schälte, so zartfühlend und doch gleichzeitig so voller Genuss.

»*Rich*«, sagte sie. »Eine Hand wäscht die *andere*. Du vermutest doch eindeutig einen Zusammenhang zwischen den aktuellen Morden an den Baileys und Sara Needleman auf der einen Seite sowie den High-Society-Morden von 1982 auf der anderen. Aber glaubst du auch, dass es sich um denselben Killer handelt, dass er sich jetzt wieder zurückgemeldet hat?«

»Die Frage ist doch, ob ich mich auf *dich* verlassen kann, Cindy, verstehst du? Schließlich bist du, ehrlich gesagt, nicht besonders vertrauenswürdig.«

»Oooooch. Du musst bloß das Zauberwort sagen.«

»*Bitte*, Cindy.«

»Richiiiee. Das Wort, das du suchst, heißt ›vertraulich‹. Lieber gehe ich ins Gefängnis, als dass ich ›vertrauliche‹ Informationen verwende.«

Rich lachte, lehnte sich zurück, ließ den Kellner die Überreste seines Seebarsches abtragen und sagte: »Danke für diese Information. Ich will nicht, dass du ins Gefängnis musst. Aber dir ist doch klar, dass ich sehr viel mehr riskiere als eine Landung in Teufels Küche, wenn bekannt wird, dass ich diese Geschichte an deine Zeitung weitergegeben habe.«

»Mach dir keine Sorgen. Erstens: Ich schwöre.« Sie hob die Hand zum Pfadfinderinnenschwur, drei Finger gestreckt, den Daumen an den kleinen Finger gelegt. »Zweitens: Unsere Unterhaltung findet absolut vertraulich statt. Und drittens: Das ist gar nicht meine Geschichte. Ich arbeite schließlich an dem Fall Bagman Booker, weißt du noch?«

»Einverstanden, absolut *vertraulich*, Cindy. Du hast die Unterlagen gelesen. Damals, 1982, sind mehrere reiche Mitbürger umgebracht worden, alle durch Schlangenbisse. Und ja, es könnte sein, dass der Killer von damals sich aus dem Ruhestand zurückgemeldet hat. Vielleicht aus Langeweile. Wäre ja nicht das erste Mal. Der FFT-Killer, zum Beispiel.«

»Oh, Mann, *der* Typ«, sagte Cindy und schüttelte den Kopf, sodass die Glasedelsteine blitzten. »›Fesseln, Foltern, Töten.‹ Ich krieg immer noch eine Gänsehaut, wenn ich an den denke. Der hat bei so einem Sicherheitsdienst gearbeitet, glaube ich. Ein ganz normaler Familienvater, Kiwanis Club, Rotary Club, die Richtung.«

»Ja, genau. Hat nach seinem letzten Mord fünfundzwanzig Jahre lang brav im stillen Kämmerlein gehockt. Dann, eines Tages, wird ihm plötzlich klar, dass das Leben viel mehr Schwung kriegt, wenn man die Bullen ein bisschen aus der Reserve lockt, ein paar Schlagzeilen abstaubt. Also fängt er an, an Zeitungen und Fernsehsender zu schreiben. Stolpert über sein eigenes Ego und wird verhaftet.«

»Dann glaubst du also, dass der High-Society-Killer von 1982 auch die Baileys und Sara Needleman auf dem Gewissen hat?«

Conklin winkte nach der Rechnung. »Könnte sein.«

»Na, das wär doch was, oder?«, meinte Cindy.

Sie blickte ihn an, als hätte er etwas falsch gemacht, und er sagte: »Oh, 'tschuldigung, wolltest du vielleicht noch was? Ein Eis oder so?«

»Ich hab nur kurz gedacht … ich würde gerne noch länger darüber reden. Und ich hab endlich meine Cappuccino-Maschine ausgepackt, Rich.«

Conklin sah, wie sie eine Locke um ihren Finger wickelte. Er lächelte: »Heißt das, du fragst mich, ob ich noch auf eine Tasse Kaffee mit zu dir will?«

56

McCorkle und ich saßen im Bereitschaftsraum und verschlangen kaltes, chinesisches Imbissessen, während wir uns in die Ermittlungsakten vertieften.

McCorkle klappte die Akte PANGORN auf und sagte: »April Pangorn war eine wunderschöne, junge Witwe, erst achtundzwanzig Jahre alt und sehr wohlhabend. Den Notizen von Inspektor Sparks zufolge hatte sie viele Freunde, Männer wie Frauen.«

»Hier steht, dass Ms. Pangorn tot in ihrem Bett aufgefunden worden ist, ohne sichtbare Druckstellen oder blaue Flecken«, sagte ich. »Genau wie die Baileys und Sara Needleman.«

»Sehr richtig. Darum hat man zunächst gar nicht an Mord gedacht, so lange, bis auch Frank Godfrey tot umgefallen ist.«

McCorkle nagte ein kaltes Rippchen ab und warf den Knochen in den Mülleimer, während ich die Akte Godfrey aufschlug und St. Judes Schilderung mitverfolgte.

»Godfrey, Frank. Weiß, männlich, fünfundvierzig, Preisboxer im Ruhestand, war Mitbesitzer des Raleigh's.

Der Laden ist mittlerweile geschlossen, aber damals war das ein sehr konservativer Club, die Wände mit rotem Samt ausgeschlagen, Humidors auf dem Tresen, ein paar Spieltische im hinteren Teil. Frankie hatte ein Deluxe-Apartment über den Wolken und genug zu tun. Jede Menge zu tun. Er mochte die Frauen – Plural –, und er gab gerne Geld aus. Hier, sieh dir das mal an, Lindsay. Ein Foto vom Tatort.«

Das Opfer lag mit dem Gesicht nach unten auf dem Schlafzimmerfußboden. Es sah fast so aus, als hätte er versucht, ins Badezimmer zu kriechen, das am Rand des Bildes gerade eben noch zu erkennen war.

McCorkle sagte: »Die ermittelnden Beamten dachten, dass Frank womöglich ermordet worden war, aber die Gerichtsmedizin konnte keine Todesursache feststellen. Obduktionsergebnis negativ, toxikologisches Gutachten negativ. Mysterium positiv.

Kommen wir zum Nächsten. Patrick Kennedy war Banker«, fuhr McCorkle fort. »Und er war schwul. Ein hervorragend gehütetes Geheimnis, das erst nach seinem Tod gelüftet wurde, weil da wirklich absolut *alles* ans Licht gezerrt wurde.

Jetzt waren also drei ultrareiche Personen innerhalb weniger Monate unter ungeklärten Umständen ums Leben gekommen. Hier unten im südlichen Bezirk hat sich langsam Verzweiflung breitgemacht. Ein gewisser Lieutenant Leahy hat anstelle von Inspektor Sparks die Ermittlungen weitergeführt. Er hat ungefähr einen Monat gebraucht, um praktisch jeden einzelnen Schwulen in San Francisco zu befragen.« McCorkle lachte. »Jeder zweite ›kannte‹ Paddy. Tut mir leid«, meinte er. »Aber stell dir das mal vor. Und dann, einen Monat später, war auch Christopher Ross tot.«

»Und was war mit ihm los?«, wollte ich wissen. Ich zerbrach einen Glückskeks und las McCorkle vor, was auf dem winzigen Papierstreifen stand. »›Ein guter Freund kennt die Antwort.‹«

Dann verpasste ich McCorkle einen sanften Hieb auf einen seiner mächtigen Arme. »Mach schon weiter, Kumpel. Wie sind die Kollegen hinter das Geheimnis der Schlangen gekommen? *Spuck's aus, St. Jude.*«

57

McCorkle lachte.

»Boxer, ich rede ja so schnell ich kann.«

»Red schneller!«

Ich klopfte im Scherz auf die Akte Godfrey, aber langsam kroch die Angst in mir hoch. 1982 waren vier Angehörige der gesellschaftlichen Oberschicht unter mysteriösen Umständen ums Leben gekommen. Und wir hatten hier bereits drei ähnliche, wenn nicht sogar identische Todesfälle innerhalb einer Woche erlebt.

Erst jetzt war ich voll und ganz davon überzeugt, dass es sich bei diesen Fällen um Mord handelte. Und mir war klar, dass der Killer, falls es sich um ein und dieselbe Person handeln sollte, schwer zu fassen, schlau und sehr gut organisiert war.

»Christopher Ross«, sagte ich. »Das letzte Opfer.«

»Christopher Ross«, sagte McCorkle und schlug die vierte Ermittlungsakte auf, sodass ich mir eines der Fotos aus der Leichenhalle betrachten konnte. »Ein zweiundvierzig Jahre alter Weißer. Unermesslich reich, von Geburt an. Altes Geld. Ein Familienvater, der nebenbei seine kleinen Affären hatte. Manche haben sogar behauptet, er hätte hier in der Stadt noch eine zweite Familie.

Hier, schau dir mal den Mund an, Boxer. Chris Ross war noch im Tod ein Hingucker. Seine Frau hatte sich mit seiner Untreue schlichtweg abgefunden. Die Zeugen haben ausgesagt, dass sie ihr Leben lang für Chris geschwärmt und dass sie ihn geliebt hat. Und dann, urplötzlich, liegt er mausetot im Bett … und zwar wegen *der* da.«

McCorkle schlug eine der letzten Seiten der Akte auf.

»Da hast du deine Mordwaffe«, sagte er.

Genau darauf hatte ich die ganze Zeit gewartet – aber mit so etwas hatte ich beim besten Willen nicht gerechnet. Die Schlange war auf einem Brett neben einem Zollstock befestigt worden. Sie war dreiundfünfzig Zentimeter lang.

Ich konnte den Blick nicht von ihr losreißen.

Sie war grazil, mit bläulich grauen und weißen Streifen und wirkte viel eher wie ein Schmuckstück als wie eine Mörderin.

»Diese Schlange gehört zur Gattung der Kraits«, sagte McCorkle gerade. »Unglaublich giftig. Stammt aus Indien, also muss sie jemand von dort mitgebracht haben. Illegal. An den Häusern der Opfer wurden keinerlei Anzeichen für einen Einbruch festgestellt.«

»Und wie ist die Schlange dann reingekommen?«

McCorkle zuckte übertrieben mit den Schultern.

»Und diese Schlange da hat auch die anderen Opfer umgebracht?«, wollte ich wissen.

»Vielleicht nicht genau diese, Lindsay, aber auf jeden Fall eine von derselben Art. Man hat nach diesem Fund die ersten drei Leichen exhumiert und unter dem Mikroskop untersucht. Der Gerichtsmediziner, ein gewisser Dr. Wetmore, hat dann bei allen vier Todesopfern Bissspuren entdeckt.

Nach Angaben von Dr. Wetmore waren diese Spuren mit dem bloßen Auge wirklich kaum zu erkennen. Wie winzige Nadelstiche, die sehr leicht übersehen werden, wenn man nicht gezielt danach sucht. Und in seinem Bericht stand auch, dass im Umfeld der Bisswunden keinerlei Schwellung oder Rötung erkennbar war.«

»Irgendwelche Tatverdächtige?«, wollte ich wissen.

»Mrs. Christopher Ross hat fünfzig Millionen geerbt. Sie wurde wiederholt befragt und überwacht. Man hat ihr Telefon angezapft, aber niemand hat wirklich geglaubt, dass sie es getan hat. Sie hatte eigenes Geld. Sie hatte wirklich alles.«

»Lebt sie noch?«

»Ist zwei oder drei Jahre nach dem Tod ihres Mannes bei einem Autounfall ums Leben gekommen. Und andere ernsthaft Tatverdächtige hat es nie gegeben.«

»Simon, haben die Opfer einander gekannt?«

»Einige ja, andere nicht, aber eines hatten sie alle gemeinsam: Sie waren allesamt sehr reich. Und dann noch was, vielleicht bringt dich das ja irgendwie weiter.

Der Leiter der Ermittlungen, Lieutenant Leahy, hat bei einer Pressekonferenz eine unglückliche Bemerkung zu seinem Stellvertreter gemacht, während das Mikrofon eingeschaltet war. Ein Journalist hat es mitgekriegt.«

»Jetzt spann mich doch nicht so auf die Folter, McCorkle!«

»Leahy hat gesagt, ich zitiere: ›Die Opfer waren allesamt verdorben – sexuell und moralisch total korrupt.‹«

McCorkle erzählte weiter, dass Leahy der Himmel auf den Kopf gefallen war, nachdem die *Chronicle* diese Bemerkung veröffentlicht hatte, und dass er kurze Zeit später nach Omaha umgezogen war. Aber für mich war Omaha weit weg. Ich dachte vielmehr an eine zarte, kleine indische Schlange, die beinahe unsichtbare Bisswunden hinterließ.

Claire wusste von alledem nichts.

Ich musste sie anrufen.

58

Richs Augen gewöhnten sich langsam an das schummerige Licht in Cindys Wohnung. Vor anderthalb Jahren war er schon einmal hier gewesen. Damals hatte ein mordlüsterner Irrer in ihrem Haus sein Unwesen getrieben... ein größerer Gegensatz zu der Situation, in der er sich momentan befand, war beim besten Willen nicht vorstellbar.

Er und Cindy waren allein. Sie hatten getrunken. Und Cindy hantierte mit ihrer vielteiligen Cappuccino-Maschine herum, als wollte sie allen Ernstes jetzt *Kaffee* machen.

Wie war es bloß so weit gekommen?

Waren seine Wünsche erhört worden?

Während Cindy diverse Kaffeemaschinenteile auf die Arbeitsplatte stapelte, schälte Rich sie in Gedanken aus ihrem pinkfarbenen Pullover und ihrer engen Hose, ließ seine Hände über ihren Körper gleiten und weigerte sich konsequent, weiter als, sagen wir mal, eine Stunde in die Zukunft zu schauen.

Er konnte jetzt nicht an später denken.

Er hatte das alles nicht geplant.

»Wie heißt eigentlich dein Vogel?«, erkundigte er sich und trat vor den großen Messingkäfig, der auf einem Tisch neben dem Fenster stand. Weiße und pfirsichfarbene Federn, dazu schuppige Klauen und ein schwarzer Schnabel. Sah irgendwie aus wie eine Müllkippen-Krähe.

»Das ist Peaches«, sagte Cindy und stellte sich hinter Rich, so dicht, dass er ihre Brüste an seinem Rücken spüren konnte. »Er war so einsam in dieser Tierhandlung...«

Rich drehte sich um, und Cindy schlang die Arme um seinen Hals. Er zog sie an sich und küsste sie.

Es war ein perfekter erster Kuss, kein Zusammenprall der

Nasen oder Zähne. Rich roch Blumenduft, schmeckte Wassermelonen-Lipgloss und Weißwein, während Cindys kräftiger, kleiner Körper sich an ihn presste und er das Gefühl hatte, als müsste er jeden Augenblick seine Kleider sprengen wie der Hulk, während Peaches kreischte: »Mach sie kalt! Mach sie kalt!«

»Er ist misshandelt worden«, meinte Cindy mit sanfter Stimme, während ihr Gesichtsausdruck sagte: »Lass uns ins Bett gehen.«

»Der Arme«, meinte Rich.

Er löste ihre Glaskristallhaarspange, und ein Schwall blonder Locken ergoss sich über seine Hand.

»Ohhhh«, sagte Cindy.

Sie standen immer noch vor dem Vogelkäfig, während Rich vorsichtig Cindys diamantene Ohrstecker löste, erst den einen und dann den anderen auf den Tisch legte und sah, wie ihre Haut vom V-Ausschnitt ihres Pullovers bis hinauf zu den Augen sich rötete, während ihre Atemfrequenz sich deutlich erhöhte.

Sie griff nach seinem Gürtel.

Er küsste sie noch einmal, und sie stöhnte, schlug dann ihre blauen Augen auf und sagte: »Das geht mir ein kleines bisschen zu schnell, Rich, aber bitte hör nicht auf.«

Er grinste. »Wie wär's mit einer kleinen Kaffeepause?«

»Später«, meinte sie, nahm ihn bei der Hand und zog ihn durch das Wohnzimmer in ihr Schlafzimmer.

Dort angekommen schaltete sie die Nachttischlampe mit der pinkfarbenen Glühbirne und dem transparenten Schirm ein, stellte sich vor ihn und streckte wie ein kleines Mädchen die Arme in die Luft. Er zog ihr den Pullover aus und ließ die Hände über ihre Brüste gleiten, die sich aus ihrem pinkfarbenen Spitzen-BH drängten, während die Brustwarzen unter den Spitzen hart wurden.

Sie löste den Verschluss, ließ ihre Brüste frei, setzte sich auf das Bett und wand sich aus ihrer Hose. Er zog das Hemd aus der Hose, und Cindy beugte sich nach vorn, um ihm bei den letzten Knöpfen behilflich zu sein, seinen Gürtel zu öffnen, seine Hüften zu umschlingen und ihren Kopf auf seinen Schoß zu legen.

Seine Kleider flogen in die Zimmerecke, und dann lagen sie Seite an Seite auf ihrem Bett, zusammengeschweißt, keuchend, Haut auf Haut, und Rich ließ seine Hand in den dünnen Stoff ihres Höschens gleiten, ließ es verschwinden.

Nun folgte ein eher tollpatschiger Moment, als Cindy in ihrem Nachttischchen nach einem quadratischen Plastikpäckchen fummelte. Sie riss es mit den Zähen auf… und dann war er in ihr und liebte diese wunderschöne Frau mit den lockigen Haaren, die ihm unentwegt »Oh, oh, oh« ins Ohr keuchte, und er hielt sie fest, bis die Wogen ihn übermannten und er in ihr Kissen schrie.

Etliche Zeit später wachte er auf, weil das Telefon auf dem Nachttisch klingelte. Cindy lag immer noch seidig und warm in seinen Armen und flüsterte. »Lindsay soll das nicht wissen.«

»Wieso nicht?«

»Sie würde es kaputt machen.«

Rich nickte – er hätte jetzt zu allem Ja und Amen gesagt –, und dann drang Yukis Stimme aus dem Lautsprecher des Anrufbeantworters.

»Cindy. *Cindy*, nimm *ab*. Wo *steckst* du denn? Ich muss mit dir reden! *Verdammt*! Ruf mich an, okay? Hab dich lieb.«

Cindy hatte die eine Hand an Richs Gesicht gelegt, stupste ihn sanft mit der anderen an und hauchte: »Richie? Kannst du hier bleiben?«

59

Es war 7.15 Uhr. Claire und ich saßen dicht aneinandergedrängt und koffeinfrei vor ihrem Büro-Computer und lasen eine E-Mail, die Claire von Michelle Koo, einer führenden Schlangenforscherin aus Berkeley, bekommen hatte.

Claire las laut vor. »›Liebe Claire, zwei der bekanntesten Giftschlangenarten sind die Familie der Giftnattern – Elapidae – und die Familie der Vipern – Viperidae‹.« Dabei kamen ihr auch die lateinischen Begriffe halbwegs geschmeidig über die Lippen. »›Die Kraits werden den Elapidae zugerechnet. Ihr Gift besteht in einem hochwirksamen Neurotoxin, das in der Regel schneller wirkt als das Gift der Viperidae und schönere Leichen hinterlässt.‹«

»Das mit den schöneren Leichen stimmt allerdings«, sagte ich und stieß über Claires Schulter hinweg den Atem aus. »Man könnte sogar von museumsreif sprechen.«

»›Die Bisse der Kraits sind oft absolut schmerzlos‹«, las Claire weiter, »›sodass die Opfer sich fälschlicherweise in Sicherheit wiegen.‹«

»Also deshalb haben die Baileys keine Hilfe geholt.«

»Genau das denke ich auch, Linds. Vielleicht haben sie ja bis zum Schluss gar nicht gewusst, dass sie ernsthaft in Gefahr sind. Sie hatten beide viel Alkohol im Blut. Die Needleman auch. Medizinisch ausgedrückt: Sie waren breit wie die Nattern. – Hier«, fuhr Claire fort. »Da schreibt sie: ›Mögliche Symptome sind unter anderem: Magenkrämpfe und Schwindelgefühle, geweitete Pupillen und schwere Zunge, Schluckblockade, Herzrhythmusstörungen, Atemstillstand und Komazustände. Der Tod kann nach sechs bis acht Stunden eintreten.‹«

Ich musste meinen Blick vom Text abwenden und konzentrierte mich auf das Bild einer Krait, genau der gleichen, betörend lieblich aussehenden Giftnatter, die ich neben einem Zollstock in der Ermittlungsakte von Christopher Ross gesehen hatte.

»Michelle schreibt: ›Der Tod hängt direkt mit der neurotoxischen Wirkung des Giftes zusammen, das die Nervenzellen der Muskulatur lahmlegt.‹ Und das ist das Entscheidende, mein Mädchen. Die Muskeln werden gelähmt. Dadurch kann das Opfer nicht mehr atmen. Und das Neurotoxin wird so schnell vom Körper abgebaut, dass man, selbst wenn man weiß, wonach man suchen muss – was wir *nicht* wussten –, bei einer toxikologischen Untersuchung gar nichts mehr findet.«

Ich sagte zu meiner besten Freundin: »Also, wenn im Körper der Opfer kein Nervengift mehr vorhanden ist, wie lässt sich dann die Todesursache ermitteln?«

Claire zog ihre Schreibtischschublade auf, suchte darin herum, schrie: »Hab dich!«, und holte ein Vergrößerungsglas von der Größe einer Untertasse heraus.

»Ich mache genau *das*, was der alte Doc Wetmore auch gemacht hat. Ich werde meine Patienten unter einer hellen Lampe genauestens unter die Lupe nehmen«, sagte sie. »Auf der Suche nach winzig kleinen Wunden, die möglicherweise von *Giftzähnen* stammen.«

60

Wir hatten uns in Jacobis Büro gezwängt. Cindy saß auf dem verschlissenen Stuhl vor Jacobis Schreibtisch, Conklin und ich hatten uns zwischen die Papierstapel auf seiner Kommode gequetscht.

»Wie lange kennen wir uns jetzt schon?«, sagte Jacobi gerade zu Cindy.

»Sechs Jahre oder so.«

»Und ich habe dich bis jetzt noch nie um einen Gefallen gebeten, oder?«

»Warren, ich habe es bereits Rich gesagt und Lindsay auch: Ich *schreibe* doch nicht einmal über diese High-Society-Morde.«

Jacobi fixierte meine Freundin mit einem eisigen Blick aus seinen grauen Augen, und ich muss zugeben, dass ich sie dafür bewunderte, dass sie standhaft blieb. Mit genau diesem erbarmungslosen Blick hatte er schon etliche ausgesprochen hart gesottene Killer mürbegemacht.

»Darum geht es ja gar nicht«, sagte Jacobi. »Es geht darum, dass du etwas weißt, was wir vorerst unter Verschluss halten wollen.«

»Alle Unterlagen, die ich für Rich rausgesucht habe, liegen öffentlich zugänglich im Archiv«, sagte Cindy und zeigte Jacobi ihre geöffneten Hände. »Das, was ich weiß, hätte wirklich jeder rauskriegen können, auch ein anderer Mitarbeiter der *Chronicle*.«

»Die Sachen liegen im Archiv *begraben*«, sagte Jacobi. »Und genauso soll es auch *bleiben*. Deshalb wollen wir dir ein Angebot machen, das du nicht ablehnen kannst.«

Cindy lachte. »Wirklich super, dass ihr mir die Exklusivrechte anbietet, *nachdem* ich die ganze Arbeit schon gemacht habe.«

»Cindy, jetzt lass uns nicht persönlich werden, okay? Wir haben hier vier ungelöste Fälle aus den Achtzigern und drei mutmaßliche Morde von letzter Woche auf dem Tisch. Sobald wir etwas Gesichertes haben, bekommst du grünes Licht, und zwar als Erste, versprochen.«

Mein Handy klingelte, und ich warf schnell einen Blick darauf. Ich erkannte die Nummer nicht, deshalb ließ ich es noch einmal klingeln, bevor ich das Telefon aus der Gürteltasche holte, mich aus Jacobis Büro drängte und in den Hörer knurrte: »Boxer.«

Joe lachte.

»Oh, Mann, tut mir leid«, sagte ich.

»Kein Problem, Blondie. Es tut gut, deine Stimme zu hören, egal, wie knurrig du bist.«

»Ich habe allen Grund, knurrig zu sein.«

Schnell brachte ich Joe auf den neuesten Stand, erzählte ihm von Sara Needlemans Tod und dass Jacobi Cindy praktisch geknebelt hatte, um zu verhindern, dass unser Schlangen-Killer sich in irgendeiner Spalte verkriechen konnte.

»Irgendwelche Hinweise auf den Täter?«

»Zu viele und *gar* keine«, erwiderte ich. »Ich denke mal, wir fangen demnächst an, mit Wurfpfeilen auf das Telefonbuch zu werfen. Ach, übrigens: Wann kommst du nach Hause?«

Ich ging immer im Kreis um Cappy McNeils Schreibtisch herum, während Joe mir sagte, dass er hoffte, in einer Woche oder so zurück zu sein und dass wir uns dann etwas Schönes vornehmen sollten, uns schick machen, um seine Rückkehr zu feiern.

Ich küsste die kleinen Löcher in meinem Handy, hörte Küsse an meinem Ohr, und dann ging ich zurück in Jacobis Büro. Ich setzte mich direkt neben Conklin auf die billige Kommode, dicht an dicht. Die Wärme seiner Hüfte und seines Arms lenkten meine Gedanken auf ihn und auf Joe, und ich fragte mich wieder einmal, warum jeder dieser Männer mich so sehr in seinen Bann zog, dass die Gefühle für den anderen dann jedes Mal im Nebel verschwanden.

Conklin beugte sich nach vorn, bis er mit der Nase beinahe in Cindys Haaren steckte, und sagte zu ihr: »Wie du gesagt hast: Könnte sein, dass sich der Killer von damals aus dem Ruhestand zurückmeldet. Oder vielleicht ein *Nachahmer.*«

»So oder so, es ist jedenfalls ein Wiederholungstäter«, grollte Jacobi. »Wir dürfen ihn nicht vorwarnen. Wir brauchen jeden noch so kleinen Vorteil, Cindy, weil wir nämlich keinen *Schimmer* haben, und ich gehe jede Wette ein: Wenn irgend möglich, dann bringt dieser Kerl bald *noch* jemanden um.«

61

Yuki war fast verrückt vor Angst.

Sie konnte sich nicht erinnern, dass sie sich jemals so *besonders* gefühlt hatte wie in Gegenwart von John »Doc« Chesney. Und sie hatte den Eindruck, als beruhe dieses Gefühl auch noch auf Gegenseitigkeit.

Oh, Gott. Jetzt hatte er sie schon zum zweiten Mal so lange angesehen, bis ihre Wangen brannten und sie gezwungen war, etwas zu sagen, einfach *irgendetwas*, weil so viel Aufmerksamkeit schlichtweg nicht zu *ertragen* war.

Doc und sie hatten sich schon ziemlich früh heute Morgen am Strand getroffen. Der marineblaue Parka über seiner Jeans ließ seine Augen noch blauer und seine Haare noch blonder leuchten als sonst. Seine ganze, atemberaubende Erscheinung hätte selbst Brad Pitt vor Neid erblassen lassen.

Yuki hatte sich fest vorgenommen, bei ihrem ersten richtigen Date nicht allzu sehr ins Schwärmen zu geraten, ihn nicht allzu verträumt anzuhimmeln, hatte sich in Erinnerung gerufen, dass sie sich bei ihrer ersten Begegnung mit Doc ziemlich *zickig* benommen und dass ihm das *gefallen* hatte.

Also hatte sie sich zusammengerissen, und sie hatten den Tag im Crissy Field verbracht, einem sehr hübschen Park, der sich von Marina Green bis zum Fort Point, einer Festung aus dem Bürgerkrieg unterhalb der Golden Gate Bridge, am Pazifikufer erstreckte.

Sie war ein wenig schneller gejoggt als Doc, hatte ihn ausgelacht, weil er nicht mit ihr Schritt halten konnte, bis er in einem kleinen Sandsturm an ihr vorbeigesprintet war und ihr über die Schulter zugerufen hatte: »Hey, Girlie, fang mich doch.«

Sie hatte sich auf eine verwitterte Bank gerettet, lachend und keuchend, und er war zu ihr zurückgekommen, ebenfalls außer Atem, hatte sich neben sie gesetzt, sodass sie erfüllt war von seinem Duft und ihre Knie anfingen zu zittern.

»Du bist eine Angeberin, weißt du das?«, hatte er gemeint und sie unentwegt angeblickt, so lange, bis sie »Oh, schau mal« gesagt und auf die auf und ab hüpfenden Köpfe draußen in der Bucht gezeigt hatte.

»Kokosnüsse?«

»Du willst dich über mich lustig machen, oder? Das sind *Seelöwen*!«

»Gefällt dir dieser ganze Naturquatsch eigentlich?«, hatte er gesagt, während er seine Reeboks ausgezogen und den Sand herausgeschüttet hatte. »Dieser ach so weite Himmel, diese unheimlichen Lebewesen …«

»Krabben und Quallen …«

»Wie gesagt, du Öko-Tussi …«

»Aaaautsch, Doc, das tut echt weh.« Yuki lachte. »Ach, übrigens, New York ist nicht die einzige Stadt mit Wolkenkratzern. Ich mag die Großstadt genauso sehr wie du.«

»Ach ja? Beweise.« Er hatte gegrinst und ihr gezeigt, dass diese ganzen neckischen Spielereien genau das waren – nichts weiter als neckische Spielereien eben.

Aber sie hatte ihm trotzdem Beweise geliefert, hatte ihm ihre zehn Lieblingsarchitekten aufgezählt, von denen sieben auch auf der Liste *seiner* persönlichen Favoriten standen. Sie hatte ihm von den Wahrzeichen San Franciscos erzählt, davon, dass ihre Golden Gate Bridge es jederzeit mit seiner Throgs Neck Bridge aufnehmen konnte, hatte ihre Folsom Street mit seiner Fifth Avenue verglichen und ihn gefragt, welchen Ozean er denn vom Zentrum Manhattans aus sehen konnte.

Doc gab ihr recht, was »diese Sache mit dem Ozean« betraf, und sie gingen gemeinsam zur Warming Hut, wo sie jetzt an einem kleinen Tisch saßen, eine Tasse heiße Schokolade in der Hand, die Wangen gerötet, und einander angrinsten, als ob ihre Gefühle wie Goldmünzen durch bloßen Zufall in ihre Hosentasche gelangt waren und sie sie nie zuvor gesehen hatten.

»Weißt du, du bist wunderschön«, sagte er.

»Ach was.«

»Doch, das stimmt.«

Er strich ihr über die stoppeligen Haare, und sie berührte seine Handoberfläche und legte ihre Wange in seine Hand, wartete auf den Moment, in dem die Seifenblase platzte, und das geschah in dem Augenblick, als sein Handy »Somebody to Love« spielte.

Doc seufzte, nahm seine warme Hand von ihrer Wange, klappte sein Handy auf und meldete sich mit »Chesney«.

»Ich habe keine Bereitschaft«, sagte er. »Ist das nicht *sein* Problem? – Okay, okay. Ich kann in einer Stunde da sein.«

Doc steckte sein Handy in die Tasche und griff nach Yukis Händen. »Es tut mir leid, Yuki. Ich kann es nicht ändern, solange ich in der Hackordnung nicht ein bisschen höher geklettert bin.«

»Ich verstehe«, sagte sie.

Sie gingen zusammen zu ihren Autos zurück, Arm in Arm, und wagten sich damit auf unbekanntes Terrain. Yuki genoss dieses Gefühl sehr und war gleichermaßen erleichtert, dass der Tag auf seinem Höhepunkt zu Ende ging. Sie fühlte sich zu Doc hingezogen und hatte gleichzeitig große Angst.

Er legte ihr den Arm um die Schulter, zog sie an sich und küsste sie, liebevoll, sanft, und dann erwiderte sie seinen Kuss, noch liebevoller, noch sanfter.

Als sie sich voneinander lösten, platzte Yuki heraus: »Ich habe fast zwei Jahre mit niemandem mehr geschlafen.«

Da zog ein Ausdruck über Docs Gesicht, den sie nicht deuten konnte. Wie eine Sonnenfinsternis. Er umarmte sie, stieg in sein Auto und sagte zum Fenster heraus: »Ich ruf dich an.«

»Okay«, erwiderte sie, so leise, dass er es im Wegfahren nicht mehr hören konnte.

Was hatte sie da gesagt?

Wieso hatte sie das *gesagt?*

62

Cindy saß in einer Sitznische im Moe's. Der Diner lag nur eine Querstraße weit von Bagmans zum Abriss freigegebenem, viktorianischem Haus entfernt, das zu einem Unterschlupf für Drogensüchtige geworden war.

Sie ließ ihr gegrilltes Käse-Sandwich und den Kaffee abkühlen, während sie sich ein paar Notizen für eine Kolumne machte: Wie viele Obdachlose noch vor Vollendung des vierzigsten Lebensjahrs starben, wie viele von ihnen zum Zeitpunkt ihres Todes unter Alkohol- oder Drogeneinfluss standen – fünfundsechzig Prozent.

Sie schrieb diese Daten von der Webseite des San Francisco Police Department ab, daher war es eher ein automatischer als ein kreativer Prozess, aber die Arbeit lenkte sie von dem überaus angenehmen Ziehen und dem Muskelkater ab, der sie an eine weitere Nacht mit Richard Conklin erinnerte, dieses Mal in seinem schmalen Bett. Erinnerungen, die in ihr nur einen Wunsch weckten: ihn anzurufen, das nächste Date mit ihm zu vereinbaren, um ihn dann erneut umschlingen zu können.

In dieser leuchtenden und gleichermaßen gefährlichen Hochstimmung wurde sie plötzlich an den Haaren gezupft. Sie drehte sich um und sah sich einer Frau gegenüber, die über die Rückenlehne ihrer Sitznische spähte und sie mit Namen ansprach.

Die Frau kam Cindy irgendwie bekannt vor, aber sie wusste nicht, wieso.

»Entschuldigung. Kenne ich Sie?«

»Ich hab dich im ›From the Heart‹ gesehen.«

»Aha, okay«, erwiderte Cindy, die sich ziemlich sicher war,

dass sie die junge Frau nicht aus der Suppenküche kannte… aber sie wusste auch nicht, wo sie sie sonst hinstecken sollte.

»Wollen Sie sich zu mir setzen?« Cindy musste sich zu dieser Einladung zwingen, aber man wusste ja nie. Vielleicht wusste diese Frau mit den zerzausten Haaren ja, wer Bagman Jesus umgebracht hatte.

»Sieht so aus, als hättest du zu tun.«

»Ist schon okay.« Cindy klappte ihren Laptop zu, als die Frau sich ihr gegenüber in die Nische setzte.

Die äußeren Veränderungen, die der Meth-Konsum mit sich brachte, waren bei der Frau bereits gut zu erkennen: die gräuliche Haut, die riesigen Pupillen, die aufgedrehte Stimmung.

»Ich bin Sammy.«

»Hallo, Sammy.«

»Ich habe deinen letzten Artikel gelesen. Dass Bagman ein Typ namens Rodney Booker war. Dass er in Stanford war.«

»Das stimmt.«

»Ich war auch in Stanford.«

»Sie haben das Studium abgebrochen, nehme ich an.«

»Die Uni kann einfach nicht mithalten«, meinte Sammy.

»Womit denn mithalten?«

»Mit dem *Leben*.«

Cindy blinzelte die junge Frau an. Die Vorsichtsmaßnahmen fielen ihr wieder ein: nicht zu schnell sprechen, nicht zu schnell bewegen, nicht irgendwie bedrohlich erscheinen. Solange die Meth-Süchtige redete, war alles in Ordnung. Schweigen bedeutete, dass sie vielleicht in Wahnvorstellungen abdriftete… und gefährlich wurde.

Cindy bemühte sich, die Messer und Gabeln, die auf dem Tisch lagen, keines Blickes zu würdigen. Mit sanfter Stimme sagte sie: »Wissen Sie, wer Bagman umgebracht hat, Sammy? Wissen Sie, dass wir eine Belohnung von fünfundzwanzigtausend Dollar ausgesetzt haben?«

»Was ist *dein* Leben Wert, Cindy?«, entgegnete Sammy. Ihr Blick sauste rastlos im Diner umher, dann wandte sie sich wieder Cindy zu. »Würdest du dein Leben verkaufen, wenn du das Geld niemals ausgeben könntest? Das will ich dir nämlich sagen. Du vergeudest deine Zeit. Niemand wird dir verraten, wer die Leute sind, die Bagman Jesus umgebracht haben. *Das würde niemand wagen.*«

63

Ich saß neben Rich im Streifenwagen, auf dem Weg in eine ziemlich üble Spelunke im Mission District, wo unser neuer und einziger Verdächtiger angeblich von drei Uhr nachmittags bis Mitternacht seiner Arbeit nachging.

Wir waren durch einen anonymen Hinweis auf Henry Wallis aufmerksam geworden, doch was diesen Tipp von den Hunderten anderer unterschied, die unsere Telefonleitungen zum Glühen gebracht hatten, war die Tatsache, dass der Name Henry Wallis auch auf unserer Liste stand.

Er hatte als Barkeeper auf den Partys der Baileys gearbeitet und mit Sara Needleman eine Liebesbeziehung gehabt – bis sie ihn in die Wüste geschickt hatte. Der Tippgeber hatte gesagt, dass er in der Nacht vor Needlemans Tod gesehen hatte, wie Wallis mit seiner absolut unverwechselbaren Schrottkarre mehrfach vor Needlemans Haus auf und ab gefahren sei.

In seiner Strafakte waren mehrere Festnahmen wegen Körperverletzung verzeichnet.

Er war wegen häuslicher Gewalt, diversen Tätlichkeiten und Körperverletzung bereits mehrfach verurteilt worden, und einmal war er des Mordversuchs angeklagt gewesen, als er und ein paar andere betrunkene Schlägertypen einen Freier in einer Gasse hinter einer Kneipe so übel zugerichtet hatten, dass er um ein Haar dabei draufgegangen wäre.

Die Zeugen der Schlägerei hatten teilweise widersprüchliche Angaben gemacht. Die Beweislage war dürftig. Wallis wurde freigesprochen. Fall erledigt.

Den Unterlagen zufolge war Wallis weiß, eins achtundsiebzig groß, fünfundsiebzig Kilo schwer und, das war das Wichtigste, sechsundvierzig Jahre alt. Also war er alt genug, um schon in den Achtzigerjahren einmal etwas über die High-Society-Morde gelesen zu haben.

Verdammt noch mal, er war alt genug, um sie *begangen* zu haben.

Conklin und ich fragten uns, ob Wallis einen Schlüssel für die Häuser der Baileys und Sara Needlemans gehabt hatte. Das kam uns eigentlich ziemlich wahrscheinlich vor.

Das Bild in der Akte war vier Jahre alt, aber er sah gut aus, selbst im grellen Blitz einer Polaroid.

Er besaß muskulöse Arme sowie Knast-Tätowierungen auf den Fingerknöcheln.

Was aber den Ausschlag gegeben hatte, dass Conklin und ich uns in unseren Dienstwagen gesetzt hatten, das war die Tätowierung auf Wallis' linker Schulter, auf der sich eine Schlange durch die leeren Augen eines Totenschädels wand.

Conklin saß schweigend am Steuer, und ich konnte gut verstehen, wieso.

Wir malten uns beide aus, welche unterschiedlichen Szenen sich in der Torchlight Bar gleich abspielen konnten: Was wir machen würden, falls Wallis eine Waffe zog, falls er die Flucht ergriff, wie wir das, was da auf uns zukam, so regeln konnten, dass keine Unschuldigen zu Schaden kamen.

Conklin stellte den Wagen auf der Fifteenth zwischen Valencia Street und Guerrero Street direkt vor dem Torchlight Bar and Grill ab, einem weißen Holzschindelhäuschen, umgeben von Buchläden und Cafés.

Ich knöpfte meine Jacke auf und legte die Hand an meinen Pistolenknauf. Conklin tat es mir nach. Dann betraten wir die dunkle Bar. Auf dem weit oben an der Wand montierten Fernseher lief die Wiederholung eines Baseballspiels von gestern – die A's, wie die Oakland Athletics allgemein genannt wurden, bekamen gerade ordentlich auf die Mütze.

Der Barkeeper war eins siebenundachtzig groß, gut achtzig Kilo schwer und hatte eine Glatze. Es war schummerig in der Kneipe – nur trübe schimmerten ein paar Neonschilder –, aber trotzdem … ich konnte auch aus zehn Metern Entfernung erkennen, dass der Barkeeper, der mit einem schmutzigen Handtuch Biergläser abtrocknete, nicht Henry Wallis war.

Ich blieb gleich hinter der Tür stehen, während Conklin auf den Barkeeper zuging, seine Dienstmarke zeigte und mit ihm ein paar leise Worte wechselte. Der Blick des Barkeepers wanderte erst zu mir und dann zurück zu Conklin.

Dann deutete er auf einen Mann am Ende der Theke, der an einem Bier nippte und auf den Bildschirm starrte. Er hatte unsere Anwesenheit noch gar nicht bemerkt.

Conklin gab mir ein Zeichen, und wir gingen auf Henry Wallis zu. Vielleicht hatte er ja Augen im Hinterkopf, vielleicht hatte auch der Typ neben ihm uns gesehen und ihn angestoßen, jedenfalls riss er seinen Kopf herum, sah, dass meine Hand auf dem Weg zu meiner Waffe war, und jagte zum Hinterausgang.

Conklin brüllte: »*Stehen bleiben!* Wallis, bleiben Sie sofort stehen!«

Doch der Mann machte einen Bogen um die Küche und rannte weiter bis zur Hintertür, die hinter ihm ins Schloss knallte.

Als wir sie Sekunden später wieder aufmachten, saß Wallis bereits in seinem verrosteten schwarzen Camaro und raste die Albion Street entlang.

64

Ich forderte über Funk Verstärkung an, während Conklin unseren Streifenwagen mit Vollgas die einsame Straße entlangjagte.

Die nüchterne Stimme der Disponentin drang aus dem Funkgerät und sagte einen Code 33 an – wir hatten den Funkkanal ganz für uns alleine – und teilte allen Streifenwagen in der näheren Umgebung mit, dass wir einen schwarzen Camaro verfolgten, der auf der Sixteenth in Richtung Market Street unterwegs war.

Das war schlimm.

Es war gerade Schulschluss, der schlechteste Zeitpunkt für eine Verfolgungsjagd. Hoch riskant für mich und Conklin, eine tödliche Gefahr für andere Autofahrer und Fußgänger.

Ich schaltete das Warnlicht und die Sirenen ein. Wallis hatte mindestens dreißig Sekunden Vorsprung und raste mit über hundert Stundenkilometern davon. Er würde vor nichts und niemandem haltmachen, das war klar.

»Ich kann das Kennzeichen nicht erkennen«, meldete ich an die Funkzentrale. Als wir fast schon dicht genug an ihm dran waren, kündigte das Kreischen von Metall auf Metall, begleitet von panischem Hupen, den unmittelbar folgenden Anblick eines umstürzenden Lieferwagens an.

Wallis' Wagen fuhr ein Stück zurück, gab erneut Vollgas, umkurvte den umgestürzten Lieferwagen, raste mit ausbrechendem Heck über beide Fahrspuren und prallte gegen einen Kombi am Straßenrand. Dann trat Wallis das Gaspedal bis zum Anschlag durch und ließ Gummispuren auf dem Asphalt sowie den schwer beschädigten Lieferwagen mitten auf der Market Street zurück.

Ich meldete den Unfall und forderte unverzüglich einen

Notarztwagen an. Als wir an dem Lieferwagen vorbeidonnerten, kam der Fahrer gerade mit blutiger Stirn aus dem Führerhaus getorkelt und versuchte, uns anzuhalten.

Wir konnten nicht stehen bleiben. Ich verfluchte dieses Riesenarschloch Wallis, während Conklin auf die Kreuzung von Market und Castro Street zuraste.

Jetzt hatte ich das Kennzeichen und gab es durch: »Foxtrott Charlie Neun Drei Eins Echo, unterwegs in Richtung Portola.«

Der Portola Drive ist eine kurvenreiche Bergstraße, und wir heizten mit achtzig Sachen um die engen Biegungen, während der Camaro seinen Vorsprung stetig vergrößerte. Überall fuhren Autos an den Straßenrand, wurden Fahrräder an Häuserwände gedrückt.

Wir gingen davon aus, dass mittlerweile mehrere Streifenwagen unterwegs waren, aber im Augenblick waren wir immer noch die Einzigen, die Wallis verfolgten.

»Hallo Zentrale! Irgendwelche Todesopfer?«

»Nur Leichtverletzte, Sergeant. Erbitte Ortsangabe.«

Ich teilte mit, dass wir auf dem Twin Peaks Boulevard waren, der sich in Längsrichtung über die Spitze eines Hügels im Stadtzentrum zieht. Ich hatte hier schon gelegentlich Teenager aufgescheucht, die sich zum Fummeln unter unseren Funkturm gelegt hatten, aber jetzt klammerte ich mich an das Armaturenbrett, während Conklin »Drecksack!« brüllte und die unglaublich tückische Straße hinaufjagte. Sie wurde von sechzig Zentimeter hohen Leitplanken gesäumt, die mit Dellen übersät waren, überall dort, wo übermütige Autofahrer die Bodenhaftung verloren hatten.

Wir kamen näher, während Wallis sich mit Höchstgeschwindigkeit dem Glen Clayton Park entgegenstürzte, einen steilen Schlangenlinienhang hinab, der meine Eingeweide kräftig durcheinanderwirbelte. Ich klammerte mich so fest an das Mikrofon, dass meine Fingernägel Druckstellen im Plastik hinterließen.

Dann meldete ich erneut unsere Position: Wir waren auf dem Weg in die Upper Haight, eine Wohngegend mit zahlreichen Häusern aus der Tudor- und der viktorianischen Zeit. Die vornehmen, baumgesäumten Straßen wurden vor allem von jungen Familien bevölkert.

Ein Kind, eine Frau und ein Hund tauchten vor unserer Windschutzscheibe auf. Ich kreischte: »*Neeeeiiiin!*« Conklin rammte den Fuß auf die Bremse und die Hand auf die Hupe, lenkte uns auf den Bürgersteig. Unsere Räder krachten über die Bordsteinkante, und unsere Sirene jaulte wie ein wild gewordener Feuerwerkskörper, während wir wieder zurück auf die Straße donnerten.

Conklin knurrte: »Alles unter Kontrolle.«

Wen wollte er damit eigentlich verarschen?

Ich drehte mich um und sah keine leblosen Körper auf der Straße liegen, aber mein Herz baumelte immer noch irgendwo zwischen meinen Knien herum. Würden wir diese Achterbahnfahrt überleben? Würden wir heute noch jemanden ins Grab bringen?

»Wo führt dieses Arschloch uns bloß hin?«, brummte ich vor mich hin.

»In die Hölle. Er führt uns direkt in die *Hölle*«, erwiderte Conklin.

Wusste er es?

Ich glaube schon. Irgendwie wusste Conklin instinktiv, welches Ziel Henry Wallis ansteuerte.

Es dauerte noch einen Moment, bis auch ich es begriffen hatte.

65

Ich klammerte mich an das Armaturenbrett und starrte hinaus, während die Straßen an uns vorbeisausten und unschuldige Passanten zur Seite spritzten. War Henry Wallis unser Mann? Hatte er letzte Woche drei Menschen ermordet?

Hatte er insgesamt sieben Todesopfer auf dem Gewissen?

Wie viele würde er noch umbringen, bevor wir ihn aufhalten konnten?

»Festhalten, Linds«, sagte Conklin und riss das Lenkrad herum. Quietschend flogen wir auf die Haight Street, wo die Wahrscheinlichkeit, dass wir irgendwelche Penner, pensionierte Blumenkinder oder alte Leute, die gerade ins Auto ein- oder aus dem Auto aussteigen wollten, umnieteten, bei nahezu hundert Prozent lag.

»Die Haight trifft unten auf die Stanyan Street!«, rief ich.

Wir rasten dem Idioten im Camaro in dreißig Metern Abstand hinterher. Sein rechter Kotflügel streifte Funken sprühend über die Straße.

Wallis war immer noch schneller als wir, weil es ihm schlicht und einfach egal war, wen und was er rammte. Der Kerl wollte auf keinen Fall eingebuchtet werden. Jetzt schwenkte er nach rechts auf die Stanyan. Am Ende des nächsten Straßenblocks angekommen, überquerte er zwei Gegenfahrbahnen und bretterte nach links, in den Golden Gate Park hinein.

Zu unserer Rechten erhob sich das imposante Conservatory of Flowers, ein riesiges Gewächshaus noch aus dem viktorianischen Zeitalter. In meinem Kopf spielten sich irrsinnige Bilder ab, ein Szenario wie in einem James-Bond-Film, in dem dieses Gewächshaus in einer Myriade von Scherben explodierte.

Doch mit schlitternden Reifen vermied Wallis den Zusammenprall.

Ich schrie: »*Rich, pass auf!*«

Wir verfolgten den Camaro und tauchten in eine Kakofonie aus dröhnenden Hupen und quietschenden Reifen ein, setzten unsere Auto-Scooter-Fahrt immer weiter fort, weil wir keine andere Wahl hatten.

Während all der atemberaubenden Minuten, die wir dem Camaro jetzt schon hinterherfuhren, hatte ich kein einziges anderes Polizeifahrzeug gesehen, weder Streifenwagen noch Zivilfahrzeug. Ich konnte zwar in der Ferne ein paar Sirenen hören, aber hier waren wir allein, scheuchten unseren Crown Victoria mit Lichtgeschwindigkeit auf dem John F. Kennedy Drive hinter Wallis' Schrottkarre her durch den Park in Richtung Strand.

Plötzlich fiel das Gelände steil ab, und wir stürzten uns hinter dem Camaro her in die Tiefe. Jogger mit Hunden sprangen beiseite. Mein Gott, ich hätte mir am liebsten die Augen zugehalten, aber ich konnte nicht.

Am Bötchen-Weiher zu unserer Rechten standen jede Menge Senioren und Kinder mit ferngesteuerten Schiffen, und dann rasten unsere beiden Autos an Fußballfeldern mit Schüler-Teams vorbei, die uns mit offenen Mündern anstarrten.

Jetzt ging es wieder bergauf. Die Straße führte hinauf zum Sutro Heights Park, fast bis ans Meer. Da scherte Wallis plötzlich aus und jagte hinaus auf die Point Lobos Avenue mit ihren vier stark befahrenen Spuren.

Ich schrie gerade unsere genaue Position ins Mikrofon, da riss Wallis seinen Wagen herum, schoss quer über den Mittelstreifen und preschte wie eine Rakete auf das Cliff House zu, ein berühmtes Restaurant, das auf der Spitze einer steil in den Pazifik abfallenden Felsenklippe am westlichen Rand des amerikanischen Festlands thronte.

Schlagartig wurde es mir klar: Wallis war auf ein dramatisches Finale à la *Thelma & Louise* aus, aber in diesem Fall sollte es ein Solo-Flug werden. Als der Camaro durch die Leitplanken fräste und die Straße verließ, geschah das einfach Unglaubliche: Die Fahrertür klappte auf, und Wallis sprang heraus.

Aber er hatte sich verschätzt.

Der Camaro schlingerte über den Klippenrand, torkelte dem unterhalb gelegenen, grauen Wasser entgegen, und Wallis kugelte neben seinem Wagen her. Beide, das Fahrzeug und der Mann, stürzten hinunter, in Zeitlupe, wie in einem Traum.

Rich brachte unser Auto noch vor dem Loch in der Straßenbegrenzung zum Stehen, und wir linsten vorsichtig über den Felsvorsprung, sodass wir den brennenden Camaro sehen konnten.

»Da«, sagte ich. »Da ist er!«

Fünfzehn Meter unterhalb lag Wallis' Leiche, ein Knäuel aus blutigem Fleisch. Niemand konnte diese senkrecht abfallenden, nassen, zerklüfteten Felsen hinabklettern. Conklin ergriff meine Hand, und ich hielt sie fest, stand wie hypnotisiert da und starrte in die lodernden, knisternden Flammen.

Hinter mir hörte ich eine Stimme aus dem Funkgerät: »*Sergeant Boxer, wo sind Sie jetzt? Lindsay? Lindsay, bitte melden!*«

Rich ließ meine Hand los und beugte sich über die Klippe, stemmte sich gegen den Wind und rief Henry Wallis' frischer Leiche etwas zu.

»Hat's dir Spaß gemacht, du Arschloch? Hast du gekriegt, was du wolltest?«

Ich nahm das Handy und rief die Funkzentrale an, aber

rund um Point Lobos trafen mit quietschenden Reifen bereits jede Menge Streifenwagen ein.

Aus einem der Streifenwagen sprang, noch bevor er zum Stillstand gekommen war, Jacobi. Er rannte uns entgegen und rief: *»Seid ihr okay? Seid ihr okay?«*

Ich brachte vor Erschütterung keinen Ton heraus.

»Jetzt entspann dich mal wieder, Boxer«, sagte Jacobi und legte mir die Hände auf die Schultern. Mein treuer Freund. »Hol einfach mal wieder Luft.«

Tränen drangen mir aus den Augenwinkeln, aber nicht, weil ich traurig war. Es war etwas anderes … Überraschung und die Erleichterung darüber, dass ich am Leben war.

Ich sog die rauchgeschwängerte Luft ein und sagte: »Ich versteh das nicht, Warren. Wallis ist aus seinem Auto gesprungen! Weil er abhauen wollte? Oder wollte er so sterben?«

»Scheißegal«, meinte Conklin an meiner Seite.

Ich nickte. Scheißegal. Henry Wallis, der Mann mit dem Schlangen- und Totenkopf-Tattoo auf der Schulter, war tot.

66

Jacobi lud mich und Conklin zum Essen ins Restaurant LuLu ein, *das* Lokal für bodenständige provenzalische Speisen, üppige Aufläufe und Pizzen aus dem Hickory-Backofen. Der Speiseraum war brechend voll, überall um uns herum wurden angeregte Gespräche geführt, und unser Kellner kannte sich auf der Weinkarte, die schon lange als eine der besten in der Stadt galt, sehr gut aus.

Ich wusste, welchen Grund Jacobi zum Feiern hatte.

Der Polizeichef und der Bürgermeister hatten ihm freundschaftlich auf die Schultern geklopft. Die Nachrichtensprecher im Fernsehen konnten gar nicht genug bekommen von dem Drama: die Bilder aus den Hubschraubern und die Nachricht, dass das Leben der Reichen und Berühmten wieder sicher war.

Aber ich hielt das alles nicht aus – und das musste ich auch deutlich sagen. »Warren, sind denn eigentlich alle verrückt geworden? Kannst du dich wirklich hinstellen und ohne Bauchschmerzen behaupten, dass Henry Wallis unser Millionärs-Mörder ist?«

Jacobi antwortete mit einer Frage: »Kannst du nicht *einmal* was Schönes in deinem Leben zulassen, Boxer?« Und dann noch eine: »Kannst du nicht wenigstens mal *eine* Stunde lang zufrieden sein?«

»Ich schätze nicht«, erwiderte ich und starrte ihn finster an. »Was stimmt bloß nicht mit mir? Oder liegt es daran, dass ich einfach zu schlau bin für dieses ganze Affentheater?«

Conklin stieß mich unter dem Tisch an, und ich fragte mich, was jetzt auch noch mit *ihm* los war.

Es hatte einen Toten gegeben.

Um ein Haar wären wir, genau wie er, über einen Klippenrand gestürzt.

Wir hatten Glück, dass wir nicht auf einer von Claires Bahren lagen oder uns im Fernsehen einen Bericht über tote Kinder ansehen mussten, deren tränenüberströmte Eltern damit drohten, die Stadt zu verklagen, weil wieder einmal eine Verfolgungsjagd tödlich geendet hatte, während die Ansagerin mit traurigem Gesicht verkündete: »Die Bestattungsfeierlichkeiten für die Kinder der Familie Beckwith finden am Sonntag in der Kirche Our Sisters of the Sacred Heart statt.«

Der Kellner schenkte den Wein ein, und Jacobi probierte, erklärte ihn für hervorragend, hob vor dem Hintergrund der fröhlich plaudernden Tischgesellschaften mit den dicken Portemonnaies hinweg das Glas und prostete mir und Conklin zu.

»Danke«, sagte er. »Vom Polizeichef, dem Bürgermeister und ganz besonders von mir. Ich liebe euch.«

Jacobi lächelte, etwas, was ich bei ihm in den letzten zehn Jahren vielleicht zweimal gesehen hatte, dann beugte er sich über seine gebratenen Miesmuscheln und Conklin über die Ente am Spieß.

Ich hatte keinen Appetit.

Meine Gesichtsmuskeln waren wie versteinert, aber meine Gedanken jagten einander immer im Kreis um meinen Hirnstamm herum.

War Henry Wallis tatsächlich der High-Society-Killer?

Oder war er bloß irgendein Versager und Exknacki, der etwas zu verbergen gehabt hatte, ausgeflippt war und seinem Leben ein Ende gesetzt hatte?

Interessierte das außer mir eigentlich überhaupt jemanden?

67

Der gesunde Menschenverstand sprach zwar eindeutig dagegen, aber ich entdeckte an diesem Abend um neun Uhr im Büro der Bezirksstaatsanwaltschaft noch eine zuständige Staatsanwältin: die unermüdliche Kathy Valoy. Sie rief einen Richter an und besorgte uns einen Durchsuchungsbefehl für Henry Wallis' Wohnung. Jetzt war es Mitternacht, und Conklin und ich waren vor Ort.

Wallis hatte in einem dreigeschossigen Haus in der Dolores Street gewohnt, nur wenige Querstraßen von der Torchlight Bar entfernt.

Wir klingelten so lange, bis wir den Hausbesitzer aufgeweckt hatten, einen untersetzten Mann namens Maury Silver. Er besaß eine beginnende Glatze, eine schiefe Zahnprothese, schlechten Atem und über seine Boxershorts hing ein fleckiges Arbeitshemd.

Silver besah sich durch den Türspalt hindurch unseren Durchsuchungsbefehl, las sich jedes Blatt mit Vorder- und Rückseite gründlich durch und ließ uns dann eintreten.

»Was ist denn mit Henry passiert?«, wollte er wissen. »Oh, *nein*. Soll das etwa heißen, dass *er* der Typ war, der über die Klippe gerast ist? Henry ist ein *Killer*?«

Wallis' Apartment lag im Erdgeschoss, nach hinten raus.

Wir knipsten die Deckenbeleuchtung an, klappten Mr. Silver die Tür vor der Nase zu und stellten die Wohnung auf den Kopf. Es dauerte nicht lange.

Wie viele Exknackis hatte auch Henry Wallis sich auf ein Minimum an Möbeln beschränkt und seine wenigen Besitztümer fein säuberlich geordnet.

Conklin übernahm das Schlafzimmer und das Bad, während

ich das kleine Wohnzimmer und die Küche durchsuchte. Ab und zu riefen wir einander etwas zu: als Conklin die in Plastikfolie gewickelten Marihuana-Briketts im Katzenklo oder ich ein Buch über Tätowierungen entdeckte. Die Seiten mit Schlangenmotiven besaßen Eselsohren.

Aber das war alles.

Keine *alten* Zeitungsausschnitte, keine *neuen* Zeitungsausschnitte, keine Altäre zur Selbstbeweihräucherung, keine Trophäen von reichen Leuten. Und was das Wichtigste war: keine Schlangen.

Keine Schlangenfiguren, keine Schlangenskulpturen, keine Schlangenbücher.

»Keinerlei Reptilien, bis auf die hier«, sagte ich und zeigte Conklin das Tätowierungsbuch.

Er meinte: »Schau dir das mal an.«

Ich folgte ihm ins Schlafzimmer und betrachtete seinen Fund: eine Schublade mit XL-Frauenkleidern.

»Wenn er keine kräftige Freundin gehabt hat – und ich sehe hier weder Bilder noch Kosmetik oder sonst was, was in diese Richtung deuten könnte«, sagte Conklin, »dann war Henry Wallis ein Transvestit.«

»Ein Transvestit und Drogendealer. Ich verstehe, dass Sara Needleman ihm den Laufpass gegeben hat. Sperren wir das Loch hier zu«, sagte ich.

»Ich wohne bloß ein paar Häuserblocks entfernt«, sagte Rich, während wir die Tür verriegelten und mit einem Vorhängeschloss sicherten. »Komm doch noch auf einen Drink mit zu mir. Dann können wir das Ganze in Ruhe besprechen.«

Ich erwiderte: »Vielen Dank, aber ich habe gerade den längsten Tag meines Lebens hinter mir, Rich. Ich muss unbedingt nach Hause. Mich ausziehen. Ins Bett gehen.«

Conklin lachte: »Ist das ein Befehl, Sergeant?«

Ich lachte auch, während ich zu meinem Wagen ging. Ich

kam mir ein bisschen albern vor und dachte, dass vermutlich nur einer gerade *richtig* lachte, und das war Sigmund Freud.

»Okay«, sagte ich dann. Ich hatte eine Hand an die Fahrertür gelegt und meinen Fuß sehr vorsichtig auf das Trittbrett gestellt. »Aber nur auf einen Drink.«

68

Der Unterschied zwischen Conklins Wohnung und Henry Wallis' verwanzter Bude war gewaltig. Conklin lebte in einer ähnlichen Straße wie Wallis. Auch sie war von unauffälligen zwei- und dreigeschossigen Häusern aus den Fünfzigerjahren gesäumt, gebaut aus billigen und einfachen Materialien, aber kaum waren wir eingetreten, da spürte man die Wärme, die Conklins Wohnung ausstrahlte.

Sein Wohnzimmer war einladend: schönes Licht, tiefe Sofas um einen offenen Kamin sowie das wichtigste Stück in der Grundausstattung eines Junggesellenhaushalts: ein riesiger Plasmafernseher.

Rich ging vor dem elektronischen Entertainment-Center in die Knie, durchsuchte einen Stapel mit CDs und sagte: »Wie wär's mit Van Morrison?«

»Na klar«, erwiderte ich und betrachtete mir die Fotos an der Wand. Stark vergrößerte Schwarz-Weiß-Aufnahmen von Segelschiffen in der Bucht, die Spinnaker voll gebläht im Sommerwind, während das Sonnenlicht sich in den Wellen brach, drei Aufnahmen und alle drei waren sie atemberaubend.

»Hast du die gemacht, Rich?«

»Mm-hmm.«

»Die sind wunderschön.«

Van Morrison sang »Brown Eyed Girl« und ich hätte am liebsten mitgesungen. Ich lächelte, als Rich mir ein Glas Wein reichte, und sah zu, wie er sich auf das eine Ende der Couch sinken ließ und die Füße auf eine glatt geschliffene und polierte Lukentür legte, die er zum Beistelltisch umgewandelt hatte.

Ich nippte an meinem eiskalten Chardonnay, streifte die Schuhe ab und setzte mich ans *andere* Ende der übergroßen Couch. Als der Wein kalt und trocken und gut durch meine Kehle rann, fiel die ganze Anspannung von mir ab.

»Weißt du, ich frage mich einfach, wieso um alles in der Welt das Ganze jetzt schon zu Ende sein soll.«

Conklin nickte und bedeutete mir fortzufahren.

»Ein Mann ist *tot*. Das wird Folgen haben, die Tracchio und Jacobi einfach nicht wahrnehmen wollen. Wallis muss irgendwo noch Angehörige haben. Man wird Fragen stellen, und wir wissen beide, Rich, dass Wallis nicht der Täter war. Weißt du, was ich glaube? Dass wir mit schuldig sind am Tod eines Stinktiers, das uns mit seinem Gestank auf eine falsche Fährte gelockt hat.«

Conklin lachte und sagte: »Da hast du dir ja ein wunderbares Bild einfallen lassen.«

Ich erwiderte: »Und du hast ein tolles Lachen, Rich. Ich höre dich wahnsinnig gerne lachen.«

Er hielt meinem Blick stand, bis ich blinzeln musste.

Die einzige Uhr in diesem Zimmer befand sich am DVD-Gerät, und ich saß viel zu weit entfernt, um die blinkenden Zahlen erkennen zu können, aber ich wusste, dass es spät war. So ungefähr zwei Uhr morgens, und ich war irgendwie aufgedreht und hatte Lust, den Rest von Richs Apartment zu Gesicht zu bekommen. Und vielleicht auch den Rest von Rich.

Mein Verstand und mein Körper waren überhitzt, und ich glaube kaum, dass Rich vorhatte, mich abzukühlen, als er in die Küche ging, um die eiskalte Weinflasche zu holen. Während er weg war, machte ich einen Blusenknopf auf.

Und dann noch einen.

Dabei rutschte ich ein wenig tiefer und spürte etwas Hartes und Scharfkantiges zwischen den Couchpolstern. Ich griff nach dem Ding, zog es heraus und sah, dass ich eine Haarspange aus Glaskristall in der Hand hatte.

Der Schock dieses fünf Zentimeter großen, funkelnden Dings ließ mich sofort erstarren. Es gab nur eine Möglichkeit, wie Cindys Haarspange hierhergeraten sein konnte: Rich und Cindy mussten sich darauf herumgewälzt haben.

Ich legte die Spange auf den Beistelltisch, und als Rich mit der Flasche hereinkam, hob ich den Blick. Er sah die Haarspange, sah meinen Blick. Machte den Mund auf, wollte etwas sagen … brachte aber keinen Laut hervor.

Ich wandte mich ab, damit er meinen Schmerz nicht sehen konnte.

Ich nuschelte etwas vor mich hin, dass es spät war, und bedankte mich für den Wein. »Dann bis morgen früh.«

Mit halb gebundenen Schuhen und halb gebrochenem Herzen ging ich hinaus. Mein Auto stand auf der Straße, da, wo ich es abgestellt hatte, und während der Heimfahrt redete ich mit mir selbst.

»Was soll das denn, bist du etwa eifersüchtig?«, rief ich. »Eifersucht ist idiotisch! Pass mal gut auf, Großhirn: Rich und Lindsay? Das ist wirklich absolut idiotisch!«

69

Als Pet Girl in Twin Peaks vor dem Haus von Molly Cadwell-Davis mit seinem fantastischen Blick über die Stadt ankam, war die Party schon seit Stunden im Gang. Pet Girl klingelte und klopfte an die Tür, bis »Tyco« ihr aufmachte und der theatralische Postdisco-Sound der Scissor Sisters in die Nacht dröhnte.

Tyco trug sein Party-Outfit: eine Federboa um die schmalen Schultern, Nippelringe und einen schwarzen Seidentanga. Er reichte Pet Girl ein Glas Champagner, küsste sie auf die Lippen und sagte in spielerischem Ton »Hi, sexy«, sodass Pet Girl sich nicht mehr bedanken konnte, sondern lachen musste.

Sie schob sich an Tyco vorbei und betrat den schwindelerregend dekorierten Hauptraum: Tische und Sofas in allen erdenklichen Ausführungen, schwarz gestrichene Wände, Teppiche mit Leopardenmuster, eng umschlungene Körper auf den Fußbodenkissen. Das Ganze erinnerte eher an ein Bordell als an das Heim eines Mädchens, das in einem Teeladen jobbte und über einen achtstelligen Treuhandfond verfügen konnte.

Pet Girl entdeckte die sonnengebräunte und Yoga-gestählte Molly auf einem niedrigen Sofa über einen Spiegeltisch gebeugt, wo sie durch einen silbernen Strohhalm kokste. Neben ihr, immer zwei Schläge hinter dem Rhythmus der Musik herwippend, lümmelte der legendäre, fünfzig Jahre alte Software-Milliardär Brian Caine.

»Wen. Haben. Wir. Denn. Da«, sagte Caine und schenkte Pet Girl einen so unverhohlen lüsternen Blick, dass sie ihm am liebsten die Augen ausgestochen hätte.

»Molly«, sagte Pet Girl und streckte ihr eine Flasche Moët & Chandon hin. »Die ist kalt.«

»Stell sie einfach irgendwo hin«, erwiderte Molly und ließ Pet Girl links liegen, als Tyco ihr einen Stapel mit Polaroids brachte. Sie kreischte vor Vergnügen, während sie die Sex-Schnappschüsse durchsah, die ihr Hausdiener von den Gästen gemacht hatte, die sich in ihrem Schlafzimmer vergnügten.

So plötzlich, wie Molly ihre Aufmerksamkeit von Pet Girl abgewandt hatte, so plötzlich schnellte sie wieder zu ihr zurück.

»*Riechst* du das eigentlich gar nicht?«, fragte Molly. »Da brennt doch was an. Was stehst du denn hier noch *rum*?«

Pet Girls Miene wurde starr.

Sie ging in die Küche, holte die Form mit den mundgerechten Pilz-Quiches aus dem Ofen und warf eine Schale mit Kobe-Rindfleisch auf Toast – das Pfund zu dreihundert Dollar – in den Hundenapf. Dann kehrte sie wütend zurück zu der Party.

Sie rief Mollys Namen und fing schließlich einen desorientierten Blick aus Augen unterhalb einer glatten Botoxstirn auf.

Pet Girl sagte: »Ich habe Mischa gefüttert. Denkst du daran, mit ihm rauszugehen?«

»Das macht Tyco.«

»Also gut. Au revoir, Schätzchen.«

»Aber du bist doch gerade erst gekommen.« Brian Caine zog eine beleidigte Schnute. Sein schwarzer Seidenpyjama hatte sich vorne geöffnet und den Blick auf seine wabbeligen, haarigen Männerbrüste freigegeben. »Bleib hier«, bedrängte er Pet Girl. »Ich möchte dich gerne besser kennenlernen.«

»Na klar, sobald ich meinen Würgereiz irgendwie unterdrücken kann«, gab Pet Girl zurück. Sie drehte sich auf den flachen, goldenen Schuhen, die sie sich extra für diesen Anlass gekauft hatte, um und schob sich durch die selbstvergessene Menschenmenge. Ein rascher Griff nach der Champagnerflasche, die sie mitgebracht hatte, und dann ging sie mit schnellen Schritten zur Tür hinaus.

70

Kurz vor Mitternacht stieg Pet Girl aus dem Taxi und legte unter sternklarem Himmel die restlichen vier Straßenzüge zu Fuß zurück. Während sie sich den heruntergekommenen Apartmenthäusern am äußersten Rand des Presidio näherte, blies ihr die warme, feuchte Luft vom Meer her entgegen.

Sie machte ihre Wohnungstür auf, hängte den Rucksack an einen Haken im Flur und ging in die Küche. Dort schloss sie die kleine Schiebetür auf, schob sie in die Wand und betrat den lang gestreckten, schmalen Raum, der einst als Speisekammer gedient hatte und der nunmehr ihr privates Reich war.

Pet Girl knipste die Lampe an, und das Licht beschien ein halbes Dutzend Terrarien, die in den stabilen Regalen an der hinteren Wand standen. Instinktiv konnte sie spüren, wie ihre Schönheiten die geschmeidigen Körper ausrollten, noch bevor sie sie lautlos über den mit Rindenstücken und Blättern bedeckten Boden gleiten sah – aufmerksam, hungrig, gierig nach Futter.

Pet Girl machte einen Schrank auf und holte ihr Werkzeug heraus: die Zange mit dem Pistolengriff, die Stahlkappenstiefel und die Schweißerhandschuhe aus Hirschleder mit Kevlarfutter. Sie waren dick und trotzdem elastisch und die Stulpen reichten bis hinauf zu den Ellbogen.

Nachdem sie das alles angelegt hatte, stellte sie sich vor Vasukis Käfig, bewunderte den starken, muskulösen Körper der Schlange, ihren Blick und fühlte eine beinahe telepathische Verbindung zu ihrer Lieblingskrait.

Sie schob den schweren Käfigdeckel beiseite, fing die

Schlange mit der Zange ein und sagte: »Wenn wir zurück sind, kriegst du was zu essen, Schätzchen.«

Vorsichtig ließ sie Vasuki in einen Kissenbezug fallen, steckte ihn dann in einen Katzenkäfig und ließ die Schlösser zuschnappen.

Dann nahm sie eine neugeborene Strumpfbandnatter aus einem der Brutkästen und warf sie in Vasukis Käfig, damit ihr Liebling gleich bei der Rückkehr seine Belohnung vorfand.

Mit einem letzten Blick versicherte Pet Girl sich, dass alles in Ordnung war, dann verließ sie ihre Schlangenfarm und schloss die Tür ab.

Sie griff sich in den Ausschnitt und holte das antike Medaillon hervor, das sie an einer massiven goldenen Kette um den Hals trug. Es war ein Geschenk ihres Vaters, und im Inneren befand sich ein Bild von ihm.

Pet Girl hob das Medaillon an die Lippen, küsste es, sagte: »Hab dich lieb, Daddy«, und dann löschte sie das Licht.

71

Das Durcheinander, das noch vor zwei Stunden, bei Pet Girls erstem Besuch, in Mollys Wohnung geherrscht hatte, hatte sich gelegt. Dutzende Kerzen flackerten in ihren Haltern, überall lagen abgegraste Serviertabletts herum und die Partygäste, die bewusstlos zu Boden gesunken waren, schnarchten und zuckten, bekamen aber garantiert *nichts* mit.

Da hörte sie ein Geräusch aus der Küche, Metall scharrte über den Boden. Pet Girl erstarrte, duckte sich hinter ein Sofa, wollte so tun, als sei sie die ganze Zeit über hier gewesen. Aber als sie dann in der Dunkelheit von einem lebendigen Wesen angesprungen wurde, hätte sie beinahe laut aufgeschrien.

»Mischa! Psssst.« Sie streichelte den seidigen Kopf des Spaniels und zwang ihr Herz mit aller Macht, wieder ruhiger zu schlagen.

»Ist Tyco mit dir Gassi gegangen?«, flüsterte sie und machte die Leine vom Halsband los. Mischa wedelte mit dem Schwanz, kauerte sich nieder und pinkelte auf den Teppich. Dann duckte er sich in Erwartung einer Rüge … aber es kam keine.

Pet Girl befahl dem Hund sitzen zu bleiben und stieg dann mit schnellen Schritten die Treppe hinauf, die mit dramatischem Schwung in den ersten Stock führte. Mollys Schlafzimmer befand sich am Ende des Flurs. Unter dem Türspalt war kein Licht zu sehen.

Pet Girl drehte an dem Messing-Türknauf.

Was, wenn jemand aufwacht?

Ja, was?

Sie trat ein und zog die Tür hinter sich ins Schloss, stand

lautlos im Schatten, spürte das Blut in den Ohren pochen, alle Sinne geschärft durch die Gefahr – den unvergleichlichen Nervenkitzel.

Das Bett stand direkt vor ihr, genau zwischen zwei Fenstern, über und über mit einem Knäuel aus nackten Leibern bedeckt. Ein geflecktes Laken, irgendein Tierfellmuster, fast schon zu einem Seil verdreht, verband die Leiber lose miteinander.

Pet Girl versuchte herauszufinden, welches Körperteil zu welcher Person gehörte, und als sie das Gefühl hatte, dass sie so weit war, streifte sie die Handschuhe über und hob Vasuki aus dem Katzenkäfig.

Die Schlange registrierte die neue Umgebung, spannte sich in Pet Girls Hand und Pet Girl spürte Vasukis unbändige, tödliche Kraft. Wie alle Kraits war auch Vasuki nachtaktiv. Und sie hatte drei Tage lang nichts gegessen.

Ihr Kopf schwang hin und her, während Pet Girl sie über das Bett hielt. Sie zischte – und urplötzlich verdrehte sich das drahtseilartige Tier in der Hand seiner Besitzerin. Nur einen Sekundenbruchteil später hatte die Schlange sich aus Pet Girls Griff gewunden, war auf das Bett gefallen und zwischen die Laken geschlüpft.

Sie war sofort in Deckung gegangen. Hatte sich vollkommen unsichtbar gemacht.

Pet Girl keuchte wie unter großen Schmerzen.

Vasuki war verschwunden. Ihr Plan war außer Kontrolle geraten.

Einen kurzen, wahnsinnigen Augenblick lang überlegte Pet Girl, ob sie das Licht einschalten und nach Vasuki suchen und sich irgendeine Geschichte ausdenken sollte, falls jemand aufwachte – aber Molly würde ihr kein Wort abkaufen, völlig egal, was sie sich ausdachte.

Das würde einfach nicht funktionieren.

Voller Enttäuschung über sich selbst, voller Schrecken angesichts der Frage, was mit Vasuki geschehen würde, wenn sie gefunden wurde, ließ Pet Girl einen letzten vergeblichen Blick über das vom Mondlicht beschienene Bett gleiten. Nichts rührte sich.

Sie packte den Katzenkäfig, verließ Mollys Schlafzimmer und machte die Tür wieder zu, damit wenigstens Mischa verschont blieb.

Im Freien angelangt, begann Pet Girl ihren langen Fußmarsch den Twin Peaks Boulevard entlang und versicherte sich dabei, dass alles in Ordnung war. So schrecklich Vasukis Verlust auch sein mochte, aber die Schlange hatte ja keine Kennzeichnung.

Niemand konnte Vasuki mit *ihr* in Verbindung bringen.

72

Conklin und ich saßen in der Frühstücksküche und befragten Molly Caldwell-Davis, die mich ansah, als würde sie sich redlich bemühen, einen schweren Fall von Gedächtnisverlust zu überwinden. Ihre Augen waren gerötet, und sie stieß – unterbrochen von langen Pausen, in deren Verlauf sie krampfhaft versuchte, sich an den vergangenen Abend zu erinnern – mit krächzender Stimme bruchstückhafte Sätze hervor.

Conklin sagte: »Immer eins nach dem anderen, Molly. Fangen Sie einfach am Anfang an, und erzählen Sie uns von der Party gestern Abend, okay?«

»Ich will. Meinen Anwalt.«

Über ihren Köpfen waren laute Schritte zu hören.

Die Notärzte waren gekommen und wieder gegangen, aber in Mollys Schlafzimmer wimmelte es von Kriminaltechnikern. Außerdem standen Claire und zwei ihrer Assistenten oben im Flur und warteten, bis die Spurensucher fertig waren, damit sie endlich an die Arbeit gehen konnten.

Da perlte Claires Stimme über die Brüstung zu uns herunter. »Lindsay, kannst du mal nach oben kommen? Das musst du dir ansehen.«

»Brauchen Sie denn einen Anwalt, Molly?«, sagte Conklin gerade. »Sie stehen doch gar nicht unter Verdacht. Wir möchten einfach nur wissen, was hier passiert ist, verstehen Sie? Weil, irgendetwas ist da ganz sicher passiert.«

Molly starrte über Conklins Schulter hinweg, und ich stand auf und machte mich auf den Weg zur Treppe. Im Flur begrüßtc mich Charlie Clapper, geschniegelt, gutmütig und mit frisch gebügelter Ironie.

»Schon wieder ’ne Wiederholung, Lindsay. Jede Menge Fingerabdrücke, keine Waffen, kein Blut, kein Abschiedsbrief, keine Anzeichen für einen Kampf. Wir haben sechs Gläser mit verschreibungspflichtigen Medikamenten und ein bisschen Zeug von der Straße gefunden, aber ich glaube nicht, dass wir es hier mit einer Überdosis zu tun haben. Ich glaube, das hier war entweder Sodom oder Gomorrha, und jetzt hat sich Gott eingeschaltet.«

»Ich habe, ehrlich gesagt, gar nicht gewusst, dass du dich im Alten Testament so gut auskennst«, sagte ich und reckte den Hals, um das Stillleben auf dem Bett hinter Clapper besser sehen zu können.

»Ich bin Alttestamentler mütterlicherseits«, sagte er.

Ich hätte bestimmt darüber gelacht, aber beim Anblick des Tatorts kam mir das alles schlagartig viel zu wirklich vor. Ich murmelte: »Bis demnächst«, und ging an Clapper vorbei in Mollys Schlafzimmer. Dort lagen zwei nackte, tote Männer.

Der Junge auf dem Boden, den Kopf zur Seite gedreht, sah aus, als wäre er noch keine zwanzig. Die platinblonden Haare waren zu spitzen Stacheln gegelt, die grünen Augen immer noch geöffnet. Es sah so aus, als hätte er versucht zur Tür zu kriechen, bevor er zusammengebrochen war.

Der ältere Mann lag halb zusammengekrümmt auf dem Bett. Sein Speckbauch hing wie eine Schürze bis über die Genitalien. Auch er hatte die Augen offen. Er war nicht im Schlaf gestorben.

So sah er aus, der Tod durch den Biss der Krait. Zusammenbruch des zentralen Nervensystems, Lähmung der Reizleitungen zwischen Nerven und Muskeln. Die Opfer waren nicht mehr in der Lage gewesen zu atmen.

»Wie lange sind sie schon tot?«

»Sie sind noch warm, Lindsay. Ich würd’s dir ja gerne noch genauer sagen, aber du musst von sechs bis zwölf Stunden ausgehen. Hat die Besitzerin des Hauses noch irgendetwas gesagt, was uns weiterhelfen könnte?«

»Nein. Bloß die schlimmen vier Worte: ›Will meinen Anwalt sprechen‹.«

Claire seufzte. »Bevor sie verstummt ist, hat sie mir noch erzählt, dass der tote Junge ihr Hausdiener sei, ein gewisser Jordan Priestly. Sie hat ihn Tyco genannt.«

»Tyco, wie diese Spielzeugfirma? Ach so, verstehe. Ein Lustspielzeug.«

»Aber die Vaterfigur hier habe ich auch ohne Mollys Hilfe erkannt. Das ist Brian Caine.«

»Oh.«

»Ja, genau. *Der* Brian Caine. Tony Tracchio kann schon mal sein gusseisernes Suspensorium anlegen«, fuhr Claire fort, »denn Caine Industries wird ihm keine ruhige Minute mehr lassen.«

Claire befahl ihren Assistenten, das Spannbettlaken an allen vier Ecken zu packen und um Caines Leiche zu wickeln, damit sämtliche Spuren intakt blieben, wenn sie das Ganze in den Leichensack steckten.

Dann sagte sie zu mir: »Wenn ihr hier fertig seid, dann könnt ihr zu mir in den Obduktionssaal kommen, du und Conklin. Ich werde mir Zeit lassen mit diesen Herren hier und sie noch gründlicher unter die Lupe nehmen, als ihre Mamas das nach ihrer Geburt gemacht haben.«

73

Ich ging zurück in die Frühstücksküche und sah, dass Christine Rogers sich zu Molly und Conklin gesellt hatte.

Rogers besaß ebenfalls Prominentenstatus als Allzweckanwältin für reiche Menschen. Sie sah gepflegt und hübsch aus, blond, graue Augen und wirkte für eine Senior-Partnerin einer großen Kanzlei mit dem eigenen Namen auf dem Türschild erstaunlich jung.

Ich musste mir die Frage stellen, wieso Molly Caldwell-Davis mit Kanonen auf Spatzen schießen wollte, obwohl es noch nicht einmal Spatzen zu sehen gab.

Wir hatten sie bis jetzt noch gar nicht als potenzielle Täterin im Visier gehabt.

Lagen wir falsch?

Schwärme von Fragen jagten mir durch den Kopf. War Molly mit den Baileys bekannt? Mit Sara Needleman? Wo war Molly bei deren Ermordung gewesen? Gab es eine Verbindung zwischen ihr und den Opfern der Schlangenmorde zu Beginn der Achtzigerjahre?

War dieses immer noch ziemlich zugedröhnte, reiche Mädchen wirklich verschwiegen genug, schlau genug, besessen genug, um eine Serienmörderin zu sein?

Und wenn ja, was war bloß in sie gefahren, dass sie in ihrem eigenen Bett zwei Menschen umgebracht hatte?

Christine Rogers sah zwar erschöpft aus, aber ihr Haar glänzte, ihre Bluse war frisch gestärkt, und ihr Armani-Nadelstreifenanzug hätte mich ein Monatsgehalt gekostet. Auch wenn sie einen irrsinnigen Terminplan hatte – sie benahm sich professionell vom Scheitel bis zur Sohle.

»Ms. Caldwell-Davis ist voll und ganz zur Kooperation bereit«, sagte sie. »Als sie gestern Abend gegen halb zwei zu Bett gegangen ist, waren Brian Caine und Jordan Priestly noch am Leben. Als sie heute Morgen irgendwann nach zehn wieder aufgewacht ist, waren sie tot.«

Ich blickte Ms. Rogers fest in die Augen und sagte: »Wenn sie vielleicht mal kurz ihre *Gedanken* sammeln könnte, dann könnten *wir* womöglich den einen oder anderen *Hinweis* ergattern.«

»Was immer geschehen sein mag: Meine Mandantin hat die ganze Zeit geschlafen und ist wie durch ein Wunder verschont geblieben«, sagte Rogers. »Ich will, dass die Polizei, die Verwaltung, die Presse, alle einschließlich Gott, erfahren, dass Molly mit dem Tod ihrer guten Freunde nicht das Geringste zu tun hat. Sie ist zutiefst betrübt angesichts dieses schmerzlichen Verlustes. Und sie hat nichts zu verbergen.«

»Wunderbar«, meinte Conklin. »Also, Molly, fangen wir noch einmal von vorn an. Wir brauchen eine Liste mit allen Personen, die gestern Abend hier waren, einschließlich der Caterer, der Lieferanten und derjenigen, die Ihren Hund ausführen.«

Molly blickte Conklin aus rot geränderten Augen an. Getrockneter Speichel hing ihr in den Mundwinkeln.

»Tyco hat meinen Hund ausgeführt. Ich habe das Essen für die Party gemacht, und Brian stand hinter der Bar. Die Hälfte der Leute, die da waren, kenne ich gar nicht, das stimmt wirklich. Manche haben eben andere Leute mitgebracht und die wieder irgendwelche anderen.«

»Fangen wir mit denen an, die Sie kennen«, sagte Conklin.

74

Es war später Nachmittag, als Conklin und ich den Obduktionssaal betraten und Tycos Leiche auf einer Bahre vor uns liegen sahen. Seine Augen waren geschlossen, aber aus einer Edelstahlschale im Scheinwerferlicht blitzten uns seine versammelten Nippelringe und Piercings an.

»Ich wollte eigentlich schon aufgeben«, sagte Claire. »Aber hier, schaut mal.«

Sie hob den linken Arm des Jungen hoch und reichte mir eine Lupe. Damit konnte ich die – in ihren Worten – »zwei klar definierten, nadelstichartigen Wunden« erkennen.

Claires erster Assistent, Bunny Ellis, stand neben mir. Jetzt zog er den Reißverschluss des zweiten Leichensacks auf, in dem sich die sterblichen Überreste von Brian Caine befanden.

Ich drehte mich um – und einen kurzen, gruseligen Augenblick lang dachte ich, dass Brian Caine *noch lebte*.

Das Laken, in das Caine eingewickelt war, bewegte sich – doch dann erkannte ich in tödlichem Schrecken, dass nicht Caine es war, der sich da bewegte. Es war etwas Dünnes, Gestreiftes, kaum zu erkennen auf dem gesprenkelt gemusterten Stoff.

Ich kreischte: »*Schlange!* Das ist die *Schlange*!«

Wie eine Flüssigkeit ergoss sich das Tier aus dem Leichensack und schlängelte sich an einem der Tischbeine auf den Fußboden hinab, den Kopf dicht über dem Boden, in Angriffshaltung, so glitt sie über die grauen Keramikfliesen, direkt auf *Claire* zu.

»Nicht bewegen!«, brüllte Conklin.

Er hatte die Pistole in der Hand und schoss auf das geschmeidige Ding, einmal, zweimal, wieder und wieder, die

Waffe zuckte, Kugeln prallten von den Fliesen ab, Schüsse hallten im Saal wider.

Null von sechs.

Ich hatte die Hände auf die Ohren gepresst, die Augen weit aufgerissen. Ich starrte auf die Schlange, die immer näher kam, nur noch einen knappen Meter von Claires Stiefelettenspitzen entfernt.

Ich sah die Todesangst in ihrem Gesicht. Jede Bewegung würde die Schlange zusätzlich reizen, aber Claire hatte keine Wahl. Sie sprang mit einem Satz auf die Trittleiter zu, die sie für ihre Überkopfaufnahmen brauchte.

Ich rannte auf den Flur hinaus.

Der Brandschutzkasten hing an der Wand. Ich schlug die Glasscheibe mit meinem Pistolengriff ein, räumte die Splitter beiseite, packte die Feueraxt und rannte zurück in den Obduktionssaal.

Conklin zielte schon wieder. Claire stand auf der obersten Sprosse der Leiter, und ihre Assistenten kreischten in den höchsten Tönen.

Ich hob die Axt, ließ die Klinge auf die Schlange sausen und trennte sie sauber in der Mitte durch.

Beide Schlangenhälften zuckten und wanden sich weiter.

»*Sie ist doch tot, oder?*«, rief ich mit schriller Stimme, während Schweißtropfen an der Innenseite meiner Bluse entlangliefen. »*Sie kann doch nichts mehr machen, oder?*«

Plötzlich wurde mein Gehirn mit Bildern von Haien überschwemmt, die – tot geglaubt – auf irgendwelchen Schiffsdecks lagen, bis sie »zum Leben erwachten« und ihre Zähne in irgendwelche Fischerbeine schlugen.

Diese Schlange jedenfalls zappelte immer noch, mit offenem Maul, die Giftzähne entblößt.

Wie hypnotisiert starrten wir die Mörderin an, die sich weigerte zu sterben. Dann erwachte Conklin aus seiner Trance, verschwand in Claires Büro und kam mit einem Blechmülleimer wieder. Den stülpte er über die beiden Schlangenenden.

Anschließend setzte er sich auf den Eimer.

Man konnte ihm ansehen, dass ihm zumute war, als ob er auf einer *Bombe* säße.

»Also, das ist *echt* klasse«, sagte er mit gerötetem Gesicht. Er schwitzte, und seine Augen waren ein klein wenig aus den Höhlen hervorgetreten. »Genau der richtige Zeitpunkt, um meine Angst vor *Schlangen* zu überwinden.«

Vierzig Minuten später trafen die städtischen Tierfänger in der Gerichtsmedizin ein. Sie erlösten Conklin und hoben den Mülleimer hoch.

Beide Krait-Enden zuckten noch.

Das vordere Ende biss in die Luft.

75

Yuki machte ihren Kühlschrank sauber, hörte Faith Hill und träumte von scheckigen Ponys und langbeinigen Fremden, da klingelte ihr Handy.

Unverzüglich ballte ihr Magen sich zusammen… *Ist das Doc?*

Sie ließ den Schwamm in die Spüle fallen, wischte die Hände an ihrer Jeans trocken und griff nach dem Telefon.

Die Anruferkennung meldete *SF DOJ*. Yuki nahm den Anruf entgegen und meldete sich: »Castellano.«

Eine Stunde später saß sie in einem Ledersessel in Richter Brendan J. Duffys Amtszimmer und wartete auf Phil Hoffman.

Duffy machte einen nervösen Eindruck, wollte aber vor Hoffmans Eintreffen nicht einmal andeuten, was der Grund für seinen Anruf gewesen war. Also nutzte Yuki die Zeit, um das Bücherregal des Richters zu begutachten und die vielfältigen Möglichkeiten gegeneinander abzuwägen. Allerdings gab es nur *eine* Möglichkeit, die ihr wahrscheinlich vorkam, und das war, dass die verdammte Jury, die eigentlich den Auftrag hatte, alle Aspekte des Falls Stacey Glenn gründlich und sorgfältig abzuwägen, wieder nicht zu einem Urteil gekommen war.

Die Geschworenen steckten in der Sackgasse – schon wieder.

Also würde Duffy auf Einstellung des Verfahrens erkennen, und die durch und durch gewissenlose Schönheitskönigin, die ihre hilflosen, liebenden Eltern brutal niedergeknüppelt hatte, würdc wic auf dem Laufsteg aus dem Gefängnis stolzieren.

Duffy plauderte nicht mit ihr. Er hatte angefangen zu arbeiten, Akten aufzuklappen, sich Notizen zu machen, Papiere in den Ausgangskorb zu stecken, während die Nachmittagssonne immer längere Strahlen auf seinen Perserteppich warf. Yukis Herz pochte nervös.

Endlich war Hoffmans Stimme im Vorzimmer zu hören.

Er bückte sich, als er durch die Tür kam, fuhr sich mit der Hand durch die zerzausten Haare und sagte: »Tut mir leid, Euer Ehren. Yuki. Ich war mit meiner Frau in Sausalito. Die Fähre konnte nicht schneller.«

»Setzen Sie sich, Phil«, sagte Duffy.

Hoffman setzte sich auf den zweiten Sessel und fragte: »Haben Sie etwas von den Geschworenen gehört?«

Yuki ging davon aus, dass Hoffman mittlerweile mit einer Verfahrenseinstellung genauso zufrieden gewesen wäre wie mit einem Freispruch. Er hatte schon viel zu viel Zeit in diesen Fall investiert. Falls das Verfahren eingestellt wurde, würde seine Mandantin freikommen – und er konnte sich wieder dem widmen, was er gerne tat: *Geld verdienen*.

»Ich habe eine schlechte Neuigkeit für Sie«, sagte Duffy. »Im Gefängnis ist es zu einer Auseinandersetzung gekommen.«

»Was ist denn passiert?«, wollte Hoffman wissen.

»Ihre Mandantin hat im Lauf der vergangenen Wochen eine Freundin gewonnen, aber soweit ich verstanden habe, hatte ihre Freundin bereits eine andere Freundin. Dann ist es in der Dusche zum Streit gekommen, den Stacey Glenn verloren hat«, sagte Duffy. »Ms. Glenns Freundin hat sie im Genick gepackt, die andere um die Hüfte, und dann haben sie beide gleichzeitig gezogen.«

Duffy schüttelte den Kopf, als er sich zusammen mit den anderen diese Szene vor Augen führte, doch Yuki konnte sich immer noch nicht recht vorstellen, was daran so schlimm gewesen sein sollte.

»Tut mir leid, aber irgendwas habe ich nicht richtig verstanden, Euer Ehren.«

»Meine Schuld. Ich finde einfach nicht die richtigen Worte. Stacey Glenns Kopf wurde dabei von der Wirbelsäule abgetrennt.« Er legte sich die Hand in den Nacken und sagte: »Der Hals – also die Muskeln und so weiter – war immer noch intakt, aber das Rückenmark war durchtrennt. Medizinisch gesprochen hat Ms. Glenn eine innere Enthauptung erlitten.«

»Ich habe noch nie etwas von einer inneren Enthauptung gehört«, meinte Hoffmann.

»Ich auch noch nicht, aber das ist die Information, die mir die Strafvollzugsbehörden, gestützt auf die Obduktionsergebnisse, mitgeteilt hat. Ich zitiere wörtlich«, meinte Duffy und las aus seinem Notizbuch ab: »›Diese dämlichen, unterbelichteten Ziegen haben aus Stacey Glenn einen Wackeldackel gemacht.‹«

Yuki stand auf, stolperte aus Richter Duffys Amtszimmer und blieb auch nicht stehen, als Phil Hoffman ihren Namen rief. Sie wankte die Treppe hinunter, die Hand fest ans Geländer gelegt, und dachte daran, wie dieser Fall geendet hatte.

Als sie im Foyer angelangt war, war ihr klar, dass sie unbedingt Parisi erwischen musste. Sie mussten sich ganz genau überlegen, wie sie der Öffentlichkeit gegenübertreten wollten, und *er* musste das machen, weil es nämlich nicht richtig gewesen wäre, ihre fast nicht zu beherrschende, überschäumende Freude in der Öffentlichkeit zu zeigen.

Stacey Glenn hatte die Todesstrafe erhalten.

Keine Verurteilung, kein Freispruch, keine Verfahrenseinstellung. Das war die endgültigste aller möglichen Lösungen.

Es war vorbei.

Yuki hatte ihren Prozess nicht verloren – und die gemeingefährliche Stacey Glenn war tot.

Vierter Teil

Doc

76

Cindy und ich trafen uns bei Susie's. Es war noch früh am Abend, aber das Kneipenrestaurant im Karibikstil war bereits brechend voll.

Zu voll eigentlich.

Die Steel-Band spielte auf vollen Touren. Susie versuchte, einen Limbo-Wettbewerb auf die Beine zu stellen. Raufbolde mit zu viel Tequila im Blut purzelten kreuz und quer über den Billardtisch, und Lorraine hatte ihr normalerweise untrügliches Gespür für den richtigen Zeitpunkt verloren.

Sie nahm unsere Getränkewünsche entgegen, kam zurück, um uns die Tageskarte vorzulesen, dann nochmal, um uns ihren Verlobungsring zu zeigen, und schließlich ein letztes Mal, um sich zu erkundigen, ob wir gut versorgt seien.

Das alles in den ersten fünf Minuten.

Ich starrte sie wütend an, so lange, bis sie davonhuschte. Jeden Moment konnten Claire und Yuki auftauchen, und ich hatte die Sache mit Cindy noch immer nicht geklärt.

»Hör endlich auf, um den heißen Brei herumzureden«, sagte meine liebe Freundin Cindy. Sie würzte ihre Bemerkung mit einer gewissen Schärfe, sodass es wie eine Drohung klang.

»Also gut. Läuft da was zwischen dir und Conklin?«

»Er hat es dir *gesagt*? Hör zu, es hat eigentlich ganz harmlos angefangen, aber …«

»*Schläfst* du mit ihm?«

»Entschuldige mal, wer bist du eigentlich? Schwester Mary Margaret vom Orden der kleinen Schwestern des Keuschheitsgürtels?«

»Ganz genau, verdammt noch mal. Die bin ich.«

»Aber wieso denn? Wo liegt denn das Problem?«

Ich hielt meinen leeren Bierkrug in die Höhe und signalisierte Lorraine, dass sie mir nachschenken sollte.

»Ein Corona, kommt sofort.«

»Lorraine«, sagte ich, »hör dir das mal an. Cindy schläft mit meinem *Partner* und hat mir kein Wort davon gesagt.«

»Mm-hmm.«

»Also, findest du nicht, dass sie mir so was hätte sagen müssen? Sie ist schließlich meine *Freundin*!«

»Oh, nein, bitte nicht, Lindsay«, erwiderte Lorraine. »Zieh mich da nicht mit rein. Ich bin im Augenblick so glücklich und zufrieden und will ganz bestimmt keinen Streit mit einer von euch beiden bekommen.«

»Also gut«, sagte ich. »Noch ein Bier.«

»Schon unterwegs.«

»Das ist doch bloß ein Scherz, Lindsay, oder? Du findest also, ich hätte dir gleich sagen sollen, dass zwischen mir und Rich was läuft, obwohl mir von Anfang an klar war, dass du uns beiden deshalb ein schlechtes Gewissen machen würdest – und dabei weiß ich noch nicht einmal, wieso!« Cindy ließ sich gegen die Stuhllehne sinken und machte tatsächlich einen etwas verwirrten Eindruck.

»Du weißt nicht, wieso?« Ich spürte ein seltsames Ziehen in der Magengegend, das mir signalisieren sollte, dass ich falsch lag und sie richtig, dass ich überreagiert hatte. Und dass, egal, was Cindy und Rich miteinander machten, es ihre Privatangelegenheit war.

Cindy wusste kaum etwas über meine Geschichte mit Rich, und ich hatte nicht vor, ihr mehr davon zu erzählen … aber *er* vielleicht schon.

Vielleicht *hatte* er es bereits getan.

Es muss wohl eine gewisse Verunsicherung über mein Gesicht gehuscht sein, jedenfalls setzte Cindy nach. Sie beugte sich dicht zu mir, schob den Unterkiefer nach vorn und sagte:

»Ach, *jetzt verstehe ich.* Macht ihr's vielleicht miteinander, Lindsay? Ist es das? Sag's mir lieber gleich, weil wenn du mit ihm ins Bett gehst, dann schmeiße ich dieses Schwein in hohem Bogen auf die Straße.«

»Nein. Nein. Wir schlafen nicht miteinander. Will ich nicht und haben wir nie gemacht.«

»Gut«, meinte Cindy. »Das ist echt prima. Dann frage ich dich jetzt nochmal: Wo liegt das Problem?«

»Das ... hat was mit den Dienstvorschriften zu tun, Cindy ...«

»Bist du *bescheuert*? Ich arbeite doch gar nicht für dich.«

»Aber Conklin! Und er und ich reden über Dinge, von denen du nichts wissen sollst – um unser aller willen. Und ich hätte sehr gerne die Möglichkeit gehabt, ihn daran zu erinnern.«

»Selbst wenn mir das irgendwie einleuchten würde – was es *nicht* tut: Wir reden überhaupt nicht über dich. Wir verlieren kein Wort über eure Arbeit. Wir haben einfach nur tollen Sex, liegen im Bett und schauen uns zusammen Filme an.«

Meine Wangen fingen an zu glühen, und ich senkte den Blick. So genau hatte ich es nun wirklich nicht wissen wollen, und das war ganz allein meine Schuld.

Als das Bier sich einen Weg in meine Kehle bahnte, hörte ich eine Stimme: »Hallo, Mädels.«

Ich sah Claire auf unseren Tisch zukommen. Sie füllte den Gang zwischen den Tischen komplett aus und hielt ihr Baby im Arm, meine Patentochter Ruby Rose. Yuki und ihr Doc bildeten den Schluss.

»Ich bin noch nicht fertig«, knurrte ich Cindy an.

»Prima«, erwiderte sie. »Und lass mich nicht zu lange auf deine Entschuldigung warten.«

77

Yuki war beinahe schwindelig vor Entzücken.

Sie hatten sich alle zusammen in eine Sitznische bei Susie's gezwängt, und ihre Freundinnen mochten Doc. Korrigiere: Sie sah ihren Gesichtern an, dass sie ihn *bezaubernd* fanden. Er berichtete gerade von seinem Tag in der Notaufnahme: »Da wird eine Patientin eingeliefert und erzählt, dass sie seit einiger Zeit Schlafmittel nimmt und jetzt angefangen hat, mitten in der Nacht irgendwelche unberechenbaren Dinge zu machen. Anscheinend ist sie im Schlaf und ohne es zu merken aufgestanden, zu ihrem Medizinschränkchen gegangen und hat ein ganzes Glas Tabletten geschluckt. – Dann hat sie mir das leere Glas gezeigt«, berichtete Doc.

Claire beugte sich vor. Yuki hatte das wunderbare Gefühl, dass Claire sich darüber freute, dass sie sich mit einem anderen Arzt unterhalten konnte. Sie fragte Doc, was für Tabletten das gewesen waren.

»Dramamine.«

»Gegen Seekrankheit?«, meinte Claire. »Die bringen sie nicht um.«

Doc erwiderte mit breitem Grinsen: »Sie wollte, dass wir ihr den Magen auspumpen, aber ich habe gesagt, das sei nicht nötig. ›Sie sind startklar, Helen. Buchen Sie eine Kreuzfahrt!‹«

Claire brach in Gelächter aus, und das Baby streckte seinen Arm aus und kippte ein Bierglas auf Cindys Schoß, und Lindsay musste so heftig lachen, dass ihr die Tränen in die Augen schossen.

»Tut mir leid, dass ich so lachen muss«, sagte sie zu Cindy. »Nein, ich mein's ernst. Das ist nicht witzig.«

Claire drückte Doc das Baby in den Arm, um Cindys Kleidung abzuwischen, und das Baby zog an Docs Nase und nannte ihn »Buu-Gaah.« Er lachte das kleine Mädchen an, und sie erwiderte sein Lachen mit einem fröhlichen Glucksen.

Und so lief der ganze Abend weiter. Gelächter, gefolgt von noch größerem Gelächter, und Yuki fühlte sich wie an ihrem Geburtstag, vielleicht sogar am schönsten Geburtstag ihres ganzen Lebens.

Sie erzählte ihren Freundinnen vom Ende des Falls Stacey Glenn, und Lindsay gab die Geschichte von der »Schlange, die nicht sterben wollte« zum Besten. Claire breitete die Arme aus, um zu demonstrieren, wie lang das Tier gewesen war, und hätte dabei um ein Haar *noch ein Bier* auf Cindys Schoß gekippt.

Doc sagte: »Aber jetzt mal ernsthaft: Es ist gut zu wissen, um was für eine Schlange es sich gehandelt hat. Es gibt ja für jede Art ein Antivenin.«

»Ein Gegengift?«, hakte Cindy nach.

»Ja, genau, aber ›Antivenin‹ ist der medizinische Fachausdruck«, sagte Claire. »Jedenfalls ist es gar nicht so leicht zu bekommen, auch wenn *meine* Patienten dafür schon lange keine Verwendung mehr haben. Da war es ganz praktisch, dass Sergeant Boxer mit einer *Axt* umgehen kann.«

Eine neue Ladung Bier wurde geliefert, für alle bis auf Doc, der wieder ins Krankenhaus musste. Dann kam das Beste. Als Yuki aufstand, um sich von ihm zu verabschieden, nahm er sie in den Arm und küsste sie, bog sie immer weiter nach hinten, bis sie lachen musste und alle in heftigen Jubel ausbrachen, *alle*, sogar Leute, die nicht mit an ihrem Tisch saßen.

»Sehen wir uns am Wochenende?«, fragte er.

Sie nickte und überlegte bereits, welche Dessous sie tragen würde. Und dann war er weg.

Kurze Zeit später meinte Cindy, sie hätte noch ein Date und

wollte vorher nach Hause und sich umziehen, und Claire ging ebenfalls: »Das kleine Mädchen hier muss ins Bett.« Dann meinte Lindsay: »Yuki, jetzt bist du die Einzige, die überhaupt noch fahren kann.«

Yuki wollte nicht, dass der Abend schon zu Ende ging.

»Wie wär's, kommst du mit zu mir? Du könntest doch bei mir übernachten.«

»Einverstanden«, erwiderte Lindsay und leerte ihr Glas in einem Zug.

Yuki grinste. Die Aussicht, Lindsay ganz für sich zu haben, den Abend noch einmal Revue passieren zu lassen und über Doc zu reden … also, das war das absolute Sahnehäubchen.

78

Sobald ich in Yukis Wagen saß, legte ich los.

»John ist ja fantastisch.«

»Ja, findest du echt? Ich meine, *danke* und *ja, stimmt,* er ist *einfach toll,* oder?«

»Absolut! Und er mag dich wirklich gern.«

»Woher willst du das wissen?«

»Das sieht man eben. Und dann dieser Kuss vor Gott und aller Welt.«

Yuki lachte. Dieses Lachen gehört zu Yukis wertvollsten Gaben, ein Lachen, das selbst bei Nacht die Sonne hervorlocken kann. Doch meine Gedanken befanden sich bereits im Schnellvorlauf, und ich konnte mich nicht länger zurückhalten. Hatte Yuki es gewusst? Hatten es alle gewusst – bis auf mich?

Sobald der Wagen sich in Bewegung gesetzt hatte, platzte ich heraus: »Yuki, hast du gewusst, dass Rich und Cindy was miteinander haben?«

»Neeeeiiiin. Ehrlich? Ich verstehe gar nicht, wieso sie mir nichts davon erzählt hat!«

»Ganz genau«, meinte ich. »Und was soll ich erst davon halten? Mein Partner hat Sex mit einer meiner besten Freundinnen!«

»Aber irgendwie passt es doch ganz gut«, fuhr Yuki fort, bog nach links ab und beschleunigte hügelabwärts, sodass mein Mageninhalt bedenklich hin und her schwappte.

»Sie hat ihn ja schon immer gemocht«, sagte Yuki jetzt. »Aber wer nicht? Moment mal, Linds. Habe ich da vielleicht was nicht mitgekriegt?«

Ich kurbelte das Fenster auf und der Wind blies mir ins Gesicht. Yuki sagte: »Soll ich stehen bleiben? Ist dir schlecht?«

»Alles bestens«, stieß ich hervor.

»Also gut, was soll das Ganze? Dein Partner ist mit deiner Freundin zusammen. Wieso hast du damit Schwierigkeiten?«

Ich kurbelte das Fenster wieder hoch und ließ es nur einen Spalt weit offen stehen. »Rich und ich. Wir hatten da so ein paar … *Momente*«, hörte ich mich sagen.

Mit sperrangelweit aufgerissenem Mund fuhr Yuki weiter, blieb vor einer roten Ampel stehen und drehte sich zu mir um.

»Definiere *›Momente‹*.«

Und mit einem Mal erzählte ich Yuki alles: Wie es damals, als wir dienstlich in Los Angeles gewesen waren, um ein Haar passiert wäre. Ich erzählte ihr, dass wir gerade noch rechtzeitig aufgehört hatten, bevor die Dinge zu sehr eskaliert waren, aber dass das Knistern einfach nicht aufhören wollte. Nicht einmal damals, als meine Wohnung ausgebrannt und ich bei Joe eingezogen war. Nicht einmal letzte Woche, als Conklin mir neben meinem Auto einen leidenschaftlichen Kuss auf die Lippen gedrückt hatte.

Als wir die Tiefgarage von Yukis Apartmenthaus erreicht hatten, redete ich immer noch. Sie machte den Motor aus und wandte sich zu mir um.

»Hast du dich in ihn verliebt?«

»Verliebt? Ich habe keine Ahnung, wie ich es nennen soll, aber irgendwie verbindet uns was ganz *Besonderes …*«

»Also geht es hier gar nicht um Cindy. Es geht um Rich.«

Ich zuckte mit den Schultern.

»Du hast also eine ganz besondere Beziehung zu ihm, hast dich aber wiederholt dagegen gesträubt und hast auch keinerlei Absicht, diese Beziehung irgendwie zu leben. Habe ich das so weit richtig verstanden?«

Ich war betrunken und wurde von meiner Freundin, der Staatsanwältin, ins Kreuzverhör genommen. Ich war wehrlos.

»Wir haben darüber gesprochen«, erwiderte ich. »Es war meine Entscheidung, und ich bin sehr froh darüber, dass wir nichts getan haben, was Joe irgendwie verletzen könnte.«

»Und was empfindest du für Joe? Sag mir die Wahrheit.«

»Ich liebe ihn.«

»Das musst du mir erst beweisen. So verstehe ich das nämlich nicht.«

Ich murmelte ein paar entschuldigende Worte, stieg aus, ging hinüber zu dem riesigen Mülleimer neben dem Fahrstuhl und erbrach mich. Yuki stand, den Arm um meine Hüften gelegt, mit einem feuchten Tuch und einem Päckchen Kaugummi neben mir.

Aber sie ließ nicht locker.

Wir gingen zu ihrem Auto zurück, setzen uns wieder auf unsere Plätze, und sie sagte: »Ich will die ganze Wahrheit hören und nichts als die Wahrheit.«

Da erzählte ich ihr, dass es, als ich Joe kennengelernt hatte, wie ein Blitz aus heiterem Himmel gewesen war, genau zwischen die Augen, und dass es Joe genauso ergangen war. Und dass er mich seit jenem Tag kein einziges Mal enttäuscht hatte. Dass er sein gesamtes Leben umgekrempelt hatte, nur um mit mir zusammen sein zu können. Dass er nicht nur mein Geliebter war, sondern auch mein bester Freund, der Mensch, bei dem ich ganz ich selbst sein konnte. Dass ich mich in Bezug auf meine Liebe zu Joe nur vor einer einzigen Sache fürchtete, und das war der nächste Schritt, weil es ein endgültiger Schritt gewesen wäre.

»Wenn wir heiraten, dann kann ich ihn niemals wieder verlassen«, sagte ich.

»Und wäre das schlimm?«, wollte Yuki wissen.

»Es macht mir Angst.«

»Ich bin keine Expertin, aber ist so etwas wie ›Angst‹ für einen traumatisierten Menschen nicht eine durchaus angemessene Reaktion? Wenn du einen geliebten Menschen verloren hast?«

Ich nickte. Sie sprach von Chris, meinem ehemaligen Partner – beruflich und in der Liebe –, der im Dienst erschossen worden war.

Yuki griff nach meiner Hand.

»Lindsay, dieses Knistern zwischen dir und Rich ist völlig in Ordnung. Du kannst gar nichts dagegen machen. Vielleicht macht es ja sogar ein bisschen Spaß, und es kann auch ziemlich wohltuend sein, ständig mit jemandem zusammen zu sein, der dich anhimmelt. Du hast zwar entschieden, dass er für dich nicht der Mann des Lebens ist, aber er dient dir als Hintertür, als Fluchtweg, weil du Angst vor einer Heirat hast. Habe ich das richtig verstanden?«

Jetzt kamen mir die Tränen. Yuki drückte meine Hand fester.

»Lass ihn gehen«, sagte sie. »Lass *dich* gehen.«

Sie schlang ihre Arme um mich. Sie ist ziemlich winzig, und ich bin eine richtige Amazone, aber irgendwie war diese unbeholfene Umarmung genau das, was ich jetzt brauchte. Ich heulte wie ein Schlosshund, und Yuki strich mir übers Haar.

»Weißt du, was ich mit John am liebsten hätte?«, sagte sie. »Genau das, was du mit Joe hast.«

79

Am nächsten Morgen saß Cindy an ihrem Schreibtisch im Großraumbüro der Redaktion und blätterte ihre Notizen durch, um ihrem Gedächtnis auf die Sprünge zu helfen. Dann endlich entdeckte sie den Zettel, auf dem sie sich in Stichworten das Spontaninterview mit Sammy notiert hatte, jenem Meth-süchtigen Teenagermädchen, das von »den Leuten« gesprochen hatte, die angeblich Rodney Booker umgebracht hatten. Nicht eine, sondern mindestens zwei Personen also.

Die ganze Zeit schon hatte dieses Wort – »Leute« – Cindy verfolgt. Leider war Sammy so schnell wieder verschwunden, dass sie keine Gelegenheit gehabt hatte, nachzuhaken und womöglich einen konkreten Hinweis auf die Täter zu bekommen.

Sie wählte noch einmal Lindsays Nummer und sprach ihren Dank für den frischen Rosenstrauß dieses Mal auf ihre Mailbox. Dann schnappte sie sich ihre Handtasche und machte sich auf den kurzen Weg ins »From the Heart«.

Ein Obdachloser namens Angel, der ungefähr in ihrem Alter war, knipste sein Goldkronenlächeln an, öffnete ihr die Tür zur Suppenküche und begrüßte sie mit einer tiefen Verbeugung.

»Guten Tag, Ms. Cindy Thomas. Wir haben Sie zur Herzdame des ›From the Heart‹ gewählt. Wir haben abgestimmt.«

Cindy grinste und erkundigte sich, ob Angel ein Mädchen namens Sammy kannte. »Na klar kenne ich Sammy. Sie ist da drin.«

Cindy ließ den Blick durch den großen Saal schweifen und entdeckte Sammy schlicßlich hinter der Essensausgabe, wo sie den Obdachlosen Mittagessen ausgab. Sie trug eine schicke Baumwollhose, mehrere teure Tops in leuchtenden Farben übereinander, und die fahlgelben Haare baumelten als fein säuberlich geflochtener Zopf an ihrem Rücken hinunter.

Und obwohl ihre Pupillen so geweitet waren, dass man sie vom anderen Ende des Saals aus erkennen konnte, war das Mädchen eindeutig eine freiwillige Helferin und keineswegs eine Klientin.

Cindy ging zur Theke und sagte: »Hallo, Sammy. Hast du vielleicht kurz Zeit für mich?«

Sammy machte nicht bloß einen nervösen, sondern einen ausgesprochen verschreckten Eindruck. »Nein«, sagte sie. »Ich kann nicht.«

»Bitte.«

»Ich kann hier drin nicht mit Ihnen reden«, platzte Sammy hervor. »Gehen Sie weg. Ich komme in einer halben Stunde ins Moe's.«

Cindy setzte sich ins Moe's und wartete auf Sammy. Nachdem eine Stunde verstrichen war, bestellte sie sich ein Roggensandwich mit gegrilltem Käse. Als die Bestellung gebracht wurde, ließ sich Sammy auf dem gegenüberliegenden Stuhl nieder.

»Sie sind wirklich unmöglich, Cindy«, sagte das Mädchen. »Ich habe Sie doch gewarnt, aber Sie können es einfach nicht lassen, stimmt's?«

»Ich kann ein Geheimnis für mich behalten«, erwiderte Cindy, »aber diese Geschichte kann ich beim besten Willen nicht sausen lassen.«

»Ach, nein? Tja, mein Vater hat mir Hausarrest gegeben. Er will, dass ich mit niemandem rede und ganz besonders nicht mit Ihnen.« Das Mädchen zerkaute ein Pfefferminzbonbon und bestellte eine Cola. »Normal«, sagte sie zu der Kellnerin.

»Wieso nicht mit mir?«

»Weil Sie sich absichtlich in Lebensgefahr bringen.«

Cindy stocherte mit dem Löffel in ihrem Kaffee herum und sagte: »Also weißt du, jetzt bin ich ein bisschen durcheinander, Sammy. Wieso soll ich denn in Gefahr schweben? Was ist denn so besonders an Rodney Booker, dass es schon lebensgefährlich ist, über ihn zu schreiben?«

»Weil er nicht von Obdachlosen umgebracht worden ist. Seine Mörder wollen nicht erkannt, festgenommen und vor Gericht gestellt werden.«

Cindy entgegnete: »Ich brauche deine Hilfe.«

Sammy ließ sich an die Lehne sinken, die Augen weit aufgerissen. Sie sagte: »Und ich brauche *Ihre* Hilfe. Ich will von hier verschwinden. Wegziehen. Aber ich habe kein Geld. Wir machen einen Deal: Können Sie mir einen Vorschuss auf diese Belohnung besorgen? So an die zehn Riesen vielleicht?«

»Auf keinen Fall«, erwiderte Cindy. »Das Geld wird erst ausgezahlt, wenn Bagmans Mörder rechtskräftig verurteilt sind. Ein paar Hundert Dollar könnte ich lockermachen, falls dir das weiterhilft.«

»Vergessen Sie's. Ist nett gemeint, aber nein, danke. Ich habe gesagt, ich brauche *Hilfe* – und außerdem: Leck mich am Arsch«, sagte Sammy.

Sobald Sammy den Diner verlassen hatte, bezahlte Cindy die Rechnung und ging zurück in ihr Büro. Endlich hatte sie Sammys Worte begriffen. Sicher, die Angst dieses Mädchens konnte die reinste Drogenparanoia sein, aber irgendwie hatte Cindy ein anderes Gefühl … dass nämlich der Mord an Rodney Booker im Zusammenhang mit etwas Größerem, etwas *Organisiertem* stand.

Und das bedeutete, dass sie aussteigen musste.

Sie wählte eine Nummer, die sie auswendig kannte. »Rich«, sagte sie. »Wir müssen etwas besprechen.«

80

Conklin entdeckte Skip Wilkinson im MacBain's, die eine Hand in einer Schale mit Erdnüssen, die andere um einen Krug mit frisch gezapftem Bier gelegt. Wilkinson war ein dürres Kerlchen mit ultrakurz geschorenen Haaren und hatte zusammen mit Conklin die Polizeiakademie besucht. Jetzt war er im Betäubungsmittel- und Sittendezernat, oder, wie er immer sagte, »bei Drogen und Nutten«.

»Du willst also was über Bagman wissen?«, fragte Wilkinson.

»Alles, was du weißt. Er ist eindeutig ermordet worden, und je länger sich die Ermittlungen hinziehen, desto schwieriger wird die Aufklärung.«

»Tja, na gut, aber allzu viel kann ich dir nicht sagen. Wir haben ihn ein paarmal aufgegriffen. Er war mit Sicherheit bloß ein unbedeutender Drogendealer.«

»Was für Drogen?«

»Crack. Hier, ich hab dir seine Akte mitgebracht.«

Wilkinson holte einen abgegriffenen Ordner aus seiner zerschlissenen Aktentasche und reichte ihn Conklin. »Wir hatten nie genug gegen ihn in der Hand, um ihn länger festzuhalten. Macht mich ganz krank, wenn man bedenkt, was er alles gemacht hat.«

»Was denn?«, wollte Conklin wissen. Die Akte enthielt keinen Haftbefehl, kein Fahndungsfoto, nur ein paar handschriftliche Notizen, die an das Rückenteil des Aktenordners mit der Aufschrift »BAGMAN JESUS« geheftet worden waren. Sie hatten nicht einmal seinen richtigen Namen gekannt.

»Er hat junge Mädchen zu Drogendealern gemacht. Hat ein ganzes Netzwerk davon gehabt. Hat sie zum Verkaufen auf die Straße geschickt. Könnte außerdem gut sein, dass er auch mit allen Sex gehabt hat.

Aber das sind alles Sachen, die wir auf der Straße aufgeschnappt haben. Wirklich zuverlässige Informationen haben wir nicht. Darum haben wir auch mal ein paar Kolleginnen auf die Straße geschickt, in der Hoffnung, dass er den Köder schluckt. Hat er aber nicht gemacht.«

»Und dann habt ihr aufgegeben? Schau mal, das soll keine Kritik sein. Wir haben bis jetzt erst ein paar Stunden in diesen Fall investieren können …«

»Wir haben nicht aufgegeben«, unterbrach ihn Wilkinson. »Aber, wie gesagt, Rich, er war eine kleine Nummer. Crack ist ein übles Zeug, aber mittlerweile werden wir mit Meth überschwemmt, und das ist noch viel schlimmer. Früher haben irgendwelche Jugendlichen sich den Stoff im Keller selbst zusammengerührt. Es war leicht zu kriegen und günstig. Aber seit wir so eine harte Linie gegen Ephedrin fahren, kann man mit Meth gute Geschäfte machen.

Da geht es um riesige Summen, das gerät langsam völlig außer Kontrolle. Das organisierte Verbrechen drängt auf den Markt. Der Stoff kommt massenhaft aus Mexiko rüber. Ich will dich ja nicht mit Wiederholungen nerven, aber wir haben das nicht mehr im Griff. Und es kostet eine Menge braver Jungen und Mädchen das Leben. Ein Zug – und sie hängen am Haken, unwiderruflich.«

Conklin sagte: »Rodney Booker war also ein Crack-Dealer. Das wussten wir noch nicht.«

»Wir hätten Bagman bestimmt irgendwann geschnappt, aber wir hatten genug mit den größeren Fischen zu tun. Und dann hat irgendjemand anders diesen Drecksack vor uns zu fassen gekriegt, und ich sage: Super. Bin froh, dass die das Arschloch erwischt haben, und zwar endgültig.«

81

An einem grauen Morgen um kurz vor acht stand Cindy zwischen mir und Conklin und zeigte mit dem Finger auf eine junge Frau, die die Fifth Street entlangging.

»Das *ist* sie. Rotes Shirt, blonder Zopf. Das ist *Sammy.*«

Sammy hörte ihren Namen, drehte sich um, sah Conklin auf sich zulaufen und raste davon, als hätte sie Düsentriebwerke in den Absätzen. Sie raste vom Gehweg auf die Straße und huschte vor einem Fischlaster vorbei, der gerade losfuhr, nachdem die Ampel grün geworden war.

Ich dachte schon, dass der Lkw sie vielleicht erwischt hatte, doch dann schaltete der Fahrer einen Gang hoch und das Gefährt gewann an Fahrt, während Conklin das Heck umrundete. Ich rannte auch, schlüpfte von Lücke zu Lücke über die verstopfte Straße und die Bürgersteige und bellte dabei: »Platz da! Polizei!«

Ich konnte Rich keuchen hören, so dicht war ich an ihm dran, doch dann blieb ich mit der Fußspitze an einem Riss im Asphalt hängen und stürzte.

Taumelnd kam ich wieder auf die Beine, und ein braver Bürger zeigte mir die Richtung. Als ich endlich bei den beiden angelangt war, hatte Conklin Sammy in eine Nische zwischen zwei Häusern gedrängt und brüllte das Mädchen an: »Bleib stehen und hör gefälligst *zu*!«

Jetzt erhoben sich zahlreiche Obdachlose vom Pflaster vor der Suppenküche. Manche schlenderten davon, andere umringten Conklin und Sammy. Es war eine bedrohliche Menge. Ich zückte meine Dienstmarke, und die murrende Menge wich zurück.

»Wir wollen uns auf der Wache mit dir unterhalten«, sagte

Conklin gerade zu dem Mädchen. »Du kommst mit, als anständige Staatsbürgerin. Kapiert? Du kooperierst mit uns, dann lassen wir dich wieder laufen.«

»Nein. Ich *kapier* das nicht. Ich hab doch gar nichts *gemacht.*«

»Weißt du, das würde ich dir gerne glauben«, sagte Inspektor Conklin, Ritter vom bohrenden Blick. »Aber ich tu's nicht.«

82

Zwanzig Minuten später saß Sammy, Nachname nach wie vor unbekannt, uns im Verhörzimmer Nummer eins gegenüber, genau im Visier der Videokamera, die wie eine Spinne in einer Ecke unter der Decke kauerte.

Sammy hatte keinen Ausweis dabei, gab aber zu, dass sie bereits achtzehn war. Also waren wir berechtigt, sie zu befragen. Ich hatte so viel Wohlwollen und Freundlichkeit an den Tag gelegt wie irgend möglich, hatte ihr gesagt, dass ich ihre Angst gut verstehen konnte, und hatte ihr alle möglichen Zusagen gegeben, doch die Kleine wollte mir nicht glauben.

Sie gab uns ausweichende Antworten, und ihre ganze, trotzige Attitüde ließ nur einen Schluss zu: Sie verschwieg uns etwas, und zwar etwas Großes. Das machte mich wütend, und ich bekam immer stärker das Gefühl, dass das, was sie wusste, uns bei der Aufklärung des Mordes an Bagman Jesus entscheidend weiterbringen konnte – vielleicht sogar *heute* noch.

Das mürrische Mädchen hatte dunkle Ringe unter den Augen und besaß die eingefallenen Wangen einer Meth-Süchtigen auf Entzug. Sie riss eine Rolle Pfefferminzbonbons auf und zerkaute eines davon mit den Backenzähnen. Es roch nach Wildkirsche, und zum ersten Mal, ich hätte schwören können, roch ich auch ihre Angst.

Fürchtete Sammy, dass Bagmans Mörder auch sie umbringen würden, wenn sie auspackte? Oder war sie irgendwie in seinen Tod verstrickt?

Ich versuchte es noch einmal auf die nette Tour. »Sammy, was bedrückt dich denn?«

»Dass ich hier bin.«

»Sieh mal, wir wollen dir doch keine Angst machen. Wir wollen doch bloß herausfinden, wer Bagman umgebracht hat. Hilf uns, und wir sorgen dafür, dass dir nichts geschieht.«

»Als ob *das* das Problem wäre.«

»Dann hilf mir auf die Sprünge. Was *ist* denn das Problem?«

Das Mädchen ließ seine knallharte Maske sinken.

Sie rief: »Ich bin doch bloß ein Kind! Ich bin doch bloß ein *Kind*!«

Das rührte mein Herz, und ich hätte sie am liebsten in Ruhe gelassen.

Doch stattdessen stürzte ich mich auf sie. Ich zog mein Jackett aus, damit Sammy meine Waffe sehen konnte.

Ich sagte: »Schluss jetzt mit dem Scheiß! Sag mir, was du weißt, sonst verbringst du die besten Jahre deines Lebens im Knast, wegen Beihilfe zum Mord an Rodney Booker.«

Conklin spielte mit. Er ordnete sich unter, nannte mich »Sergeant« und ließ jedes Mal, wenn Sammy ihn flehentlich anschaute, seinen Blick hart werden.

Wir ließen dem Kind in ihr keine Chance.

83

Conklin hatte mir schon erzählt, dass Bagman ein Netzwerk von jungen Crack-Dealerinnen unterhalten hatte, aber ich hatte mir die Mädchen nicht so vorgestellt wie Sammy: Sie war immer noch hübsch, gut gekleidet, weiß – und ihre Sprache ließ vermuten, dass sie in einer intakten Familie aufgewachsen war und eine gute Schulbildung genossen hatte.

Womit hatte Bagman sie an die Angel bekommen?

Als ich Sammy stärker unter Druck setzte, fing sie an zu weinen, und Conklin schob ihr eine Schachtel mit Papiertüchern hin. Sie wischte sich die Augen trocken, putzte sich die Nase, holte tief Luft.

Und dann fing sie an zu reden.

»Wir haben Crack verkauft, okay? Bagman hat uns mit Crystal-Meth bezahlt, und das haben wir dann mit ihm zusammen genommen. Wir haben Stunden, manchmal ganze Tage lang nur geraucht, ohne zu essen, ohne zu schlafen, und einfach nur absolut wahnsinnigen *Sex* gehabt!«, schrie sie mir ins Gesicht. »Diese absolut phänomenalen Orgasmen, zehnmal, zwanzigmal, immer noch einer und noch einer …«

»Klingt ja *toll*«, sagte ich.

»Ja, genau«, erwiderte Sammy, ohne meinen sarkastischen Unterton zu bemerken. »Nicht von dieser Welt. Dann hat er uns zur Arbeit gefahren, und wenn wir alles verkauft hatten, sind wir wieder zu ihm nach Hause gegangen.«

»Wie viele Mädchen sind denn ›wir‹?«

Sammy zuckte mit den Schultern. »Drei oder vier. Jedenfalls haben nie mehr als fünf gleichzeitig im Haus gewohnt.«

»Schreib uns die Namen auf«, sagte Conklin und brachte dem Mädchen einen Block und einen Stift. Sammy kehrte zurück auf die Erde und warf Conklin einen Blick zu: *Bist du bescheuert?*

Ich sagte: »Wie meinst du das: Er hat euch ›zur Arbeit gefahren‹? Womit denn?«

»Bagman hatte natürlich einen Lieferwagen.«

Sammys Stimme klang heiser. Conklin ging hinaus, brachte eine Cola mit jeder Menge Koffein und Zucker herein und reichte sie dem Mädchen, das die Dose in einem einzigen, langen Zug leerte.

Ich dachte an Rodney Booker, den gut aussehenden jungen Mann, der nach Stanford gegangen war und sich dem Peace Corps angeschlossen hatte, der dann seinem Leben eine scharfe Wendung gegeben und ins Drogengeschäft eingestiegen war, und zwar mit einem sehr persönlichen und ganz besonders grausamen Akzent.

Sammy hatte den Horror selbst beschrieben, aber anscheinend ohne zu begreifen, was mich daran so fürchterlich aufregte. Booker hatte sich einen willigen Harem an jugendlichen Crack-Dealerinnen gehalten und sie von einer Droge abhängig gemacht, die wahnsinnigen Sex ermöglichte – so lange, bis die Mädchen ausgebrannt waren und *starben*.

Booker war nichts anderes als die moderne Verkörperung des Bösen.

Und *selbstverständlich* hatte ihn jemand umgebracht.

Ich fragte Sammy, ob sie wusste, wo Bookers Lieferwagen stand, aber sie zuckte erneut die Achseln. »Ich hab keine Ahnung. Habe ich jetzt meine staatsbürgerlichen Pflichten erfüllt? Kann ich jetzt bitte gehen?«

Conklin machte weiter. »Also, habe ich das richtig verstanden? Booker hat in seinem Haus Meth hergestellt?«

»Eine Zeit lang, aber das war gefährlich.«

Sammy seufzte lang und laut, blieb etliche Sekunden lang stumm, dann sprach sie weiter.

»Seit Bagman tot ist, ist mein ganzes Leben total leer. Jetzt wollen meine Scheißeltern mich ›in Ordnung bringen‹. Wissen Sie, wie es ist, in einen tiefen, dunklen Schacht zu stürzen? Genauso sieht mein Leben aus. Ich drehe echt durch.«

»Mm-hmm«, erwiderte Conklin. Ich bewunderte seine Hartnäckigkeit. »Du hast Cindy Thomas erzählt, dass du weißt, wer Bagman ermordet hat…«

»Das hab ich nie gesagt.«

»Sergeant?«

»Es reicht«, sagte ich, stand auf und schlüpfte in meine Jacke.

»Sie haben das Recht, die Aussage zu verweigern«, sagte Conklin zu Sammy. »Alles, was Sie sagen, kann vor Gericht gegen Sie verwendet werden…«

»Sie *verhaften* mich?«

Sammy erstarrte, als Conklin sie auf die Füße zog und ihr Handschellen anlegte.

»Ich will meinen Telefonanruf«, sagte sie. »Ich will meinen *Vater* sprechen.«

84

Sammys vollständiger Name lautete Samantha Pincus, wie wir erfuhren, als ihr Vater wie ein Wintersturm in den Bereitschaftsraum brauste.

Neil Pincus war ein Rechtsanwalt, der sich kostenlos für die Belange der Obdachlosen im Mission District einsetzte, wo er und sein Bruder eine Zwei-Mann-Kanzlei betrieben, und zwar im selben Gebäude, in dem auch das »From the Heart« untergebracht war.

Ich musterte Pincus, der sich vor meinem Schreibtisch aufgebaut hatte und auf der Stelle seine Tochter sehen wollte. Er war knapp eins achtzig groß, mochte drahtige zweiundsiebzig Kilo wiegen, Ende vierzig, beginnende Glatzenbildung, und der Schweiß auf seiner Kopfhaut stammte von den Dampfwolken, die ihm aus den Ohren quollen.

»Sie halten meine Tochter fest? Wegen einer Aussage, die sie ohne Rechtsbeistand gemacht hat? Ich werde Sie alle persönlich verklagen und die Stadtverwaltung gleich mit, ist Ihnen das klar? Sie haben ihr ihre Rechte erst vorgelesen, nachdem sie sich selbst belastet hat.«

»Das stimmt«, sagte ich. »Aber es war eine freiwillige Befragung, und die hat vor ihrer Festnahme stattgefunden, Mr. Pincus. Wir haben also ihre sämtlichen Rechte gewahrt.«

»Sam hat das nicht gewusst. Sie haben sie in Angst und Schrecken versetzt. So was ist gleichbedeutend mit Folter. Ich bin Spezialist für Opferrechte, und Sie beide schicke ich direkt in die *Hölle*.«

Jacobi sah aus seinem Glaskabuff zu, während zwölf weitere Augenpaare im Bereitschaftsraum gesenkt wurden und sich nur verstohlene Blicke genehmigten.

Ich erhob mich, fuhr meine eins achtundsiebzig plus fünf Zentimeter für die Absätze voll aus, und sagte: »Jetzt gehen Sie mal ein bisschen vom Gas, Mr. Pincus. Im Augenblick wissen nur wir vier von dieser Sache. Helfen Sie Ihrer Tochter. Bringen Sie sie dazu, mit uns zusammenzuarbeiten, dann lassen wir sie ungeschoren davonkommen.«

Pincus knurrte entrüstet, nickte und folgte uns dann in das Verhörzimmer, in dem seine Tochter bereits wartete, die mit Handschellen gefesselten Hände vor sich auf dem Tisch. Ihr Vater drückte ihr die Schulter, zerrte einen Stuhl unter dem Tisch hervor und setzte sich.

»Ich höre.«

»Mr. Pincus, Ihre Tochter hat selbst eingestanden, dass sie drogenabhängig ist und mit Drogen dealt«, sagte ich. »Sie hatte Verbindung zu Rodney Booker alias Bagman Jesus, der durch ein Gewaltverbrechen ums Leben gekommen ist. Samantha hat nicht nur in Bookers Auftrag Drogen verkauft, sie hat außerdem gegenüber einer äußerst glaubwürdigen Informantin geäußert, dass sie weiß, wer ihn umgebracht hat. Sie ist für uns eine wichtige Zeugin, und das ist auch der Grund, weshalb wir sie hier festhalten. Sie muss uns sagen, wer Bookers Mörder ist.«

»Ich gebe keineswegs zu, dass sie gedealt hat«, erwiderte Pincus, »aber falls sie das jemals gemacht hat, hat sie damit aufgehört, und sie nimmt auch keine Drogen mehr.«

»Na, dann ist ja alles bestens«, sagte ich schnippisch.

»Hören Sie, ihre Mutter und ich haben ihr Zügel angelegt. Sie muss früh zu Hause sein. Kein Handy. Kein Computer. Sie arbeitet als freiwillige Helferin in einer Suppenküche, damit sie sieht, wie brutal das Leben sein kann – und zwar direkt unter meinem Büro.«

Pincus hob die gefesselten Hände seiner Tochter in die Höhe, damit ich einen Blick auf ihre Armbanduhr werfen konnte. »Die hat ein GPS. Ich weiß immer ganz genau Bescheid, wo sie ist. Sam ist so clean, wie man nur sein kann. Darauf gebe ich Ihnen mein Wort.«

»Ist das alles, Mr. Pincus?«

Samantha wimmerte.

»Haben Sie denn gar keinen Funken Anstand im Leib?«, giftete Pincus. »Booker war Abschaum. Er hat Kindern Drogen gegeben, damit die sie an andere Kinder verkaufen. Nicht bloß meiner Tochter, sondern auch anderen Mädchen. Vielen netten Mädchen. Wir haben das immer wieder gemeldet.«

»Wer ist ›wir‹?«, wollte ich wissen.

»Die Fifth Street Association. Das können Sie gerne überprüfen. Ich habe im Namen dieser Vereinigung im Februar eine Beschwerde eingereicht, genau wie im März und dann nochmal im April. Die Polizei hat rein gar nichts unternommen. ›Wenn Sie keine Beweise haben, dann müssen Sie ein Formular ausfüllen‹, hat man uns gesagt.«

»Besitzen Sie eine Waffe, Mr. Pincus?«

»Nein. Und ich bitte Sie hiermit um eine Unterbrechung. Übergeben Sie Samantha in meine Obhut. Im Gefängnis, selbst wenn es nur für eine Nacht wäre, könnte das Mädchen zugrunde gehen.«

Wir waren einverstanden, nicht ohne Pincus deutlich zu machen, dass sie die Stadt nicht verlassen durfte.

Sobald die beiden aus dem Bereitschaftsraum verschwunden waren, kehrten Conklin und ich an unsere Schreibtische zurück und durchsuchten unsere Datenbank nach dem Namen »Pincus«. Es gab zwar keine Strafakte von ihm, aber Conklin stieß auf etwas anderes.

»Neil Pincus besitzt einen Waffenschein und eine Röhm, Kaliber 22. Die ist auf ihn eingetragen«, sagte Conklin über den oberen Rand seines Bildschirms hinweg. »Eine billige, schmutzige, kleine Pistole für einen billigen, schmutzigen, kleinen Rechtsanwalt. Dieser Drecksack hat uns angelogen.«

85

Am Mittag standen Conklin und ich vor der Tür von PINCUS & PINCUS, RECHTSANWÄLTE, und wir hatten noch weitere vier Polizisten mitgebracht. Die Tür ging auf, wir rauschten am Empfangstresen vorbei, und ich überreichte Neil Pincus einen Durchsuchungsbefehl.

Ich sagte: »Lassen Sie die Hände da, wo ich sie sehen kann.«

Pincus blinzelte dämlich. »Was?«

»Haben Sie wirklich geglaubt, wir kriegen das mit der Pistole nicht raus?«

»Das … Ding ist gestohlen worden«, sagte Pincus. »Sie hat immer hier drin gelegen.«

Ich zog die rechte untere Schreibtischschublade auf und sah die metallene Waffenkiste. Ich hob den Deckel hoch und starrte auf einen Plastikkarton für eine Röhm, Kaliber 22. Der Karton war leer.

»War die Waffenkiste abgeschlossen?«

»Nein.«

»Wo haben Sie die Munition aufbewahrt?«

»Auch in der Schublade. Hören Sie, ich weiß, dass das ein Verstoß gegen das Waffengesetz war, aber ich dachte, wenn ich schon mal eine Waffe brauche, dann brauche ich sie *schnell*. Sergeant, ich habe die Kiste fast nie aufgemacht«, fuhr Pincus fort. »Sie muss irgendwann im Lauf der letzten sechs Monate gestohlen worden sein. Wenn man sich hier auch nur eine Sekunde umdreht, telefoniert oder mal pinkeln geht …«

Ich baute mich vor Pincus auf und riss seine restlichen Schreibtischschubladen auf. Conklin nahm sich den Schreibtisch des Bruders im Nebenzimmer vor.

Dann machten wir zu sechst sämtliche Aktenschränke auf, stellten die Vorratskammer auf den Kopf, schauten unter die Kissen des rissigen Ledersofas. Nach kurzer Zeit setzten sich die Gebrüder Pincus hin, redeten über unsere Köpfe hinweg über ihre Mandanten und benahmen sich ganz so, als wären wir überhaupt nicht da.

Nachdem wir nichts gefunden hatten, statteten Conklin und ich den Privatwohnungen der Pincus-Brüder in Forest Hill beziehungsweise Monterey Boulevard einen Besuch ab. Gute Wohnviertel, Orte, an denen man keine bösen Kinder hatte. Wir lernten zwei nette Ehefrauen kennen, Claudia und Reva, die von ihren jeweiligen Ehemännern gebeten worden waren, uns keine Steine in den Weg zu legen.

Wir machten uns also mit dem Innenleben der Schränke, Kommoden, Aussteuertruhen und Werkzeugkisten der Familien Pincus bekannt, und beide Frauen ließen uns bereitwillig auch noch ihre Autos durchsuchen.

Es war alles so sauber und porentief rein wie frisch gewaschene, zum Trocknen aufgehängte weiße Laken an einem strahlend hellen Sommertag.

Die Durchsuchungen waren körperlich und emotional sehr anstrengend gewesen. Ich war völlig ausgepumpt und deprimiert, und trotz all der Arbeit standen wir immer noch mit leeren Händen da.

War Bagman mit Neil Pincus' Waffe erschossen worden?

Ich wusste es immer noch nicht, aber wenn ich raten sollte, wo diese Pistole sich jetzt befand, dann würde ich sagen, der Schütze hat sie irgendwann nach Rodney Bookers Hinrichtung von der Brücke geworfen. Und im Augenblick lag sie, begraben unter dem stetig wandernden Sand, irgendwo in der San Francisco Bay.

86

Conklin und ich bestiegen den Streifenwagen, den wir vor Alan Pincus' Haus abgestellt hatten.

Ich war Jacobi einen Anruf und eine Erklärung schuldig, und mir war klar, dass er hochgehen würde wie eine Bombe, wenn ich ihm erzählte, dass wir den Tag mit der Jagd nach Bagmans Killer verbracht hatten, während ein Psychopath dabei war, mithilfe eines giftigen Reptils Freunde des Bürgermeisters auszulöschen.

Ich wollte eine entsprechende Bemerkung zu Conklin machen, aber jetzt, wo wir alleine waren, ließ sich der riesige Felsblock, der bei uns im Auto lag, einfach nicht mehr länger ignorieren.

Conklin drehte das Funkgerät leise, spielte noch kurz mit den Autoschlüsseln herum und sagte dann: »Cindy hat also mit dir geredet, wegen … äh … uns.«

»Ja. War eine ziemliche Überraschung«, erwiderte ich und hielt seinem Blick stand, bis er sich wegdrehte.

»Sie hat gesagt, du hättest dich aufgeregt.«

Ich zuckte mit den Schultern.

»Tut mir leid, dass ich's dir nicht gesagt hab, Linds …«

»Hey, alles okay. Mir geht's *prima*«, log ich. »Jetzt, wo ich ein bisschen drüber nachgedacht habe, ist mir klargeworden, dass ihr füreinander geschaffen seid.«

»Es geht erst seit, vielleicht, einer *Woche*.«

»Ist doch egal. Wie sagt Jacobi immer: ›Ich liebe euch, Leute.‹«

Rich lachte, und dieses Lachen verriet mir alles. Er genoss eine wunderbare Zeit mit meiner aufregenden, kessen, großherzigen Freundin und wollte das auch weiterhin tun.

Der Mann, der mich letzte Woche noch geküsst hatte – diesen Mann gab es nicht mehr. Klar, ich hatte ihn abgewiesen, und klar, er gehörte mir nicht. Aber es tat trotzdem weh. Ich vermisste den Richie, der sich nach mir verzehrte.

Ob er vielleicht nur mit Cindy schlief, weil das eine etwas umständlichere Möglichkeit war, mit mir zu schlafen? Ein ziemlich schäbiger Gedanke, eigentlich weit unter meiner Würde, aber – *ha!!* – ich dachte ihn trotzdem.

Und mir fiel Yukis Ratschlag wieder ein: »Lass ihn gehen. Lass *dich* gehen.«

Conklin blickte mir ins Gesicht, suchte nach einem Zeichen, nach meinem Segen vielleicht, und so war ich froh, dass jemand an meine Scheibe klopfte. Es war Alan Pincus, der früh von der Arbeit nach Hause kam.

Er war größer als sein älterer Bruder und hatte noch mehr Haare. Aber ansonsten sah er aus wie geklont.

Ich ließ die Scheibe herunter.

»Sergeant Boxer? Sind Sie fertig? Ich würde nämlich gerne wieder mein ganz normales Familienleben führen.«

»Für den Augenblick schon. Aber wir bleiben dran.«

»Ich verstehe.«

»Falls irgendetwas geschieht, was wir wissen sollten, dann rufen Sie uns an.«

»Großes Pfadfinderehrenwort.«

Pincus streckte drei Finger in die Höhe, drehte sich um und ging auf seine Haustür zu. Wollte er uns verarschen? Ich war mir nicht sicher. Als er im Haus war, sagte ich zu Rich: »Wir müssen Cindy anrufen.«

87

Einige Zeit später saßen Conklin, Cindy und ich in MacBain's Beer O'the World Pub und hatten den Laden praktisch für uns allein. Wir setzten uns an einen Tisch im hinteren Teil und entschieden uns für eine Schale gefriergetrocknete Erdnüsse und jeweils eine Cola light.

Cindys Wangen waren stark gerötet, und das hatte nichts mit der körperlichen Nähe zu meinem Partner zu tun.

»Ihr habt sie laufen lassen? Alle beide? Warum nicht festgehalten, eingesperrt …«

»Klingt ja fast wie ein Popsong«, platzte Conklin heraus. Er war so berauscht von Cindy, dass er sogar ein paar Zeilen trällerte: »Halt mich fest, sperr mich ein, lass mich nicht mehr los …«

Doch Cindy war nicht in der Stimmung.

»Wie kannst du dich in so einer Situation über mich lustig machen?«

Conklins Lächeln erstarb. »Cin, wir hätten sie doch garantiert hierbehalten, wenn es möglich gewesen wäre, aber wir können ihnen keine strafbare Handlung nachweisen. Noch nicht.«

»Aber ihr seid an dem Fall dran? Schwört bei Gott.«

Conklin und ich nickten gleichzeitig. Rich fügte noch hinzu: »Wir sind wirklich *ernsthaft* dran.«

Cindy ließ den Kopf in die Hände sinken und stöhnte. »Ich habe diesen Kerl auf die Titelseite der *San Francisco Chronicle* gebracht. ›Bagman Jesus, ein Heiliger der Straße‹. Und was stellt sich raus? Dass er Teenager zu Drogendealern gemacht hat! Und ihr glaubt, dass er deswegen umgebracht wurde? Allmächtiger. Was soll ich jetzt bloß machen?«

»Das, was du immer machst«, sagte ich zu meiner Freundin. »Bei der Wahrheit bleiben. Und, übrigens, Cindy: Das ist doch eine noch bessere Geschichte, oder etwa nicht?«

Ihre Augen wurden größer, als sie in Gedanken die Schlagzeile vor sich sah. »Kann ich zuverlässige Quellen mit guten Verbindungen zum San Francisco Police Department zitieren?«

»Na klar. Sicher.«

Conklin bezahlte die Rechnung, und wir verließen die Kneipe zu dritt. Cindy machte sich auf den Weg zurück zu einer Dringlichkeitssitzung mit ihrer Chefredakteurin in der *Chronicle*, und Conklin und ich gingen die wenigen Schritte bis zum Präsidium zu Fuß.

In der Düsternis des Bereitschaftsraums angelangt schaltete Conklin sofort seinen Rechner ein. Ich sah die Nachrichten durch, die in der Zwischenzeit für uns eingegangen waren, und entdeckte eine Bitte um Rückruf von St. Jude, die von Brenda den Vermerk DRINGEND bekommen hatte. Als ich McCorkles Nummer schon zur Hälfte eingetippt hatte, sagte Conklin. »Unglaublich.«

Ich hörte auf zu wählen. »Was ist denn?«

»Rodney Bookers Lieferwagen ist beschlagnahmt worden, Lindsay. Am Tag nach seiner Ermordung hat man ihn aus dem Parkverbot abgeschleppt.«

Ich rief die Dienststelle für beschlagnahmte Fahrzeuge an, stellte fest, wo der Wagen stand, und ließ ihn unverzüglich ins kriminaltechnische Labor schaffen.

Urplötzlich hatte sich ein Weg aus unserer Sackgasse aufgetan.

Genau das rief ich auch über die Schulter hinweg Jacobi zu, der aufgebracht auf uns zukam, während Conklin und ich fluchtartig aus dem Bereitschaftsraum stürzten.

88

Es war 19.00 Uhr und die Kriminaltechniker kosteten unsere Durchsuchungsgenehmigung für Bookers Lieferwagen bis zum letzten Tropfen aus. Die Intelligenzbestie Brett Feller und sein muskulöser Gehilfe, Ray Bates, hatten den blauen Transporter auseinandergenommen und die Einzelteile in unterschiedliche Stapel sortiert. Und sie hatten Bagmans Tasche gefunden, die mit einem Bungee-Seil unter einem der Rücksitze befestigt gewesen war.

Die beiden jungen Männer waren aber noch nicht fertig. Sie schraubten Muttern und Schrauben und Felgenringe ab, hofften auf einen versteckten Drogenvorrat oder eine Waffe, aber als Conklin und ich die braune, lederne Posttasche aufgemacht und hineingesehen hatten, sagte ich: »Lasst gut sein, Jungs. Das hier ist es.«

Ich holte die einzelnen Gegenstände aus der Tasche. Conklin legte sie auf dem Lichttisch aus, und Feller, ein verbissener Vierundzwanzigjähriger mit einer leichten Zwangsneurose, der wahnsinnig gerne die Hauptrolle in *CSI San Francisco* gespielt hätte – und zwar in echt –, sortierte alles exakt im rechten Winkel und fotografierte.

Mein Herz machte *ta-dam, ta-dam, ta-dam,* und es überraschte mich ehrlich gesagt selbst, wie aufgeregt ich war.

Im Lauf der vergangenen Wochen hatte ich sehr wechselhafte Gefühle für Bagman Jesus gehegt. Zunächst hatte ich ihn als einen der Dutzende von Obdachlosen abgetan, die jedes Jahr im Streit um einen Schlafplatz oder einen Fingerhut voll Schnaps umgebracht werden.

Als Cindy sagte: »Niemand interessiert sich einen *Dreck* für ihn«, da interessierte er *mich*.

Als sich herausgestellt hatte, dass Bagman Jesus ein Drogendealer gewesen war, verlor ich mein Interesse wieder. Und jetzt, wo er die Gestalt eines vollkommen gewissenlosen Raubtiers angenommen hatte, erlebte ich ein Bagman-Jesus-Revival.

Wer hat diesen Kerl umgelegt?

Was werden uns seine Sachen sagen?

Bagmans Tasche zu öffnen, das war so wie am Weihnachtsmorgen aufzuwachen und festzustellen, dass der Weihnachtsmann seinen ganzen, vollen Sack mit Geschenken unter den Baum gestellt hat.

Ich zückte mein Notizbuch und notierte mir jeden einzelnen unserer Funde.

Die Objekte eins bis vierzehn waren bunt gemischt: ein schimmeliges Sandwich in einem verschließbaren Plastikbeutel, etliche Geldscheinbündel, nach Wert sortiert und mit Gummibändern umwickelt, nicht mehr als zweitausend Dollar.

Dazu kam eine zerlesene Bibel mit Rodney Bookers Namen auf dem Deckblatt sowie der zunächst einmal größte Fang: ein halbes Dutzend Plastiktütchen, gefüllt mit glitzerndem, weißem Pulver – an die hundertfünfzig Gramm Crystal Meth.

Aber so richtig interessant wurde es erst bei Objekt Nummer fünfzehn: eine Ledermappe, vielleicht zwölf mal zwanzig Zentimeter groß, wie sie von Reisenden oft zur Aufbewahrung von Flugtickets und Reisepässen verwendet werden.

Conklin klappte die Mappe auf, nahm den Inhalt heraus und faltete die Papiere so andächtig auseinander, als wären es die Schriftrollen von Qumran. Dann legte er sie einzeln auf den Tisch, Feller fotografierte sie, und ich las laut vor.

»Kundendienstrechnung für den Lieferwagen. Ölwechsel und abschmieren, 172.334 Meilen. Das hier sieht aus wie ein Lotteriegewinn, fünf von acht, datiert einen Tag bevor man Bookers Leiche gefunden hat.«

Ich registrierte ein paar Einzahlungsbelege, etwas mehr als dreitausend Dollar in bar innerhalb von drei Tagen, und ein paar Quittungen von verschiedenen Fast-Food-Restaurants.

Doch als der Kriminaltechniker Bates in den Tiefen einer Türfüllung Bagmans Brieftasche entdeckte, da kam etwas zum Vorschein, das beinahe die Wände des kriminaltechnischen Labors einstürzen ließ.

89

Es war eine schmale Brieftasche aus hochwertigem Ziegenleder. In einer Ecke prangten die goldenen Initialen RB. Ich zog Bookers Führerschein hervor und entdeckte im Geldscheinfach einen gelben Zettel.

Den faltete ich auseinander. Meine Augen registrierten die Schriftzeichen, und mein Gehirn, das ein paar Schritte hinterherhinkte, suchte nach einer schlüssigen Erklärung.

Ich sagte: »Das ist eine Quittung. Rodney Booker hat bei einem Gebrauchtwagenhändler in Tijuana einen Bus gekauft, am 2. Mai, wenige Tage vor seinem Tod.

Es war ein alter Schulbus, steht hier, Baujahr 1983.«

Regungslos starrte ich auf den gelben Zettel, doch vor meinem inneren Auge hatte ich ein anderes Bild, sah ich die Kreuzung von Market Street und Fourth Street, kurz nachdem ein alter Schulbus explodiert war, die Luft mit blutigem Nebel geschwängert, die Straße übersät mit abgerissenen Gliedmaßen.

Zehn unschuldige Menschen hatten den Tod gefunden.

Andere waren schwer verletzt worden, fürs Leben gezeichnet.

Ich konnte mich noch daran erinnern, wie ich auf Glassplittern gehockt und mit dem Brandursachenermittler Chuck Hanni gesprochen und wie er mich auf die Zerstörungen und die geschmolzenen Teile im ehemaligen Heck des Busses aufmerksam gemacht hatte, um mir zu zeigen, dass das Fahrzeug ein mobiles Meth-Labor gewesen war.

Der Besitzer des Busses hatte sich bis jetzt noch nicht ermitteln lassen.

»Was hat Sammy nochmal gesagt?«, wandte ich mich an

meinen Partner. »Bagman hat das Meth früher bei sich zu Hause hergestellt … aber das war zu gefährlich?«

»Ganz genau.«

Ich zog einen zweiten Zettel aus der Brieftasche. Er war weiß, unliniert, fünfzehn mal zehn Zentimeter groß mit einem Klebestreifen am Rand. Offensichtlich war er von einem Notizblock abgerissen und in der Mitte zusammengefaltet worden. Auf dem Zettel war eine handschriftliche Tabelle zur Umrechnung von Pesos in US-Dollar zu sehen. Eines der krakeligen Wörter sprang mir direkt ins Auge: »Ephedrin«, die wichtigste Zutat bei der Herstellung von Methamphetamin.

Oberhalb meiner Schulter spürte ich Conklins Atem. »Das da ist eine Unterschrift, stimmt's? J irgendwas Gomez.«

»Juan.«

Der Name Juan Gomez war genau so weit verbreitet wie John Smith. Das hatte nicht unbedingt viel zu bedeuten, aber derselbe Name hatte auch auf dem Ausweis des Meth-Kochs gestanden, der quer über die Kreuzung geschleudert worden war. Die Explosion hatte ihn getötet, noch bevor er mit dem Kopf gegen einen Laternenpfahl krachte.

Ich konnte kaum glauben, welchen Schatz ich hier in den Händen hielt.

Rodney Booker hatte sein Geschäftsfeld ausgedehnt, hatte sich von kleinen Crack-Deals auf Meth im großen Stil verlegt. Er hatte die Zutaten besorgt, einen Koch engagiert, einen Bus gekauft und ihn zu einem Meth-Labor ausgebaut.

Und auf der ersten Fahrt hatte Bookers Labor zehn Menschen in den Himmel geschickt. Noch nie war mir Bagmans Motto so voll bitterer Ironie erschienen wie jetzt in diesem Augenblick: Jesus der Retter.

90

Yuki war gerade beim Fitnesstraining, da ertönte der Summer der Sprechanlage, und die Stimme des Portiers drang krächzend aus dem kleinen Lautsprecher an der Wand: »Herr Dr. Chesney ist da.«

Sie wurde von Euphorie gepackt.

Er war zu früh dran! Da klingelte es auch schon an der Tür. Yuki machte sie weit auf … und John küsste sie. Yuki genoss diesen Kuss in vollen Zügen, ließ die Finger durch seine blonde Filmstarfrisur gleiten, stand aufgeregt und seufzend in der Tür.

Er grinste sie an: »Freust du dich, dass ich da bin?«

Sie nickte, sagte »Mm-hmm«, und dann küssten sie sich erneut und John stieß die Tür mit dem Fuß hinter sich ins Schloss.

Das war das absolut Einzigartige: dass *diese* Küsse ganz und gar *ihre eigenen,* unverwechselbaren Küsse waren.

So konnten nur sie und Doc sich küssen.

»Hallo, Schätzchen. Wie war dein Tag?«, fragte Yuki, nachdem sie wieder zu Atem gekommen war.

Wann hatte sie zum letzten Mal diese Frage gestellt?

Wann überhaupt?

»Ganz gut, Liebling«, erwiderte Doc, hob sie hoch und trug sie bis zur Couch, wo er sie sanft in die viel zu dicken Kissen sinken ließ. Sie gab trotzdem ein »Uff« von sich, und er ließ sich neben sie gleiten.

»Ein Bienenstich, ein gebrochenes Schlüsselbein und eine Beinahe-Sturzgeburt im Wartezimmer«, sagte er und strich ihr durch die Haare, streichelte die einen Zentimeter langen Stoppeln, die er ihr mit seinem Rasierer vor wenigen Wochen selbst zugefügt hatte und die ihm so gut gefielen.

So langsam gefielen sie ihr auch.

»Jeder Tag, an dem ich nicht von einem HIV-positiven Patienten mit einer Spritze gestochen werde, ist ein guter Tag«, sagte er.

»Das unterschreibe ich«, meinte Yuki. »Und, hast du vollgetankt, alles gepackt, bist du startklar?«

Sie jedenfalls war es. Sie musste nur noch den Reißverschluss ihrer Reisetasche zuziehen, dann würden sie sich auf den Weg machen. Sie wollten das lange Wochenende um den Memorial Day in Napa verbringen, die lange, romantische Fahrt, das wunderschöne Hotel, das riesige Bett mit dem herrlichen Blick.

»Alles klar. Aber zuerst muss ich dir noch etwas sagen.«

Yuki blickte ihm forschend in die Augen. Sie dachte kurz nach, und ihr fiel ein, dass Doc beim Öffnen der Tür ein wenig *fahrig* gewirkt hatte. Aber da sie selbst auch ein bisschen aufgeregt war, hatte sie das auf das bevorstehende, bedeutungsvolle Wochenende geschoben. Dass sie bald schon zum ersten Mal miteinander schlafen würden.

Jetzt wirkte sein Lächeln unverbindlich, und das erschreckte sie.

Würde das Wochenende kürzer ausfallen als geplant?

Oder etwas noch Schlimmeres?

»John, was ist denn los? Geht es dir gut?«

»Kommt ganz drauf an«, sagte er. »Das wird nicht einfach werden, Yuki.« Er hielt ihre Hand, aber den Blick hielt er gesenkt.

»Das Problem ist, wenn man es zu früh erzählt, dann gilt man als anmaßend, und wenn man es zu spät erzählt, dann hat man den Leuten etwas vorgemacht. Und in unserem Fall trifft sogar beides zu: Es ist sowohl zu früh als auch zu spät…«

»Du machst mir richtig Angst, John. Raus damit.«

»Vor ein paar Tagen, als du gesagt hast, dass du schon lange keinen Sex mehr gehabt hast…«

»Das war dumm von mir. Es *stimmt* zwar, aber ich war nervös. Meine Gedanken … sind einfach übergeschwappt.«

Er fixierte sie mit seinen schieferblauen Augen. »Ich habe auch seit Jahren keinen Sex mehr gehabt.«

»Du? Ach, komm! Das glaube ich nicht.«

Yuki spulte in Gedanken rückwärts, dachte daran, wie *sie* nach dem Unfall noch einmal ins Krankenhaus gegangen war, um Doc aufzusuchen. Wie *sie* sich bereit erklärt hatte, ihm die Stadt zu zeigen. Wie *sie*, nach ihrem ersten Kuss, den längeren, aufregenderen initiiert hatte – genau wie gerade eben auch.

Sie hatte diese ganze Fantasie vorangetrieben.

Er war ihr nur gefolgt.

Yuki schämte sich. Warum hatte sie nicht auf ihre Mutter gehört?

»Sei wie Schwan, Yuki-eh. Halte Kopf hoch. Schwimme stark und stumm.« Sie hatte keine Geduld. Sie kam nach ihrem Vater, dem Panzerfahrer.

»Bitte, sag es einfach«, bat Yuki.

Und dann erzählte er ihr seine Geschichte, mit stockender Stimme, bruchstückhaft und ohne sich an die Chronologie der Ereignisse zu halten. Und obwohl Yuki seine Worte kaum begreifen konnte, verengte sich ihr Blick. In ihrem Kopf setzte ein lautes Summen ein.

Und dann wurde ihr schwarz vor Augen.

91

Ich hockte auf einem wackeligen Stuhl im Casa Loco, einer mexikanischen Kneipe nicht weit von Cindys Wohnung, die sich auf Zwei-Sterne-Fajitas spezialisiert hatte. Yuki und Cindy saßen mir gegenüber. Draußen war es dunkel, und unsere farblosen Spiegelbilder in den Fenstern gaben uns ein geisterhaftes Aussehen.

Vor allem Yuki.

Cindy war gerade dabei, sie aufzumuntern und ihr gleichzeitig weitere Informationen zu entlocken, als Claire auf den Stuhl neben mir sank.

»Es war richtig, dass du nicht mit ihm weggefahren bist«, sagte Cindy gerade. »Man kann keine Entscheidungen fällen, wenn einem ein Mixer das Gehirn durcheinandergebracht hat.«

Die Kellnerin, ein junges Mädchen, trug unsere Teller ab, und Claire bestellte Kaffee für alle. Yuki sagte: »Ich denke die ganze Zeit, ich hätte es vielleicht doch machen sollen. Vielleicht hätte ich einfach in das Auto steigen …«

»Und wenn es nicht besser geworden wäre?«, unterbrach Cindy. »Was wäre das denn für ein schreckliches Wochenende geworden, irgendwo in Napa, zusammen mit einem Menschen, den du womöglich abstoßend gefunden hättest?«

»Du immer mit deinen beschönigenden Formulierungen, Cindy. Schrecklich!«

»Na ja, aber ich habe doch recht, oder etwa nicht?«

»Also, nur um sicherzugehen, dass ich das alles richtig verstanden habe«, sagte Claire. Sie hatte vorhin mit Yuki telefoniert und wollte sich jetzt auf den aktuellen Stand bringen lassen. »Doc ist also mit uneindeutigen, äußeren Geschlechtsmerkmalen auf die Welt gekommen? Die Ärzte konnten nicht genau sagen, ob er ein Junge oder ein Mädchen war?«

Yuki nickte und wischte sich mit dem Zeigefinger ein paar Tränen aus dem Augenwinkel.

»Und sie haben zu seinen Eltern gesagt, dass er, wenn sie ihn wie ein Mädchen erziehen, davon gar nichts mitbekommen würde?«

»*Da* haben sie sich aber getäuscht«, meinte ich.

Claire sagte: »Das ist wirklich eine schreckliche Tragödie, Yuki. Die Eltern haben bestimmt massiv unter Druck gestanden. Von allen Seiten werden sie gefragt: Ist es ein Junge? Ist es ein Mädchen? Na ja, und in solchen Fällen hat man sich eben für die praktikablere Lösung entschieden. Wenn der Penis irgendwie deformiert aussah, wurde operiert, auch, wenn das Kind ein Y-Chromosom hatte. ›Ein Löchlein ist leichter gemacht als ein Stöcklein‹, hieß es dann. Dann bekamen die Eltern den Ratschlag, das Kind als Mädchen zu behandeln. In der Pubertät ein paar zusätzliche Östrogene und dann, bei Gott, es ist ein Mädchen.«

»Sie haben ihn Flora Jean getauft«, platzte Yuki heraus. »Genau, wie du sagst, Claire. Sie haben einen kleinen Jungen genommen und ein Mädchen aus ihm gemacht! Aber er hat sich nie wie ein Mädchen gefühlt, nie im Leben … weil er nämlich gar kein Mädchen *war*! O Gott! Das ist so abartig!«

»Und wie alt war er, als er mit der Umwandlung angefangen hat?«, erkundigte sich Claire.

»Mit sechsundzwanzig hat er angefangen. Dann ist er vier, fünf Jahre lang durch die absolute Hölle gegangen.«

»Oh, Mann. Der arme Kerl«, sagte ich.

Yuki hob den Kopf und sah mich an. »Ich bin verrückt nach ihm, Lindsay. Er ist süß. Er ist witzig. Er hat mich als totale Zicke und als heulendes Elend erlebt. Er zieht mich *magisch* an … aber wie soll ich jemals den Gedanken loswerden, dass er früher mal ein Mädchen war?«

»Ach, Yuki. Wie seid ihr denn auseinandergegangen?«

»Er hat gesagt, dass er mich am Wochenende anruft. Und dass wir nächste Woche mal zusammen essen gehen und über alles reden können.«

»Ihm liegt wirklich viel an dir«, sagte ich. »Und das zeigt er dir, indem er dir das alles erzählt hat. Indem er dir Zeit lässt.«

»Ich weiß nicht, was ich machen soll«, würgte Yuki hervor.

Cindy hielt Yuki fest und ließ sie so lange weinen, bis Claire über den Tisch hinweg nach Yukis Hand griff.

»Schätzchen, jetzt sei mal ein bisschen nachsichtig mit dir selbst. Im Moment sieht alles erst mal kompliziert aus, aber vielleicht ist es das gar nicht. Und im Augenblick brauchst du überhaupt nichts entscheiden.«

Yuki nickte und brach erneut in Tränen aus.

92

Am Montagmorgen war ich schon vor acht im Bereitschaftsraum und entdeckte einen dicken, gepolsterten Umschlag auf meinem Schreibtisch. Aus dem Transportschein ging hervor, dass die Sendung von St. Jude aus der Abteilung für ungelöste Fälle stammte. Außerdem hatte er DRINGEND, DRINGEND, DRINGEND auf den Umschlag gestempelt.

Jetzt fiel es mir wieder ein – McCorkle hatte mich angerufen, und ich hatte nicht zurückgerufen. Ich riss den Umschlag auf und herausfiel ein zerfleddertes Notizbuch. An den vorderen Deckel hatte McCorkle eine Nachricht geheftet.

»Boxer – lies es durch. Diese Person hat die letzten Schlangenbiss-Opfer von 1982 und ein paar der neuen gekannt. Sie wartet auf deinen Anruf.«

Ich hoffte, dass »sie« wirklich eine heiße Spur und nicht übers Wochenende erkaltet war, denn im Augenblick hatten wir in Bezug auf den »Schlangen-Killer« außer einer üblen Presse und fünf Toten nichts zu bieten.

Conklin war nicht da, also schlug ich in der Kaffeeküche noch ein paar Minuten tot und kippte Milch und Zucker in die letzten zweieinhalb Zentimeter Kaffeebrühe, die die Nachtschicht übrig gelassen hatte.

Als ich wieder an meinem Schreibtisch saß und mein Partner immer noch nicht aufgetaucht war, konnte ich nicht mehr länger warten.

Ich klappte das Notizbuch auf, und zwar auf der Seite, die mit einem neongrünen Post-it-Zettel markiert war. Dort fand sich die dreiundzwanzig Jahre alte Aussage einer Dame aus höchsten gesellschaftlichen Kreisen, einer gewissen Ginny Howsam Friedman.

Ich wusste das eine oder andere über Ginny Friedman.

In den Achtzigern war sie mal mit einem stellvertretenden Bürgermeister verheiratet gewesen, der aber mittlerweile verstorben war. Im Augenblick war sie die Frau eines Topkardiologen. Sie war eine Kunstmäzenin und auf ihre eigene Weise eine durchaus begabte Malerin.

Ich überflog das Gekritzel des protokollierenden Beamten, entdeckte die Telefonnummer, die McCorkle unterstrichen hatte, und wählte.

Mrs. Friedman nahm beim dritten Klingeln ab und überraschte mich mit den Worten: »Wenn Sie jetzt gleich vorbeikommen wollen, ich habe Zeit.«

Ich legte Conklin einen Zettel auf den Stuhl und schnappte mir meinen Wagen, um eine kleine Ausfahrt zu Ginny Friedman nach Pacific Heights zu machen.

Das hübsche, blau-weiße Häuschen befand sich in der Franklin Street, auf einem der Abschnitte mit diesen wundervoll restaurierten, viktorianischen Gebäuden, die San Francisco zu einer solchen Augenweide machen.

Ich ging die Eingangstreppe hinauf, klingelte, und eine reizende, grauhaarige Frau Anfang siebzig machte die Tür auf.

»Kommen Sie rein, Sergeant«, sagte sie. »Wie schön, Sie kennenzulernen. Was darf ich Ihnen anbieten? Kaffee oder Tee?«

93

Mrs. Friedman und ich machten es uns in zwei Korbsesseln auf ihrer Gartenterrasse bequem, und dann begann sie, mir von den Schlangenmorden zu erzählen, die San Franciscos High Society im Jahr 1982 in Angst und Schrecken versetzt hatten.

Mrs. Friedman rührte ihren Kaffee um und sagte: »Es muss eine Verbindung zwischen den Morden von damals und denen von heute geben.«

»Davon gehen wir auch aus.«

»Ich hoffe, dass ich Ihnen weiterhelfen kann«, sagte Friedman. »Ich habe Lieutenant McCorkle schon erzählt, dass das eine grässliche Zeit war. Ein Prominenter nach dem anderen ist damals ums Leben gekommen. Schrecklich furchterregend. Sie müssen bedenken, wir wussten ja nicht einmal, woran sie gestorben sind, bis man Christopher Ross mit dieser zusammengerollten Schlange unter dem Arm gefunden hat.«

»Und kannten Sie Christopher Ross?«

»Sehr gut sogar. Mein erster Mann und ich, wir sind oft zusammen mit ihm und seiner Frau ausgegangen. Er war ein sehr attraktiver Mann. Ein Draufgänger mit einer extrovertierten Persönlichkeit. Und natürlich war er auch sehr wohlhabend. Sein Reichtum ist ständig größer und größer geworden. Chris Ross hatte einfach alles. Und dann ist er gestorben.

Manche Leute haben das in gewisser Hinsicht als ausgleichende Gerechtigkeit empfunden«, fuhr Mrs. Friedman fort. »Eine Schlange, die durch eine Schlange stirbt … aber ich bin zu schnell.«

»Lassen Sie sich Zeit«, sagte ich. »Ich möchte alles hören.«

Friedman nickte und sagte: »1982 habe ich die fünfte Mädchenklasse an der Katherine Delmar Burke School in Sea Cliff unterrichtet. Die kennen Sie doch bestimmt.«

In der Tat. Sea Cliff war eine erstklassige Wohngemeinde, am Strand gelegen, ungewöhnlich schön und mit ungewöhnlich reichen Einwohnern.

»Die Mädchen trugen grün karierte Schuluniformen und haben jedes Jahr einen Maitanz aufgeführt, mit Wimpeln und allem Drum und Dran.

1982 waren Sara Needleman und Isa Booth meine Schülerinnen. Ich kann es immer noch nicht glauben, dass sie tot sind! Sie haben so ein behütetes Leben geführt. Und damals waren die beiden so niedliche Kinder. Hier, sehen Sie.«

Friedman reichte mir ein schmales Lederalbum, dessen durchsichtige Seiten mit Fotos beklebt waren. Sie schlug die letzte Seite auf und deutete auf das Klassenfoto mit lauter zehnjährigen Mädchen in Reih und Glied.

»Das da ist Isa. Und das Sara. Und dieses Mädchen hier, das arme Ding mit dem traurigen Blick… sie war immer die schrullige Außenseiterin«, sagte Friedman und zeigte auf ein Mädchen mit schulterlangen dunklen Haaren. Das Gesicht kam mir irgendwie bekannt vor, aber obwohl ich angestrengt überlegte, konnte ich sie nicht so recht einordnen.

Mrs. Friedman fuhr fort: »Sie war Christopher Ross' uneheliche Tochter. Ihre Mutter war die Haushälterin der Familie Ross, und Ross hat die Schulgebühren für seine Tochter bezahlt. Ich habe ihre Aufnahme damals befürwortet.

Die anderen Mädchen wussten natürlich über ihre Lebensumstände Bescheid, und einige waren alles andere als nett zu ihr. Einmal habe ich zu ihr gesagt: ›Schätzchen, was dich nicht umbringt, macht dich nur stärker‹, und ich hatte den Eindruck, als würde sie daraus neue Kraft schöpfen.

Und dann ist Chris gestorben und seine Frau, Becky – die zuvor noch dezent beiseitegeschaut hatte –, hat Normas Mutter rausgeworfen und sie mitsamt dem Kind und ohne einen Penny auf die Straße gesetzt. Chris hat wohl gedacht, er würde ewig leben. Jedenfalls hat er sie in seinem Testament mit keinem Wort erwähnt, und die arme Norma musste die Schule verlassen.

Und wissen Sie was? Ich hatte recht. Es hat sie nicht umgebracht, und ich glaube wirklich, sie ist dadurch stärker geworden.«

Ich starrte auf das Bild des Mädchens mit den traurigen Augen… und mit einem Mal rutschten alle Puzzleteile mit einer solchen Wucht an die richtige Stelle, dass ich es beinahe knallen hören konnte. Als ich Norma Johnson kennengelernt hatte, da waren ihre Haare karamellblond und sie selbst dreiunddreißig Jahre alt gewesen.

Friedman sagte: »Vor zehn Jahren habe ich sie zum letzten Mal gesprochen. Da hatte sie sich gerade selbstständig gemacht, als eine Art Mädchen für alles, und hat ein paar alte Kontakte genutzt, um an die ersten Aufträge zu kommen.

Einmal haben wir in Fort Mason zusammen zu Mittag gegessen, und da hat sie sich bei mir ausgeheult. Sergeant, auch wenn ich mich dabei alles andere als wohlfühle, aber ich muss Ihnen sagen, dass Norma sehr verbittert war.

Wissen Sie, welchen Namen diese reichen Mädchen ihrer alten Schulfreundin gegeben haben? Sie haben sie ›Pet Girl‹ genannt.«

94

Conklin nahm sich einen Stuhl, aber ich war so aufgedreht, dass ich mich nicht hinsetzen konnte. Außerdem war ich wütend. Wir hatten Norma Johnson zweimal befragt, sie aber beide Male aus dem Kreis der Verdächtigen gestrichen und wieder laufen lassen.

»Bin ich es eigentlich, der hier das Offensichtliche nicht sieht, oder bist du es?«, wandte sich Jacobi an mich. Seine fleischigen Hände lagen zusammengefaltet auf der Spitze des Müllbergs, der sich auf seinem Schreibtisch türmte.

»Vielleicht bin's ja ich. Was ist denn das Offensichtliche?«

»Hast du eigentlich schon mal daran gedacht, dass Ginny Friedman die *Täterin* sein könnte? Sie hat nicht nur zugegeben, eines der ersten Opfer gekannt zu haben, sie kannte auch die Hälfte der letzten.«

»Sie hat ein einwandfreies Alibi, Jacobi. Hatte ich das nicht erwähnt?«

»Bis jetzt hast du nur von einem Alibi gesprochen, Boxer. Ich will die Einzelheiten erfahren.«

Manchmal, wenn ich Jacobi Bericht erstatten musste, hatte ich das Gefühl, als würde mir jemand Bambussplitter unter die Fingernägel schieben. Hatte er denn völlig vergessen, dass wir über zehn Jahre lang eng zusammengearbeitet hatten?

Hatte er vergessen, dass er früher an *mich* berichtet hatte?

»Zum Zeitpunkt der Morde war Ginny Friedman mit einem Segelschiff auf dem Mittelmeer unterwegs«, sagte ich. »Sie hat es erst letzte Woche erfahren, als ihr Schiff in Cannes angelegt hat. In Frankreich.«

»Ich weiß, wo Cannes liegt.« Er sprach es »Kanns« aus.

»Mrs. Friedmans Flugticket und die Dokumente für die

Fahrt auf der *Royal Clipper* liegen auf meinem Schreibtisch. Das Schiff ist noch vor dem Tod der Baileys ausgelaufen und erst zurückgekehrt, als Brian Caine und Jordan Priestly schon tot waren.«

»Bist du sicher?«

»Ich habe mir ihren Reisepass angesehen«, sagte ich. »Das Foto ist aktuell und alles ist ordnungsgemäß abgestempelt. Sie war den ganzen letzten Monat über nicht in San Francisco, Jacobi, garantiert nicht. Trotzdem nimmt McCorkle sie noch einmal gründlich unter die Lupe.«

Jacobi nahm sein Telefon ab und drückte die Tasten für alle fünf Leitungen, damit er auf keinen Fall angerufen werden konnte. Dann richtete er den Blick auf mich.

»Erzähl mir mehr über dieses Pet Girl.«

Ich berichtete, dass Johnsons Vater, Christopher Ross, nicht mit Normas Mutter verheiratet gewesen war, sondern dass sie in seiner Villa in Nob Hill lediglich die Bettlaken gewechselt und die Fußböden gereinigt hatte.

»Ross war so reich, dass er keinen Skandal zu fürchten brauchte«, sagte ich. »Zumindest nicht, solange er am *Leben* war. Nach seinem Tod wurde Normas Mutter gefeuert und die kleine Norma offiziell zur Außenseiterin.

Ihr Papa hat ihr nichts hinterlassen. Ihre Freundinnen haben sie wie Dreck behandelt. Und dann hat sie angefangen, für sie zu arbeiten.«

»Sie hatte die Schlüssel zu jedem Haus«, fügte Conklin hinzu, »und kannte die Passwörter für die Alarmanlagen. Und sie hatte eine Menge Möglichkeiten. Wie hat sie gesagt, Lindsay? Dass es gar niemand mitgekriegt hat, wenn sie da war. Dass ihre Kunden es genauso haben wollten.«

»Sie war erst zehn, als ihr Vater ermordet wurde?«, hakte Jacobi nach.

»Richtig. Mit diesen High-Society-Morden in den Achtzigerjahren kann sie nichts zu tun gehabt haben, aber vielleicht hat sie sich dadurch inspirieren lassen, dass ihr Vater selbst zum Opfer geworden ist?«

»Eine Nachahmerin«, sagte Jacobi.

»Glauben wir«, sagte ich.

Jacobi hieb auf seinen Schreibtisch, Staub wirbelte auf.

»Schnappt sie euch«, sagte er. »Los geht's.«

95

Ich saß neben Conklin am Tisch im Verhörzimmer, jederzeit bereit, seine Rolle zu übernehmen, aber er hatte das Ganze sicher im Griff. Norma Johnson mochte ihn, und Rich demonstrierte ihr, welch guter Mensch er war, ein Mensch, dem man vertrauen konnte – auch wenn man eine durchgeknallte Irre war.

»Ich begreife nicht, wieso Sie uns nicht gesagt haben, dass Ihr Vater durch einen Schlangenbiss ums Leben gekommen ist, Norma«, sagte Conklin gerade.

»Na ja. Also, ich hätte es Ihnen bestimmt gesagt, wenn Sie mich gefragt hätten, aber … verstehen Sie … ich habe überhaupt keine Verbindung zwischen dem Tod meines Vaters und dem hier gesehen, erst als Sie gesagt haben, dass die Baileys und Sara von einer Schlange gebissen worden sind.«

»Brian Caine und Jordan Priestly? Haben Sie die beiden gekannt?«

»Kaum. Ich arbeite gelegentlich für Molly Caldwell-Davis, und bei ihr habe ich Brian ein-, zweimal gesehen. Jordan war immer da, aber befreundet waren wir nicht.«

»Haben Sie auch am Abend des 24. Mai für Molly gearbeitet?«

»Da müsste ich nochmal in mein Buch schauen, aber nein, warten Sie. Hat Molly am 24. nicht eine Party gefeiert? Da war ich nämlich *eingeladen*. Ich hab kurz vorbeigeschaut, hab niemanden gesehen, den ich kenne, hab Molly kurz begrüßt und bin zehn Minuten später wieder gegangen. Mit Mischa musste ich nicht mehr los.«

»In welcher Beziehung stehen Sie eigentlich zu Molly? Wie würden Sie sie beschreiben?«

»Ähm, geschäftlich-flüchtig. Ich habe sie über einen meiner Exfreunde kennengelernt. Von dem haben Sie vielleicht schon mal gehört. McKenzie Oliver?«

»Der Rockstar mit der Überdosis?«

Norma Johnson spielte mit ihren Haarenden. »Ja, genau der. Da waren wir aber schon nicht mehr zusammen.«

Conklin machte sich eine Notiz und fragte dann: »Fällt Ihnen dazu irgendetwas ein, Norma? Kommt Ihnen irgendjemand in den Sinn, der erst Ihren Vater und dann, dreiundzwanzig Jahre später, vielleicht noch mehr Leute aus Ihrem Bekanntenkreis umgebracht haben könnte?«

Johnson meinte: »Nein, aber wir leben hier in einer sehr kleinen Stadt, Herr Inspektor. Jeder kennt jeden. Streitigkeiten werden teilweise von Generation zu Generation weitergegeben. Aber trotzdem: Einen Killer kenne ich nicht. Da bin ich mir *ziemlich* sicher.«

Johnsons Auftreten war lässig, fast schon respektlos – und das war verrückt. Jetzt saß sie schon zum dritten Mal alleine mit zwei Polizisten in einem kleinen Raum. Ihr musste klar sein, dass wir sie irgendwie im Verdacht hatten. Sie hatte allen Grund zur Nervosität, auch wenn sie unschuldig war.

Sie hätte sich eigentlich bei uns erkundigen müssen, ob sie einen Rechtsanwalt brauchte. Doch stattdessen warf sie kokett ihr Haar von einer Seite auf die andere und flirtete mit Conklin.

Ich machte mir einen geistigen Vermerk: *Claire bitten, McKenzie Olivers Obduktionsbericht noch einmal zu überprüfen.*

Und noch einen: *Überprüfen, ob Norma Johnson Zugang zu einer Giftschlange hat oder eine solche besitzt.*

Ich murmelte ein paar entschuldigende Worte, ging aus dem Zimmer und stellte mich neben Jacobi hinter die Glasscheibe. Gemeinsam sahen und hörten wir zu, was Norma Johnson Conklin über ihre Abstammung erzählte.

»Ich weiß nicht, ob Sie das wissen, aber mein Vater war der Ur-Ur-Urenkel von John C. Frémont.«

»Dem Pfadfinder? Dem Entdecker, der kurz vor dem Goldrausch den Weg nach Kalifornien kartografiert hat?«

»Genau der. In meinen Adern fließt blaues Blut, Herr Inspektor. Ich habe nichts gegen die Möchtegerns, für die ich arbeite, nur falls Sie das denken sollten. Aber John C. Frémont ist in die Geschichte eingegangen … und sein Leben hat am gleichen Punkt begonnen wie meins. Er war auch ein uneheliches Kind.«

»Ich bin schwer beeindruckt, Norma. Dann helfen Sie mir doch bitte mal auf die Sprünge. Sie kennen sich in San Francisco besser aus als jeder andere. Oben, unten, einfach überall, wo ich nur ratlos davorstehen kann. Ich bin ja noch nicht einmal hier geboren worden.«

»Sie wollen wissen, wer all diese Leute umgebracht hat? Das habe ich Ihnen doch schon gesagt. Ich habe keine Ahnung.«

Conklin lächelte, ließ seine Grübchen sehen. »Ehrlich gesagt, ich wollte Sie gerade fragen, wer Ihrer Meinung nach das nächste Opfer des Schlangen-Killers wird.«

Johnson ließ sich gegen die Stuhllehne sinken, legte den Kopf schräg und lächelte Conklin an. »Das nächste Todesopfer? Tja, mein Bekanntenkreis wird immer kleiner. Könnte ja sein, dass *ich* das nächste Opfer bin.«

»Verdammt«, sagte ich zu Jacobi. »Das gefällt mir überhaupt nicht. Was hat sie vor?«

»Du hängst dich an sie dran«, sagte Jacobi. »Lass sie nicht aus den Augen.«

96

Wir verloren Pet Girl praktisch sofort aus den Augen. Keine Ahnung, ob sie vom Fußgängerstrom auf der Bryant mitgerissen worden oder in ein Taxi gesprungen war, jedenfalls standen Conklin und ich ziemlich dämlich auf der Straße, blinzelten in die Sonne, suchten nach einer honigblonden Frau in Schwarz … und konnten keine entdecken.

»Ruf sie doch mal an«, sagte ich zu Conklin. »Erzähl ihr, dass wir noch eine Frage haben. Dann machst du einen Termin für ein Treffen ab.«

»Verstehe«, erwiderte Conklin. »Ich soll rauskriegen, wo sie steckt.«

»'tschuldigung«, knurrte ich, weil ich mich so benommen hatte wie Jacobi, und sah zu, wie Conklin die Nummer wählte und Johnsons Mailbox-Ansage lauschte.

»Hallo, Norma. Hier ist Inspektor Conklin. Rufen Sie mich doch bitte mal an, okay? Ich habe noch eine Frage an Sie.«

Er hinterließ seine Nummer und legte auf.

»Sehen wir mal …«

»… bei ihr zu Hause nach«, sagte er.

Ich nuschelte: »Klugscheißer«, und er lachte. Dann gingen wir zu unserem Wagen. Dreißig verkehrsreiche Minuten später stellten wir ihn in der Nähe des Eingangstors zum Presidio in der Twenty-fifth Avenue ab.

Der Presidio blickt auf eine lange Geschichte zurück. Zunächst hatte er den Spaniern als Festung an der San Francisco Bay gedient, dann wurde er 1846 von der US-Armee erobert und als Militärstützpunkt genutzt. Knapp hundertfünfzig Jahre später war er dann privatisiert und zu einem gemischten Wohn- und Geschäftsviertel umgewandelt worden.

Die Restaurierung brachte einige wunderschöne Häuser im sogenannten »Mission Revival Style« zum Vorschein, roter Backstein und weiße Eingangsterrassen. Andere Gebäude wurden dem Verfall preisgegeben und stürzten Stück für Stück ins Meer.

Aus Pet Girls Adresse schlossen wir, dass ihre Wohnung im malerischen und billigsten Abschnitt der ehemaligen Kasernen zu finden war, ein weiter Weg von unserem Standort aus. Aber mir fiel sofort auf, dass man von Norma Johnsons Haus bequem bis nach Sea Cliff sehen konnte, wo sie die Burke School besucht hatte … und wo sie so gedemütigt worden war.

Ich ging davon aus, dass ihr der gesellschaftliche Status wichtig war. Also warum hatte sie sich das angetan?

Conklin und ich gingen mit schnellen Schritten durch die parkähnlichen Außenanlagen des Presidio. Es war ein Werktag, und überall auf den Parkplätzen sah man Windsurfer, die gerade dabei waren sich umzuziehen und sich über die Brise freuten, die vom Baker Beach herüberwehte.

Und dann kam Normas Apartment in Sichtweite, eine Doppelhaushälfte mit einem kleinen Vorgarten. Der Rasen musste mal wieder gemäht werden, und vor Normas Tür lag ein Fahrrad im hohen Gras, als hätte es jemand in großer Eile dort fallen lassen.

Ich klopfte an, rief Normas Namen, klopfte noch einmal, kräftiger – aber immer noch keine Reaktion. Ich musste an Pet Girls Worte denken: »Könnte ja sein, dass *ich* das nächste Opfer bin.«

»Gefahr im Verzug, Rich. Vielleicht hat sie sich etwas angetan. Womöglich ist sie schon fast tot.«

Ich gab ihm Anweisung, die Tür einzutreten, aber Conklin legte die Hand an den Türknauf, drehte daran, und die Tür schwang auf. Mit der Waffe in der Hand betraten wir Pet Girls Wohnung. Es war sauber und klein, und die Möbel wirkten wie vom Sperrmüll, mit Ausnahme des Bildes von Christopher Ross, das kunstvoll gerahmt über dem Konsolentischchen im Flur hing.

Ich hörte gedämpfte Schritte und ein Rumpeln, konnte aber weder sagen, was es war, noch, woher die Geräusche kamen.

Conklin war hinter mir, während ich mich in den hinteren Teil des kleinen Doppelhauses bewegte und rief: »Norma, hier ist Sergeant Boxer. Ihre Haustür war offen. Könnten Sie bitte mal rauskommen? Wir müssen mit Ihnen reden.«

Alles blieb ruhig.

Ich signalisierte Rich, dass er im Erdgeschoss bleiben sollte, während ich die Treppe hinaufging. Die Zimmerchen im ersten Stock waren so klein, dass ich jede Ecke sehen konnte, aber ich schaute trotzdem unter die Betten, durchsuchte Wandschränke, hielt Ausschau nach losen Wandverkleidungen, das übliche Programm eben.

Wo zum Teufel steckte sie?

Noch einmal nahm ich mir die beiden kleinen Zimmer, das Bad und die Wandschränke vor, aber Norma Johnson war nicht hier.

Pet Girl, die Unsichtbare, hatte sich einmal mehr unsichtbar gemacht.

97

Ich erschrak, als im Erdgeschoss ein lautes Krachen ertönte, so als wären etliche schwere Gegenstände zu Boden gefallen. Anschließend nahm ich das Rumpeln wieder wahr. Es klang wie ein gedämpfter Donner, vielleicht eine schwere Schiebetür … und dann hörte ich Stimmen.

Conklin redet mit Norma Johnson.

Als er meinen Namen rief, war ich schon halb die Treppe hinunter.

Mein Partner stand in der Küche und starrte auf eine Öffnung in der Wand zwischen der Arbeitsplatte und dem Kühlschrank. Ich hatte den Durchlass vorhin zwar wahrgenommen, aber er war so schmal, dass ich nur einen Besenschrank dahinter vermutet hatte. Anscheinend war jetzt eine Schiebetür aufgegangen, hinter der sich noch ein Raum befand, eine Art Speisekammer.

»Lindsay«, sagte Conklin in beherrschtem Tonfall. »Norma hat eine Waffe.«

Ich schob mich vorsichtig in die kleine Küche, bis ich Johnson sehen konnte. Sie hatte der Speisekammer den Rücken zugewandt. Conklin stand einen guten Meter von ihr entfernt und blockierte ihren Fluchtweg.

Ich musste zweimal hinsehen, bis ich begriffen hatte, dass Norma Johnsons Waffe die Schlange war, die sie in der rechten Hand hielt. Sie war schlank und grau-weiß geringelt, eine hochgiftige Krait mit peitschendem Schwanz, deren Kopf nur wenige Zentimeter von Johnsons Hals entfernt hin und her pendelte.

»Aus dem Weg, Herr Inspektor«, zischte Johnson. »Ich

gehe jetzt zur Haustür raus, und Sie werden mich gehen lassen. Und wenn ich draußen bin, schließe ich ab. Die Schlangen tun Ihnen nichts, solange Sie sehr, sehr leise sind und sich sehr langsam bewegen.«

Zentimeter für Zentimeter rückte Johnson auf Conklin zu, und so konnte ich einen Blick in die Speisekammer in ihrem Rücken werfen. In den metallenen Wandregalen standen etliche Terrarien, und der Fußboden war mit Glasscherben übersät.

Meine Hände wurden schlagartig eiskalt. Jetzt war mir klar, woher das Krachen gekommen war. Pet Girl hatte ein paar ihrer Schlangenbehälter umgekippt, und sie waren auf dem Boden zerschellt. Jetzt krochen die Schlangen im Haus umher, suchten nach Verstecken, drückten sich wahrscheinlich gerade in die Ecken in der kleinen Küche, in der Conklin und ich standen.

»Machen Sie sofort den Backofen auf und stecken Sie die Schlange da rein!«, rief ich Pet Girl zu. »Auf der Stelle, oder ich schieße!«

Pet Girl lachte. »Nöö, das mach ich nicht«, sagte sie und das hübsche Lächeln, mit dem sie mich anblickte, hatte ich bisher noch nicht bei ihr gesehen. »Also, wie sieht's aus, Sergeant? Lassen Sie mich gehen? Mir ist es egal, ob Kali mich beißt oder ob Sie mich erschießen. Das macht für mich nicht den geringsten Unterschied.«

An der Wand über dem Herd tickte eine Uhr. Ich hörte, wie Norma Johnsons Atem sich beschleunigte, und sah, dass Conklin kreidebleich geworden war. Er hatte Angst vor Schlangen, Todesangst, und dennoch blieb er wie ein Felsblock unmittelbar vor Pet Girls durchgeknallter Version eines Haustiers stehen. Ein Schuss wäre zu riskant gewesen.

»Machen Sie Platz, Herr Inspektor«, sagte Johnson zu Conklin. »Leben Sie weiter, und lassen Sie mich gehen.«

»Das kann ich nicht machen«, erwiderte Conklin. Und dann schoss seine Hand nach vorn, als wollte er eine Fliege in der Luft fangen. Er hatte es auf ihr Handgelenk abgesehen, doch bevor er sie zu fassen bekam, warf sie die Schlange nach ihm.

Conklin wich zurück, doch das Reptil kam auf ihn zu geflogen. Mein Partner riss den Arm nach oben, und die Schlange wickelte sich geschmeidig um seine Hand. Für einen kurzen Augenblick klebte sie dort fest, baumelte an seinem Handgelenk – bis Conklin sie abschüttelte und sie zu Boden fiel.

Er trat einen Schritt zurück, hielt sich das Handgelenk, dann wandte er mir sein aschfahles Gesicht zu.

»Sie hat mich gebissen«, sagte er, zu Tode erschrocken.

»Das Scheißvieh hat mich erwischt.«

98

Norma Johnson ergriff die Flucht.

Sie versuchte, sich an mir vorbeizudrängen, doch ich erwachte rechtzeitig aus meiner Schockstarre, packte sie am Arm und drehte sie um.

Dabei kugelte ich ihr die Schulter aus, und sie schrie auf, ohne sich jedoch durch den Schmerz aufhalten zu lassen. Sie griff mit der unverletzten Hand nach einem Kaffeebecher, packte ihn wie einen Stein, drehte sich zurück und versuchte, mir damit einen Kinnhaken zu verpassen.

Ich duckte mich und trat ihr mit aller Kraft gegen das Knie. Sie stieß erneut einen Schrei aus und sackte zu Boden. Ich rollte sie auf den Bauch, drehte ihr die Arme auf den Rücken und legte ihr Handschellen an, während ich Conklin zurief: »Rich! Leg dich auf die Couch! Lass den Arm auf den Boden hängen, damit er tiefer ist als dein Herz! *Jetzt sofort!*«

Mit unsicheren Schritten wankte Conklin ins Nebenzimmer, als hätte sein letztes Stündlein bereits geschlagen. Ich merkte mir die Uhrzeit, griff nach meinem Handy, rief die Funkzentrale an und meldete, dass Conklin verletzt war.

»Wir brauchen einen Notarztwagen, *unverzüglich*«, sagte ich und nannte ihr die Adresse. »Rufen Sie das Krankenhaus an. Sagen Sie ihnen, dass das Opfer von einer Schlange gebissen worden ist. Von einer Krait. K-R-A-I-T. Wir brauchen *sofort* ein Antivenin.«

»Ein Gegengift?«

»Ja. *Nein*. Es heißt *Antivenin*. Und schicken Sie ein paar Streifenwagen vorbei. Die sollen unsere Tatverdächtige mitnehmen.«

Ich ging zu Johnson hinüber, die sich hin und her wand und kurze, gepresste Schreie ausstieß.

Ich beugte mich zu ihr hinunter und sagte: »Haben Sie irgendwelche Antivenine hier?«

Sie quäkte: »Und wenn, *dir* würde ich's *bestimmt* nicht sagen!«

Ich verpasste ihr einen Fußtritt in die Rippen, und sie heulte auf. Dann fragte ich sie noch einmal.

»Nein! Hab ich nicht!«

Ich glaubte ihr kein Wort. Ich machte ihren Kühlschrank auf und besah mir den Inhalt. Drei Joghurtbecher, eine Schachtel mit Eiern. Ein Sixpack Bier. Vertrocknete Rettiche. Keine Glasfläschchen, die irgendwie danach aussahen, als könnten sie Conklin das Leben retten.

Ich will gar nicht verschweigen, dass ich das Gefühl hatte, als würden mich Dutzende Augen anstarren. Dass ich bis in die Haarspitzen nur blankes Entsetzen empfand und dass, obwohl ich schreckliche Angst um meinen Partner hatte, auch noch ein bisschen Angst für mich selbst übrig war.

Auf dem Weg ins Wohnzimmer, wo Conklin mit gesenktem Arm auf einem blau karierten Sofa lag, ließ ich den Fußboden nicht aus den Augen.

Seit dem Biss waren erst ein, zwei Minuten vergangen, aber ich hatte keine Ahnung, wie lange es dauern würde, bis das Gift sein zentrales Nervensystem lähmte. Wie lange es dauern würde, bis Conklin nicht mehr atmen konnte.

War es vielleicht jetzt schon zu spät? Ich riss ihm den Gürtel aus der Hose, schlang ihn direkt unterhalb des Ellbogens um den gebissenen Arm und zog ihn stramm. »Hab ich dich, Kumpel. Der Notarztwagen ist schon unterwegs.«

Da wurde ich von einer Panikattacke erfasst. Meine Tränen drängten mit aller Macht gegen den Staudamm und wollten ihn sprengen. Aber das konnte ich im Angesicht meines

Partners nicht zulassen. Ich wollte wenigstens zehn Prozent seiner Tapferkeit an den Tag legen.

Also zwang ich mich, nicht mehr über seine Überlebenschancen nachzudenken.

Und konzentrierte mich stattdessen auf die Entfernung zwischen uns und dem nächstgelegenen Krankenhaus. Ich dachte an den Hindernisparcours, den die Sanitäter zurücklegen mussten, um die Tragbahre vom Eingang an der Twenty-fifth Avenue bis ganz nach hinten zu bringen.

Und dann war da noch das Antivenin.

Konnte das Krankenhaus rechtzeitig ein passendes Gegenmittel auftreiben?

Die Seelen all jener Verstorbenen, die ich einmal geliebt hatte, statteten mir einen Besuch ab, während ich Richies unverletzte Hand hielt und auf die Sirenen wartete: Jill und Chris und meine Mom – wenn Conklin sterben würde, das würde ich nicht verkraften.

Ich hörte die Sirenen jaulen und verstummen.

Zu meiner unbeschreiblichen Erleichterung stürmten, zwölf Minuten nachdem Conklin gebissen worden war, Sanitäter mit Tragbahren durch die Tür.

99

Ich schrie den Sanitätern und den Polizisten zu: »Verdammte Giftschlangen, überall auf dem Boden. *Hochgiftig!*«

»Sie haben einen verletzten *Polizisten* gemeldet?«, sagte einer der Streifenbeamten.

Ich kannte ihn. Tim Hettrich. Schon zwanzig Jahre bei der Truppe und einer unserer Besten. Aber er und Conklin hatten eine Fehde laufen, die mit Conklins Versetzung zur Mordkommission angefangen hatte. Ich konnte mir gut vorstellen, dass die beiden einander von Herzen hassten.

»Conklin ist von einer Giftschlange gebissen worden.«

»Da drin liegt ein verletzter *Kollege*, Sergeant. Wir gehen rein.«

Nachdem Conklin auf die Tragbahre geschnallt worden war, ging ich zu Norma Johnson, die immer noch gefesselt am Boden lag. Ihr Gesicht war angeschwollen, und sie blutete aus der Nase, aber ich hatte das Gefühl, dass sie, wenn jetzt eine Schlange aus der Speisekammer gekrochen käme und sie beißen würde, vor Freude gejubelt hätte.

Vielleicht wollte sie ja so sterben, wie ihr Vater gestorben war.

Einerseits hoffte ich, dass ihr Wunsch in Erfüllung ging, aber meine eher rationale Seite wollte hören, was sie zu erzählen hatte.

Ich wollte wissen, was Norma Johnson wem angetan hatte und warum. Und *dann* sollte der Staat ihr den Prozess machen, sie verurteilen und das Todesurteil vollstrecken.

Ich stellte mich mit gespreizten Beinen über Norma Johnson auf und las ihr ihre Rechte vor.

»Du hast das Recht, die Aussage zu verweigern, du widerliches, feiges Stück«, sagte ich. »Alles, was du sagst, kann und *wird* verdammt nochmal vor Gericht gegen dich verwendet werden. Du hast das Recht, dir einen Rechtsanwalt zu nehmen, falls du einen findest, der schleimig genug ist, um dich zu verteidigen. Falls du dir keinen Rechtsbeistand leisten kannst, dann stellt der Bundesstaat Kalifornien dir einen zur Verfügung. Das machen wir sogar für Abschaum wie dich. Hast du das kapiert, Pet Girl?«

Sie blickte mich lächelnd an.

Ich packte sie an den Handschellen und rüttelte, sodass der Schmerz in ihre ausgekugelte Schulter fuhr und sie laut aufkreischte.

»Ich habe dich gefragt, ob du das kapiert hast!«

»Ja, ja, *ja*!«

Hettrich sagte: »Ich hab sie, Sergeant.« Er zog sie auf die Füße und schob sie hastig zur Tür hinaus. Ich wäre am liebsten auch rausgegangen. Aber erst musste ich nachsehen, was in dieser Speisekammer los war.

Ich musste es wissen.

Ich trat an die Türöffnung und starrte die Metallregale in der schmalen Kammer an. Zwischen den zersplitterten Behältern konnte ich die Kraits herumkriechen sehen, jede einzelne von ihnen voll mit Gift.

Was hatte Norma Johnson mit diesen Schlangen vorgehabt? Wie viele Menschen hatte sie eigentlich noch ermorden wollen?

Was ging bloß im kranken Hirn dieser Frau vor?

Ich bat einen Streifenpolizisten, die Haustür abzuschließen und zu versiegeln, dann ließ ich Pet Girls Haus hinter mir und rannte zum Notarztwagen. Die Sanitäter waren gerade dabei, meinen Partner hineinzuschieben.

Ich setzte mich neben Richie, nahm seine unverletzte Hand und drückte sie.

»Ich weiche nicht von deiner Seite, bis du wieder Liegestützen machst oder Basketball spielst«, sagte ich, und jetzt brach meine Stimme doch. »Du wirst wieder gesund, Richie. Du bist bestimmt bald wieder topfit.«

»Okay«, erwiderte er kaum lauter als mit einem Flüstern. »Aber kannst du mir einen Gefallen tun, Linds? Kannst du trotzdem für mich beten?«

100

Als der Fahrer nach links abbog, da war mir klar, dass wir ein Ziel ansteuerten, das ich eigentlich nie wieder hatte sehen wollen.

Das San Francisco Municipal Hospital war der Ort, wo Yukis Mutter gestorben war.

Tagelang war ich dort durch die Flure geschlichen, in der Hoffnung, einen geistig verwirrten »Todesengel« auf frischer Tat zu ertappen, und hatte dabei die Erfahrung gemacht, dass das Hauptinteresse der Klinik eher auf hohe Profite als auf eine gründliche Patientenfürsorge ausgerichtet war.

Ich rief dem Fahrer zu: »Das General Hospital ist doch näher als das Municipal.«

»Aber wir haben den Schlangenbiss an Bord, oder, Sergeant? Und das Municipal hat das Antivenin schon angefordert.«

Ich hielt den Mund und tat, worum Conklin mich gebeten hatte. Ich betete zu Gott, hielt Richard Conklins Hand fest und dachte dabei, was für ein toller Mensch er war, wie viel wir schon gemeinsam durchgestanden hatten, wie glücklich ich mich schätzen konnte, ihn als Freund und Partner zu haben.

Der Verkehrsstrom vor uns teilte sich, als der Notarztwagen mit heulenden Sirenen die Pine Street entlangraste, dann auf den Krankenhausparkplatz jagte und mit einem Ruck vor dem Eingang zur Notaufnahme stehen blieb.

Türen flogen auf, und Sanitäter drängten herbei.

Conklins Rolltrage wurde durch die Automatiktüren geschoben, und ich rannte nebenher. Der grässliche Gestank nach Krankenhaus-Desinfektionsmittel traf mich mit voller Wucht.

Warum hier?

Warum mussten wir Richie ausgerechnet hierherbringen?

Dann sah ich Doc auf uns zukommen.

»Der Hubschrauber ist schon unterwegs«, sagte er zu Conklin und mir. »Rich? Wie geht es dir?«

»Ich drehe gleich durch vor Angst«, sagte mein Partner. Hatte das nicht schon irgendwie schleppend geklungen? Ich schlug die Hand vor den Mund. Ich hatte solche Angst, die Beherrschung zu verlieren. *Ihn* zu verlieren.

»Irgendwelche Taubheitsgefühle?«, wollte John von Conklin wissen.

»Ja, schon. In meiner Hand.«

»Versuch, dich zu entspannen«, sagte Doc. »Es dauert eine Weile, bis das Gift wirkt. Im Dschungel wäre das ziemlich kritisch. Aber du bist ja hier bei uns, Rich. Du wirst wieder gesund.«

Ich hätte Doc sehr gerne geglaubt, aber dazu musste Rich erst wieder auf den Beinen sein. Mein Partner wurde weggerollt, und ich sagte ihm, dass ich auf ihn warten würde. Dann packte ich Doc am Arm.

»John, bist du sicher, dass ihr das richtige Antivenin bestellt habt?«

»Ich habe das Aquarium of the Pacific alarmiert, gleich nachdem Claire von diesen tödlichen Kraitbissen erzählt hat. Ich dachte, dass wir das Antivenin womöglich brauchen könnten.«

»Danke, Doc«, sagte ich, und eine Woge der Dankbarkeit überkam mich. »Danke, dass du so verdammt clever bist.«

»Nicht der Rede wert«, sagte er. Und dann: »Ich sehe mal nach Rich.«

Ich entdeckte eine dunkle Ecke im Wartezimmer und rief Cindy an. Ich wiederholte jedcs Wort, das Doc gesagt hatte. Und dann wählte ich die Nummer eines Hotels in Amman.

Dort war es ein Uhr morgens, aber nach einem kleinen Wortgefecht stellte der Nachtportier mich durch. Er klang schlaftrunken, wurde aber sofort munter, als er meine Stimme erkannte. Es war ein Wunder, dass ich ihn erreicht hatte, gerade jetzt, wo ich ihn am nötigsten brauchte.

»Ich hab gerade von dir geträumt«, sagte er.

»Ein schöner Traum?«

»Ein Zirkustraum, glaube ich.«

»Was genau?«

»Drahtseil. Ich trage so einen elastischen, eng anliegenden Body. Mit Glitzer.«

»Du?«

»Und oben quillt die Brustbehaarung raus.«

»Joe!« Ich lachte.

»Ich stehe ganz oben auf dieser Plattform, die so klein ist wie ein Dinar.«

»Ein Dinar …?«

»Eine jordanische Münze. Und du kommst mir auf dem Drahtseil entgegen.«

»Was habe ich an?«

»Du bist nackt.«

»Nein!«

»Doch! Du hast einen Haufen Zeug im Arm und balancierst damit auf diesem Seil entlang. Und ich muss dich festhalten, sobald du bei meinem Dinar angelangt bist.«

»Was passiert dann?«

»Das Telefon klingelt.«

»Joe, du fehlst mir, Liebling. Wann kommst du nach Hause?«

101

Norma Johnsons Schulter war wieder eingerenkt worden, und sie hatte ein paar Hundert Milligramm Ibuprofen intus. Sie saß mir im Verhörzimmer gegenüber, spielte mit einer Visitenkarte und hatte wieder ihre Miene aufgesetzt, die ausdrückte, dass ihr alles egal war.

Wäre Conklin jetzt hier gewesen, er hätte sie sanft und freundlich ausgefragt. Ich hätte ihr das schmierige Grinsen am liebsten aus dem Gesicht geprügelt.

Pet Girl ließ die Visitenkarte auf den Tisch fallen und schob sie mir zu, damit ich sie lesen konnte: FENN UND TARBOX, RECHTSANWÄLTE.

George Fenn und Bill Tarbox waren zwei absolute Top-Strafverteidiger, die nur für die obersten zwei Prozent der High Society arbeiteten. Fenn war ruhig und gründlich, Tarbox sprunghaft und charmant. Gemeinsam hatten sie mehr todsichere Schuldsprüche in Freisprüche verwandelt, als mir lieb war.

»Mrs. Friedman zahlt«, sagte Pet Girl.

Sie spielte mit mir, und ich fragte mich, ob sie sich hinter ihren Rechtsanwälten verschanzen wollte oder ob sie sich bloß für schlauer hielt als mich. Wahrscheinlich das Letztere.

»Rufen Sie Ihre Anwälte an«, sagte ich, holte mein Handy aus der Gürteltasche und legte es auf den Tisch. »Nehmen Sie mein Telefon. Aber da das alles neu für Sie ist, erkläre ich Ihnen noch schnell, wie das System hier funktioniert.«

»Mm-hmm. Und ich glaube Ihnen jedes Wort.«

»Klappe halten, dumme Nuss. Hören Sie einfach zu. Sobald Sie einen Rechtsanwalt verständigt haben, kann ich Ihnen keinen Deal mehr anbieten. Aus unserer Sicht stellt sich das Ganze folgendermaßen dar: Sie haben einen Polizeibeamten mit einer tödlichen Waffe angegriffen. Wenn Conklin stirbt, dann sind auch Sie so gut wie tot.

Davon abgesehen haben wir eindeutige Beweise, um sie wegen fünffachen Mordes vor Gericht zu stellen. Sie hatten freien Zugang zu jedem einzelnen Opfer, und sie sind alle der gleichen seltenen, illegal importierten Giftschlange zum Opfer gefallen, die Sie zu Dutzenden in Ihrer Wohnung gehalten haben.

Jeder Jurastudent würde Sie hinter Gitter bringen.

Aber wir nehmen dazu keinen Jurastudenten. Sie werden es mit Leonard Parisi zu tun bekommen, unserem besten Mann, weil Sie nämlich ein paar VIPs umgebracht haben. So was nennt man einen Sensationsprozess.

Den können und werden wir nicht verlieren.«

»Das muss ja ’ne tolle Kristallkugel sein, die Sie da haben, Sergeant.«

»Davon können Sie ausgehen. Und ich sehe darin noch etwas: Während Ihre Anwälte sich mit Mrs. Friedmans Kohle eine tolle Presse abholen, sagen Ihre alten Schulkameradinnen für die Staatsanwaltschaft aus.

Die machen Sie vor Gericht *fertig*, Norma. Und dann verraten sie den Medien alles über Sie, wie eklig sie Sie finden, wie jämmerlich Sie sind.

Und wenn Sie dann vor aller Welt als genau die gottlose, herzlose Psychopathin dastehen, die Sie sind, dann werden Sie wegen fünffachen Mordes verurteilt. Verstehen Sie das? Erst werden Sie bloßgestellt, und dann werden Sie *sterben*.«

Ich sah einen Anflug von Panik in den Augen der Frau. War ich zu ihr durchgedrungen? Hatte Norma Johnson tatsächlich Angst?

»Also, wenn das alles so eine todsichere Sache ist, wieso reden Sie dann überhaupt mit mir?«

»Weil die Staatsanwaltschaft bereit ist, sich auf einen Deal mit Ihnen einzulassen.«

»Oh, das wird bestimmt gut. Als hätte ich diese Masche nicht schon hundertmal bei *Law and Order* gesehen.«

»Es gibt eine kleine Chance, Norma. Eine klitzekleine Möglichkeit, der Todesstrafe zu entgehen. Also hören Sie gut zu. Die Leiterin der Gerichtsmedizin hat sich den Obduktionsbericht Ihres Exfreundes noch einmal vorgenommen und ist der Meinung, dass da irgendetwas faul ist.«

»Von McKenzie Oliver? Der ist doch an einer Überdosis gestorben.«

»Die Blutwerte waren sicherlich an der Grenze zur Überdosis. Er war Mitte dreißig und ansonsten kerngesund. Darum hat der zuständige Gerichtsmediziner damals keine weiteren Untersuchungen eingeleitet.

Aber jetzt haben wir eine neue Situation, Norma. Wir glauben, dass Sie ihn umgebracht haben, weil er Sie abserviert hat. Während wir hier sitzen, wird sein Sarg wieder ausgegraben. Und dieses Mal wird die Gerichtsmedizin nach Bisswunden suchen.«

Johnson hielt den Blick auf die Visitenkarte gerichtet, die Ginny Friedman ihr gegeben hatte, dann schaute sie mein Telefon an, dann mich.

»Wie soll der Deal aussehen?«

»Sie erzählen mir alles über diese Morde, über jeden einzelnen, auch das, was Sie mit McKenzie Oliver gemacht haben, und wir ersparen Ihnen die Demütigung eines Prozesses und nehmen die Todesstrafe vom Tisch. Dieses Angebot steht so lange, bis ich von diesem Stuhl hier aufstehe.«

Die nun folgende Pause dauerte lange zwei Minuten.

Dann sagte Norma Johnson: »Das ist nicht gut genug.«

»Mehr haben wir nicht zu bieten.«

Ich sammelte meine Papiere ein, knöpfte mein Jackett zu und schob den Stuhl zurück.

Pet Girl meldete sich zu Wort. »Wie viel erlassen Sie mir, wenn ich Ihnen verrate, wer damals, 1982, diese reichen Typen umgebracht hat?«

Ich schluckte meine Überraschung – und meine Aufregung – hinunter.

Dann drehte ich mich zu dem venezianischen Spiegel um, und eine Sekunde später streckte Jacobi den Kopf zur Tür des Verhörzimmers herein.

»Augenblick«, sagte er zu mir. »Ich rufe Parisi an.«

102

Das Verhörzimmer wurde deutlich kleiner, als sich Red Dog und Jacobi mit ihren insgesamt zweihundert Kilogramm hereindrängten.

Parisi ist eins siebenundachtzig groß, hat borstige, rote Haare, pockennarbige Haut, eine XXL-Hüfte und einen Raucherbariton. Er *konnte* durchaus witzig sein, aber wenn er wollte, dann konnte er auch seine eigene Mutter zu Tode erschrecken.

Jacobi verbreitet ebenfalls seinen ganz eigenen Schrecken, wenn man ihn nicht so kennt und liebt, wie ich es tue. Undurchdringliche graue Augen, wie Bohrer. Und riesige, rastlose Hände. Als wäre er ständig auf der Suche nach einem Anlass, um sie zu Fäusten ballen und zuschlagen zu können.

Die beiden Hünen zogen sich Stühle heran, und ich sah, wie Pet Girls rotzige Haltung ins Wanken geriet.

»Ich glaube, jetzt könnte ich doch einen Anwalt gebrauchen«, sagte sie.

»Das ist Ihr gutes Recht«, grollte Parisi, und an mich gewandt: »Boxer, bringen Sie sie in ihre Zelle zurück.«

Als ich aufstand, rief Norma Johnson: »*Warten Sie!*«

»Ich bin nicht zum Vergnügen hier«, warnte Parisi. »Also vergeuden Sie nicht meine Zeit.« Er klappte eine Akte auf, breitete die Fotos der Leichen auf dem Tisch aus und fragte Pet Girl: »Haben Sie diese Menschen umgebracht?«

Als Johnsons Blick langsam von links nach rechts und wieder zurück über die Fotos glitt, da wurde mir klar, dass sie *ihre Opfer ja nie tot gesehen hatte.*

Ob sie es bereute?

Oder war sie womöglich sogar irrsinnig stolz auf sich?

Den Blick auf die Fotos gerichtet verlangte Johnson von Parisi das Versprechen, dass sie von der Todesstrafe verschont blieb, wenn sie ihm ihre Rolle im Zusammenhang mit dem Tod von McKenzie Oliver schilderte, und als er einverstanden war, stieß sie einen tiefen Seufzer aus.

»Ich habe sie alle umgebracht«, sagte sie mit vor Selbstmitleid bebender Stimme, während ihr ein paar Tränen die Wange hinunterliefen. »Aber ich habe ihnen dabei weniger Schmerzen zugefügt als sie mir an einem einzigen Tag meines Lebens.«

Wusste Pet Girl denn gar nicht, dass ihre Tränen überflüssig waren? Dass wir lediglich ihr Geständnis haben wollten? Dass wir uns nur für ihre *Worte* interessierten?

Sie wischte die Tränen mit dem Handrücken ab, und dann erkundigte sie sich, ob wir die Videokamera eingeschaltet hätten. Ich bejahte, und sie sagte, sie sei froh darüber.

»Ich möchte, dass meine Aussage aufgezeichnet wird«, sagte sie. »Ich möchte, dass die Menschen meine *Gründe* verstehen.«

Über eine Stunde lang breitete Norma Johnson ihre Motive vor uns aus, schilderte das Leben der Opfer so, wie es nur eine besessene Voyeurin konnte, beschrieb deren »unsagbar beleidigendes Benehmen« ihr gegenüber, das sie in keinster Weise verdient hatte, und dann erzählte sie uns, wie sie ihre Opfer schmerzlos ausgelöscht hatte.

Als wir gehört hatten, wie sie sich an McKenzie Oliver herangemacht und ihn zu einer Abschiedsnummer ins Bett gelockt hatte, um ihn anschließend mit den Zähnen einer Krait zu stechen, hatte Parisi alles gehört, was er hören wollte. Mehr brauchte er nicht.

Er unterbrach ihre narzisstische Tirade mitten im Satz und sagte: »Ich muss ins Gericht, Ms. Johnson. Falls Sie möchten, dass wir eine Strafminderung in Betracht ziehen, dann erzählen Sie mir was über die Morde von 1982.«

»Was haben Sie zu bieten?«

»Im Augenblick stehen Sie bei sechsmal lebenslänglich ohne jede Aussicht auf Strafminderung«, sagte er. »Liefern Sie uns den High-Society-Killer von 1982, dann können Sie nach einer gewissen Zeit einem Bewährungsausschuss erzählen, wie schrecklich leid Ihnen das alles tut.«

»Das ist alles?«

»Das ist *Hoffnung*. Das ist die Chance, irgendwann in diesem Leben vielleicht noch einmal freizukommen.«

Johnson schlug die Hand vor den Mund. Sie dachte lange und angestrengt nach, Stille legte sich über das ganze Zimmer, und ich hatte nicht den Hauch einer Ahnung, wie sie sich entscheiden würde.

Parisi blickte auf seine Armbanduhr und stieß sich vom Tisch ab, sodass seine Stuhlbeine kreischten wie die Bremsen eines Neunachsers.

»Mir reicht's jetzt, Lieutenant«, sagte Parisi zu Jacobi. »Machen Sie Schluss.«

»Mein Vater«, sagte Norma leise.

»Christopher Ross war eines der Opfer«, sagte ich. »Kannte er den Killer?«

»Er *war* der Killer«, sagte Pet Girl. »Daddy hat es mir erzählt. Er hat sie alle umgebracht.«

103

Pet Girl hatte gerade eben ihren toten Vater beschuldigt, der High-Society-Killer von 1982 gewesen zu sein. Falls das stimmte, dann hatte sie einen Serienmörder zum Vater gehabt.

Und sie war seinem Beispiel gefolgt.

War das wirklich wahr?

Oder war es nichts weiter als eine verzweifelte Fantasie, die ihr einen Vorteil verschaffen sollte?

Ich wollte es noch *einmal* aus ihrem eigenen Mund hören – und sie tat mir den Gefallen.

»Er hat mir erzählt, wen er umgebracht hat und warum. Daddy hat diese reichen Angeber gehasst, die ihm in den Arsch gekrochen sind, bloß weil er Geld hatte. Meine Mutter war *echt*, und darum hat er sie geliebt.«

Pet Girl griff in ihren Blusenausschnitt und holte ein Medaillon hervor, klappte es mit zitternden Fingern auf und hielt es Parisi hin, damit er das Foto von Christopher Ross sehen konnte.

Parisi ließ sie keine Sekunde aus den Augen. Er durchbohrte Johnson mit seinen furchterregenden Red-Dog-schlitzt-dir-gleich-die-Kehle-auf-Hitzestrahlen und sagte: »So eine Behauptung ist gar nichts wert. Sie wollen einen Deal? Dann brauche ich Beweise.«

Pet Girl wandte sich zu mir, zum ersten Mal seitdem Jacobi und Parisi den Raum betreten hatten.

»Die Schlüssel sind in meiner Handtasche«, sagte sie. »Rotes Straußenleder. Ich glaube, ich habe sie auf dem Konsolentisch im Flur liegen lassen.«

Ich nickte und sagte: »Rote Tasche. Ich schau mich um.«

»Nehmen Sie den Messingschlüssel mit dem runden Kopf. Der passt in das Vorhängeschloss an meinem Lagerraum«, sagte sie. »Bay Storage, Lagerraum 22. Dort bewahre ich alle Papiere meines Vaters auf. In einer der Kisten liegt die Akte ›Natajara‹.«

»Ist die Kiste nummeriert? Irgendwie gekennzeichnet?«

»Müsste eigentlich gleich vorn dranstehen. Ich glaube in der zweiten oder dritten Reihe auf der rechten Sei…«

Ich war in Gedanken bereits auf dem Weg nach oben, um mir einen Durchsuchungsbefehl für Norma Johnsons Wohnung zu besorgen, da klingelte mein Handy. Brenda, unsere Sekretärin, war dran: »Lindsay, zwei alte Knacker…«

Die Tür des Verhörzimmers flog auf, und zwei gut gekleidete Herren stürmten herein.

Bill Tarbox trug einen blauen Seersucker-Anzug und eine rot-weiß gepunktete Fliege und sah aus, als hätte er seinen Panamahut draußen im Rolls-Royce liegen lassen. Fenns Haare waren so spitz, dass man sich an seinen Koteletten hätte schneiden können.

Fenn blickte sich mit stechendem Blick im Zimmer um, erkannte seine Mandantin und sagte: »Norma, kein Wort mehr. Wir sind Ihre Rechtsanwälte, und dieses Gespräch ist hiermit beendet.«

104

Ich saß in Conklins Einzelzimmer mit Blick auf den Krankenhausparkplatz. Er wirkte blass, die feuchten Haare klebten ihm auf der Stirn, aber sein Lächeln war kräftig, und er riss einen Witz nach dem anderen. Das waren sehr gute Anzeichen.

Ich drehte den Lehnstuhl so, dass ich ihn anschauen konnte. »Du bist mir doch nicht böse, Rich, oder?«

»Wieso? Weil du Pet Girl geknackt hast, während ich wie ein Sack Zement hier im Bett gelegen habe? Wieso sollte ich dir deswegen böse sein? Ich meine, Lindsay, ich bitte dich«, sagte er und blickte mich mit seinen braunen Augen an. »Dass diese Irre hinter Gittern sitzt, *das* ist doch das, was zählt, auch wenn *ich* bei diesem Triumph *nicht dabei war*. Schwester! Eine Blausäureinfusion, *sofort*!«

Ich musste lachen. Rich hatte vor Pet Girl und ihrer verdammten Schlangenattacke nicht den Schwanz eingezogen, und allein schon deshalb war er ein Held. Er war *am Leben*, und unsere Dienstmarken waren, genau wie McCorkles, auf Hochglanz poliert worden, weil wir der Staatsanwaltschaft Norma Johnson auf dem Silbertablett präsentiert hatten.

So etwas hieß bei uns: »Ein toller Tag, um Polizist zu sein.«

Eine Schwesternhelferin brachte Conklin ein Frühaufsteher-Spezialmenü, und während er die Pampe auf seinem Teller hin und her schob, erzählte ich ihm von meiner Rückkehr in Pet Girls Apartment.

»Die Kammerjäger haben gesagt, es sei alles sauber, aber mal im Ernst, woher sollten die wissen, ob sie wirklich auch die letzte Schlange noch erwischt haben? Ich bin da auf *Ze-*

henspitzen rein, Rich, und ich bin mir nicht mal sicher, ob die Zehenspitzen überhaupt den Boden berührt haben.«

»Du bist 'n tapferes Mädchen, Lindsay.«

»Ich hab mir die Handtasche geschnappt, die Tür hinter mir zugeknallt und den Schlüssel gesucht. Fünfzig von ihren insgesamt zweiundsechzig Schlüsseln waren aus Messing und hatten einen runden Kopf.«

»Hat einer davon in das Schloss gepasst?«

»Hast du's eilig?«, fragte ich zurück.

»Nein, nein. Lass dir Zeit.«

Ich lachte noch einmal, so froh war ich, dass Conklin diesem Krankenhaus des Schreckens den Rücken kehren konnte, sobald Doc den Daumen hob.

»Vor Pet Girls Lagerraum habe ich mich mit McCorkle getroffen«, sagte ich. »Und er hat noch so ein dickes Bürschchen aus seinem Labor mitgebracht.

Wir machen also die Tür auf, und da stehen vielleicht *zehn* Meter nur Kartons. Der Dicke fängt an, die Kisten runterzustellen, und McCorkle und ich blättern fünf Stunden lang Akten durch und suchen ›Natajara‹«, sagte ich.

»Irgendwann stellt sich dann raus, dass Natajara der Name eines indischen Gottes ist, der eine Kobra um den Hals trägt. Und die Firma ›Natajara Exports‹ handelt mit Giftschlangen.«

»Lindsay, du bist *super*.«

»Stimmt genau. Ich bin auf den Briefwechsel zwischen einem gewissen Mr. Radhakrishnan von Natajara Exports und Christopher Ross, Vorstandsvorsitzender der Pacific Cargo Lines, gestoßen. Und ich habe eine Rechnung für einen Behälter mit Kraits gefunden, datiert auf den 19. Januar 1982.«

»Das Arschloch hat die Rechnung für die Schlangen aufbewahrt? Aber wie kommst du drauf, dass er sowohl der Killer als auch ein Opfer war?«

»McCorkle glaubt, dass sein Tod ein Unfall war, vielleicht

auch Selbstmord. Wir werden es nie erfahren, aber eines ist sicher: Norma Johnson wandert sechsmal lebenslänglich hinter Gitter … und McCorkle hat eine offene Akte weniger.«

Mein Partner und ich klatschten uns gerade ab, da kam ein blond gelockter Wirbelwind in Conklins Zimmer gestürmt, ein hübsch verpacktes Geschenk in der einen und einen Strauß Heliumballons in der anderen Hand.

»Hey, du«, sagte Conklin sichtlich erfreut.

»Hey, du auch.«

Cindy begrüßte mich, gab Conklin einen Kuss, umarmte ihn, stellte ihm das Geschenk auf den Bauch und wollte, dass er es auspackte. »Das ist ein Bademantel«, sagte sie. »Außer mir soll niemand deine Arschbacken zu sehen kriegen.«

Conklin lachte und lief rot an. Während er an dem Geschenkband herumfummelte, sagte ich: »Gutes Schlusswort. Ich hoffe, wir sehen uns morgen im Präsidium, Kumpel.«

Ich küsste Conklin auf die Wange, umarmte meine unerschütterliche Freundin Cindy und dachte beim Hinausgehen: *Cindy und Rich passen gut zusammen.*

Echt gut.

105

In dem Augenblick, als Claire, Yuki und ich an diesem Abend durch die Tür des Susie's kamen, fiel der Strom aus, und das Lokal wurde augenblicklich von einer Art düsterer Heiterkeit erfasst. Wildfremde Menschen stießen zusammen, bestellten Bier, solange es noch kalt war, und der Steeldrummer erhob seine samtige Stimme und sang einfach ohne Mikrofonanlage weiter: »Salt, tea, rice, smoked fish, are nice and the rum is fine any time of the year…«

Wir zwängten uns ins Hinterzimmer, setzten uns an unseren üblichen Tisch und besetzten einen Platz für Cindy, die erst noch Rich und seinen neuen Bademantel nach Hause bringen wollte.

»Aber sie kommt doch noch, oder?«, erkundigte sich Yuki.

Claire und ich zuckten einhellig dramatisch mit den Schultern. Yuki lachte, und Lorraine stellte Kerzen auf den Tisch. Sie brachte uns einen Krug frisch gezapftes Bier, einen großen Korb mit Chips und eine Schale Salsa und sagte: »Das ist das Essen, so lange, bis wir wieder Strom haben.«

Ich nutzte die Zeit und erzählte Claire und Yuki von Pet Girls Geständnis und McCorkles erledigtem ungeklärtem Fall.

Claire ergänzte meine Erzählung mit einer Schilderung ihrer erneuten Obduktion von McKenzie Olivers Leiche und schnurrte: »Die Bisswunden waren direkt über seinem Schulterblatt. Sie waren so winzig, dass man schon ganz gezielt danach suchen musste, um sie überhaupt zu entdecken.«

Genau in diesem Augenblick kam Cindy hereingeschneit und schob sich an unseren Tisch. Außer Atem, aber strahlend schlüpfte sie neben Yuki auf die Bank. Lorraine brachte noch einen schwitzenden Bierkrug an den Tisch und sagte dabei:

»Wir machen zu, meine Damen. Das ist die letzte Runde, und die geht auf Susie.«

Ich schenkte Cindys Glas voll, und sie prostete uns damit zu.

»Auf euch alle, dafür, dass ihr Richie das Leben gerettet habt.«

»Was?«, platzte Claire hervor.

»Du, Claire, hast Doc von den Kraits erzählt. Hättest du das nicht gemacht, hätte er auch nicht das Aquarium verständigt. Und du, Linds, hast ihm mit dem Gürtel den Arm abgebunden und ihm klare Anweisungen gegeben.«

»Willst du dich als Nächstes vielleicht noch bei der Filmakademie bedanken? Das, was ich für Conklin getan habe, hätte er auch für mich getan. Dazu sind *Partner* schließlich da.«

»Das stimmt, aber du *hast* es auch getan.«

»Hör nicht auf sie. Sie hat L-I-E-B-E«, sagte Claire.

»*Irgendwas* hat sie auf jeden Fall.«

»Und du«, sagte Cindy zu Yuki.

»Ich bin unschuldig. Ich hab mit Conklins Lebensrettung nichts zu tun.«

»Du hast Doc entdeckt.«

»Na ja«, meinte Claire. »Ich schätze, wir haben alle auch einen Grund, uns bei Cindy zu bedanken.«

»Ach was.«

»Conklin hat so lange für Lindsay geschwärmt, obwohl sie die ganze Zeit hart geblieben ist. Darum ist es gut, dass du diesem Kerl endlich einen Grund zum Leben gegeben hast.«

Cindy senkte die Augenlider und sagte mit koketter Betonung: »Das *Vergnügen* ist ganz auf meiner Seite.«

Wir brachen allesamt in Lachen aus, sogar ich, ja, sogar Cindy. Und als wir die Tränen getrocknet hatten, meinte Yuki, dass sie uns etwas zu sagen hätte.

»Ich werde für ein paar Wochen verreisen. Mein Onkel Jack hat mich eingeladen, und ich habe sowieso noch Urlaub.«

»Du fährst nach Kyoto«, sagte ich.

»Es wird mir guttun, mal ein bisschen rauszukommen.«

»Und, wirst du Doc noch mal wiedersehen?«

»Na ja, wir wollen es drauf ankommen lassen. Aber mein Herz spielt einfach nicht mit, Lindsay. Oder, um genauer zu sein: Mein Kopf spielt nicht mit.«

Claire sagte: »Da kann man nichts machen, Schätzchen.«

»Kann ich nicht, will ich nicht, mach ich nicht«, erwiderte Yuki.

106

Als ich am nächsten Morgen ins Büro kam, saß Conklin an seinem Schreibtisch. Er war frisch gewaschen und rasiert und sah aus, als hätte er im Lotto gewonnen. Die Tagesschicht drängte sich um unsere Schreibtische und wollte Conklin die Hand schütteln und ihm sagen, wie toll es war, ihn wieder zu sehen.

Brenda hatte einen Kuchen gebacken und sagte gerade: »Es gibt doch niemanden, der keinen Erdnussbutter-Schokoladenkuchen mag«, und sie hatte recht, aber kaum hatten wir gerade mal zwei Bissen genommen, da bekam Conklin einen Anruf von Skip Wilkinson, einem seiner Kumpels im Betäubungsmittel- und Sittendezernat.

Conklin meldete sich und sagte danach immer nur: »Mm-hmm. Mm-hmm. *Is' nich' wahr*. Ja, klar. Ja, klar. Wir sind gleich da.«

Er legte auf und sagte zu mir: »Die Drogenfahndung hat gestern Abend eine Crack-Nutte aufgegriffen. Sie hatte eine Zweiundzwanziger dabei, die auf Neil Pincus registriert ist. Sie halten sie fest, bis wir da sind.«

Wir fuhren zu der unscheinbaren Polizeiwache, die in einem ehemaligen Fabrikgebäude untergebracht war und einen viertel Häuserblock in der Potrero Avenue in Beschlag nahm. Wir sausten die Treppe in den zweiten Stock hinauf.

Skip Wilkinson erwartete uns am Eingang.

Er brachte uns in das Beobachtungszimmer, wo wir durch den Einwegspiegel einen Blick auf die Verdächtige werfen konnten. Es war eine junge Schwarze, knochig und dürr. Sie trug eine abgewetzte Jeans und ein verdrecktes, pinkfarbenes Babydoll. Ihre blonden Zöpfchen waren dabei, sich aufzulösen, und ihrem unruhigen Blick und ihrem Zittern nach zu urteilen, hatte sie eine schlechte Nacht im Gefängnis hinter sich und brauchte dringend Stoff.

Wilkinson sagte: »Das ist Lawanda Lewis, siebzehn Jahre alt. Hier ist ihre Akte.«

Ich las: »Zwei Festnahmen wegen Prostitution. Jetzt erstmals wegen Drogenbesitz festgenommen. Habt ihr sie unter Mordverdacht?«

Möglich war alles, aber ich konnte es mir nicht vorstellen.

»Hast du ihre Adresse gesehen?«, fragte mich Wilkinson und deutete auf die Strafakte. »In der Cole Street. Das ist Bagmans Haus.

Sie hat dort gewohnt. Vielleicht wohnt sie da ja immer noch. Jedenfalls war sie eines von seinen Mädchen. Sie könnte eure Täterin sein. Fühlt ihr doch mal auf den Zahn.«

Das war einer dieser unfassbaren Augenblicke.

Dieser Gutmenschen-Anwalt Neil Pincus hatte gelogen, als er behauptet hatte, keine Waffe zu besitzen. Dann hatte er gesagt, sie sei gestohlen worden. Ich hatte auch das für eine Lüge gehalten, hatte aber nicht damit gerechnet, dass seine Pistole jemals wieder auftauchen würde.

Ich hatte mich geirrt.

107

Wir betraten das Verhörzimmer. Conklin zog einen Stuhl unter dem Tisch hervor und bot ihn mir an, um zu demonstrieren, was er für ein Gentleman war. Ich setzte mich also, er machte es mir nach, und das Mädchen versuchte sich so klein wie möglich zu machen, während Conklin ihr sagte, wer wir waren.

»Lawanda«, sagte er dann in freundlichem Ton, »ist das wahr? Hast du für Bagman Drogen vertickt?«

Das Mädchen starrte auf die Tischplatte, zupfte an ihren lackierten Fingernägeln, hob kein einziges Mal den Kopf.

Conklin fuhr fort: »Sieh mal, die Drogen interessieren uns überhaupt nicht. Wir wissen, wie ihr zusammengelebt habt. Wir wissen, wie er dich benutzt hat.«

»Bagman hat mich immer gut behandelt.«

»Tatsächlich? Dann hattest du also keinen Grund ihn umzubringen?«

»Ihn umbringen? Ich? Ich hab ihn nicht umgebracht. Nein, nein, nein. Ich nicht.«

Wir hatten keinerlei Beweise dafür, dass Lawanda Lewis die Waffe je benutzt hatte. Wir wussten ja nicht einmal, ob Rodney Booker mit Neil Pincus' Pistole erschossen worden war.

Die Kugeln, die in Bagmans Schädel eingedrungen waren, waren so weich und so deformiert gewesen, dass sie niemals irgendeiner Waffe zugeordnet werden konnten. Aber ich war mir sicher, dass Lawanda Lewis das nicht wissen konnte.

»Lawanda, ich muss dir leider sagen, dass du ernsthaft in der Klemme steckst«, sagte ich. »Bagman ist mit deiner Pistole umgebracht worden. Du musst uns schon einen triftigen

Grund liefern, warum wir dich nicht wegen Mordes einbuchten sollen.«

Lawanda Lewis sprang auf, drückte sich in eine Zimmerecke und vergrub den Kopf in den Händen. Sie war eindeutig auf Entzug. In einer Minute würde sie mit Schaum vor dem Mund anfangen zu schreien.

»Ich war's nicht! Ich hab niemanden umgebracht!«

»Diese Waffe da sagt aber etwas anderes«, erwiderte Conklin.

»Ich brauch was. *Ich sterbe!*«

»Zuerst redest du, dann besorgen wir dir, was du brauchst.«

Während Lawanda schaukelnd und heulend in der Ecke kauerte, malte ich mir aus, wie das Verbrechen sich abgespielt haben könnte.

Sagen wir mal, das Mädchen da braucht seine nächste Drogenration. Booker sagt, sie soll erst mal losgehen und arbeiten. Sie hat Pincus' Pistole dabei. Also geht sie Bagman nach, stellt ihn mitten auf der Straße zur Rede, und als er ihr den Stoff nicht geben will, erschießt sie ihn und raubt ihn aus. Aber wie soll sie ihn zusammengeschlagen haben? Sie war klein. Mit Sicherheit kein Gegner für Booker.

»Sie besorgen mir was?«, sagte sie zu Conklin.

»Wir besorgen dir Hilfe«, erwiderte Conklin.

Lawanda kratzte sich am Kinn, zerrte an ihren Haaren. Ich war mir sicher, dass wir sie verloren hatten, dass sie in irgendein schwarzes Loch voller Trübseligkeit gefallen war und nicht einmal wusste, dass wir noch da waren.

Aber sie blieb bei uns, schaukelte immer noch hin und her, den Blick starr zu Boden gerichtet, und stieß wie besessen hervor: »Sammy Pincus hat mir die Pistole gegeben, damit ich mich da draußen besser schützen kann!«

Ich stand auf, ging zu Lawanda hinüber, beugte mich zu ihr hinunter, damit ich ihr in die Augen sehen konnte, und fragte sie: »Wie ist Sammy Pincus an diese Waffe gekommen?«

Das Mädchen starrte mich an, als wäre ich dumm wie Brot. »Die hat sie bei ihrem Vater geklaut, Mr. Neil. *Der* hat doch Bagman Jesus umgebracht.«

108

Mein Herz dröhnte wie eine Steeldrum, die mit einem Hammer bearbeitet wird. Wir polterten die schmale Treppe hinauf, die zu dem Rechtsanwaltsbüro über der Suppenküche namens »From the Heart« führte. Conklin war direkt hinter mir.

Ein Schwarm junger Mädchen kam aus dem Nagelstudio und wollte sich an uns vorbeidrängen, erkannte die Entschlossenheit auf unseren Gesichtern, wich zurück und presste sich auf dem Treppenabsatz mit dem Rücken an die Wand. Eine sagte laut: »Das sind *Bullen*!«

Ich klopfte an die Tür von »PINCUS & PINCUS«, und als jemand sagte: »Wer ist da?«, antwortete ich: »Mr. Pincus, hier ist die Polizei.«

Al Pincus, der größere, jüngere der Brüder kam zur Tür.

»Wie kann ich Ihnen behilflich sein?«, fragte er und stellte sich uns mitten in den Weg.

»Als Erstes könnten Sie uns mal reinlassen«, erwiderte ich.

Er seufzte, machte die Tür weit auf und rief über die Schulter nach hinten: »Neil, die Polizei.«

Neil Pincus kam aus seinem Zimmer. Er trug genau die gleichen Sachen wie beim letzten Mal: graue Hose, weißes Hemd, aufgekrempelte Ärmel, keine Krawatte.

Ich zog den Haftbefehl aus der Innentasche meines Jacketts und zeigte ihn »Mr. Neil«.

»Sie sind hiermit festgenommen.«

Er riss mir den Haftbefehl aus der Hand, faltete ihn auseinander, überflog ihn und sagte: »Sind Sie verrückt geworden? Ich habe niemanden umgebracht.«

»Wir haben Ihre Pistole, Mr. Pincus. Sie ist in den Händen

einer Zeugin aufgetaucht, die aussagen wird, dass Sie Rodney Booker erschossen haben.«

»Das ist doch verrückt«, sagte Neil Pincus und wandte sich um. »Ich rufe meinen Anwalt an.«

»Stehen bleiben! Keine Bewegung!«, rief Conklin. »Hände hoch, gut sichtbar. *Sofort!*«

Ich hatte zwar nicht mit Widerstand gerechnet, war aber vorbereitet. Während Conklin seine Glock auf Neil Pincus gerichtet hielt, schob ich ihn an die Wand und legte ihm auf dem Rücken Handschellen an.

»Sie haben das Recht, die Aussage zu verweigern«, sagte ich, während ich ihn durchsuchte.

»He!«, rief Al Pincus. »Lassen Sie meinen Bruder in Ruhe! Sie sind auf dem falschen Dampfer. *Ich* habe Rodney Booker umgebracht.«

»Al, nein! Hören Sie«, wandte sich Neil Pincus an mich. »Al hat nichts damit zu tun. *Ich* war's. *Ich* habe dieses Schwein umgebracht, für das, was er meiner Tochter angetan hat.«

»Nein, *ich* war's, und ich bereue nichts«, beharrte Alan Pincus. »Booker war ein übles Dreckschwein. Was er Sammy angetan hat … die ganze Welt hätte dem Mädchen offengestanden.

Neil wollte ihn auf juristischem Weg erledigen, aber Booker war einfach zu glatt. Also habe ich seine Pistole genommen. Dann habe ich diesen Scheißkerl an einer Straßenecke aufgestöbert und habe ihn in den Kopf geschossen, immer und immer wieder.«

»Danke«, erwiderte ich. »Booker hatte so viele Kugeln im Körper und so viele Schläge abbekommen, dass es gut sein kann, dass Sie ihn zu zweit umgebracht haben. Ehrlich gesagt, so lautet meine Theorie. Sie haben ihn gemeinsam fertiggemacht.«

Ich las Alan Pincus seine Rechte vor, und Conklin legte ihm

Handschellen an, aber irgendetwas nagte an mir, tief in meinem Inneren, und ließ mich nicht mehr los.

Neil Pincus behauptete, dass *er* es getan hat.

Al Pincus behauptete, dass *er* es getan hat.

Wie belastbar konnte eine Anklage sein, die sich auf die vage Aussage einer gewissen Lawanda Lewis stützte, einer drogensüchtigen Crack-Nutte, die womöglich schon tot war, bevor der Prozess überhaupt begonnen hatte?

Ich kannte die Antwort auf meine Frage. Falls jeder der beiden Pincus-Brüder die Verantwortung für den Mord an Bagman übernahm, falls jeder behauptete, er habe die Tat alleine verübt, dann konnte das einen Geschworenen durchaus zweifeln lassen. Ein zweifelnder Geschworener reichte für eine Einstellung des Verfahrens schon aus, und ich hatte große Zweifel, ob die Stadt in einen verbrecherischen Mistkerl wie Rodney Booker mehr als einen Prozess investieren wollte.

Und dann ging mir schlagartig ein Licht auf.

Die Gebrüder Pincus hatten das alles genau so geplant.

Conklin und ich brachten die beiden die Treppe hinunter. In Gedanken war ich schon weit voraus, wollte sie trennen, verhören und den einen dazu bringen, den anderen zu verraten. Doch als wir am Fuß der Treppe angelangten, prallte mein Gedankenfluss gegen eine Staumauer.

An der Tür wurden wir von einer Menschenmenge erwartet… und das war der Augenblick, wo das Ganze erst *richtig* bizarr wurde.

109

Viele Leute waren aus dem »From the Heart« auf die Straße gekommen, Obdachlose genauso wie ehrenamtliche Helfer, und in der immer dichter werdenden Menschenmenge sah ich auch etliche Geschäftsleute aus der näheren Umgebung, die eigentlich gar nicht richtig dazuzupassen schienen.

Ich rief: »*Zurücktreten! Lassen Sie uns durch!*« Doch die Menge rückte immer näher, wurde dichter, rempelte uns an und drohte, aggressiv zu werden. Ich fummelte mein Handy hervor, drückte ohne hinzusehen ein paar Tasten und bekam tatsächlich eine Verbindung mit dem Sergeant in der Bereitschaft.

Ich gab meine Dienstnummer und meinen Standort durch und sagte, dass wir Verstärkung brauchten. *Unverzüglich!*

Ein Mann in einem guten Anzug schob sich auf uns zu und rief: »Sergeant, Sergeant, ich bin Franklin Morris. Ich bin Mitglied der Fifth Street Association. Ich kann nicht zulassen, dass Sie diese Männer festnehmen, weil *ich* es nämlich war, der Rodney Booker erschossen hat – und ich kann es beweisen. Neil wollte mich daran hindern, aber ich musste einfach das Richtige tun. *Sag's ihr, Neil.*«

Das war der Beginn einer Kettenreaktion, wie ich sie noch nie zuvor erlebt hatte … und wie ich sie mir nie hätte vorstellen können.

»Ich bin Luvie Jump«, sagte eine Schwarze mit einer violetten Brille. Sie trug eine Seidenstrumpfhose und darüber einen Kaftan und schob ihren schlanken Körper seitlich durch die Menge auf mich zu. »Glauben Sie Mr. Morris nicht, Sergeant. Er ist der beste Freund von Neil Pincus. Hören Sie *mir* zu.

Wir haben *immer wieder* mit der Polizei gesprochen, aber die hat einfach nichts unternommen. Rodney Booker war die Pest in Person. Er hat Drogen verkauft. Er hat aus netten Mädchen drogensüchtige Huren gemacht. Ich habe ihn erschossen, weil er der Teufel war. Sie können jeden fragen. Ich habe es getan, mit Neil Pincus' schmutziger kleiner Pistole, und ich bin bereit dafür zu büßen.«

Mir wurde schwindelig und ein bisschen schlecht.

Unser Wagen stand nur zwanzig Meter entfernt, aber die Menge war so dicht geworden, dass ich ihn nicht einmal sehen konnte. Ich lauschte auf den Klang von Sirenen, doch bis auf den Tumult um mich herum nahm ich gar nichts mehr wahr.

Und schon bekam ich das nächste Geständnis zu hören, dieses Mal von einem Mann, der mich am Kragen packte und sagte, er heiße Harry Bainbridge. Er war schwarz, besaß Rastalocken und goldene Zähne, sah aus wie ein Obdachloser und sagte, er habe Booker mit einem Kantholz verprügelt, nachdem er ihm mit Pincus' Handfeuerwaffe das Licht ausgepustet habe.

»Diese Zeitungsartikel, in denen immer die Rede davon war, was für ein guter Mensch Bagman Jesus gewesen sei? Ein Haufen Hundescheiße, das war er. Wo waren denn Ihre Leute, als wir sie angerufen haben? Warum muss ich meine Hände mit Blut beflecken? Aber genau das hab ich gemacht, Frau Polizistin. Ich hab Mr. Pincus' Pistole geklaut und dieses Arschloch erschossen. Er hat um sein Leben gebettelt, aber nach allem, was er meiner Tochter Flora angetan hat, war mir das egal.«

Jetzt trat eine Frau vor oder vielleicht auch ein Mann in Frauenkleidern, da war ich mir nicht so sicher. Ihr Name war jedenfalls Mercy.

»Dieses Dreckschwein hat meine kleine Schwester zur Hure gemacht. Er hat sie mit Meth vollgepumpt, und dann ist sie auf der Straße gestorben. Da drüben. Ich musste diesen Schweinehund einfach umlegen, verstehen Sie? Verrückt bin ich sowieso, da hab ich mir wegen der Strafe gar keine Gedanken gemacht.«

»Mercy! Halt die Klappe. Du brauchst hier gar nichts zu gestehen. Ich war's«, sagte ein Mann, der wie ein junger Preisboxer aussah.

Seine Nase war zu einer Seite hin gebogen, und er machte den Eindruck, als sei sein Gehirn ein paarmal zu oft gegen die Schädeldecke geschwappt.

»Ich habe Bagman mit der Knarre vom Rechtsanwalt sechs Schüsse verpasst. *Peng-peng, Peng-peng, Peng-peng,* und als er hingefallen ist, da hab ich ihn *damit* verprügelt«, sagte er uns schüttelte die Fäuste. »Ich hab diesem Scheißkerl das Licht ausgepustet, für alles, was er in unserem Viertel angerichtet hat.«

Da trat ein blondes Mädchen mit ausgemergeltem Gesicht nach vorn, hübsch wie ein Cheerleader auf Meth. Ich kannte sie.

»Mein Vater, mein Onkel Al, sie haben nichts Böses getan. Sie haben nur versucht mir das Leben zu retten«, sagte Sammy. »Ich habe gesagt, ich hätte Bagman geliebt, aber das war eine Lüge. Ich habe ihn umgebracht, und danach haben wir *alle* gelogen, damit niemand von uns verdächtigt wird. Aber er war ein Tyrann. Er hat mich versklavt. Darum habe ich meinem Vater die Pistole gestohlen…«

Jetzt war es mir klar, kristallklar. Dieses Chaos hier war bewusst organisiert worden. Hatten die Gebrüder Pincus das seit dem Tag geplant, an dem sie – oder sonst irgendjemand – Bagman Jesus umgebracht hatten?

Streifenwagen und Polizeitransporter kamen mit heulenden Sirenen die Fifth Street heraufgeflogen, hielten an, zerstreuten die Menge. Polizisten sprangen heraus, schwangen die Schlagstöcke, schoben die Menschen zurück.

»Nehmen Sie die beiden hier mit«, sagte ich zu den Beamten in meiner Nähe. Ich übergab ihnen die Pincus-Brüder, und sie begleiteten sie zum Transporter. Dabei stürmte die Menge erneut auf uns los.

Während Neil Pincus in den Transporter geschoben wurde, drehte er sich noch einmal um und sagte: »Einen Augenblick noch. Sergeant Boxer?«, rief er. »Sehen Sie das gar nicht? Entweder haben wir alle es getan oder keiner.

Und selbst, wenn Sie irgendjemanden vor Gericht zerren, auf eine Verurteilung können Sie lange warten. Der Mörder von Rodney Booker ist, verdammt nochmal, ein richtiger *Held.*«

110

Mithilfe der Verstärkung drängten Conklin und ich weitere sechs Personen an die Wand und durchsuchten sie. Wir stellten ihre Namen fest und verluden sie dann in Streifenwagen und Transporter, um sie im Präsidium ausführlich zu befragen.

Ich wollte von allen acht hören, wie sie Bagman umgebracht hatten und wieso.

Schwitzend lenkte ich unseren Wagen mit Conklin auf dem Beifahrersitz in Richtung Präsidium. Diese Szene mit der Menschenmenge hatte meinen Puls in schwindelerregende Höhen getrieben, und er lag immer noch deutlich über meinen üblichen achtundsechzig Schlägen pro Minute. Aber ich war froh. Oder besser: *hocherfreut*.

Ich warf einen Blick in den Rückspiegel und sah Franklin Morris und »Mercy« munter plaudernd hinter dem Gitter im hinteren Teil des Wagens sitzen, fast so, als würden wir sie zum Mittagessen ausführen.

Warum sollten sie sich auch Sorgen machen?

Womöglich wurde den Pincus-Brüdern die Anwaltslizenz entzogen, weil sie einen Mord gestanden hatten, doch dann würde jemand anderes in die Bresche springen und die Verteidigung der konspirativen Gruppe übernehmen. Vermutlich hatte einer von ihnen oder auch alle zusammen den Mord an Rodney Booker begangen. Aber vermutlich würde Neil Pincus mit seiner Prophezeiung recht behalten.

Wenn diese Leute bei ihrer Geschichte blieben, dann würde kein Gericht der Welt sie verurteilen. Acht Geständnisse waren achtmal schlimmer als eines, jedes widersprach dem anderen, sodass der berechtigte Zweifel allgegenwärtig war. Vielleicht würde es überhaupt nicht zum Prozess kommen.

Ich sagte zu Conklin: »Cindy kann bestimmt die Filmrechte an dieser Geschichte verkaufen. ›Vom Volkshelden zum Massenmörder. Drogendealer von konspirativer Bürgerwehr zur Strecke gebracht.‹ Du solltest sie anrufen.«

»Nein, mach du das. Ich will schließlich nicht mit den Dienstvorschriften in Konflikt geraten.«

»Okay«, erwiderte ich mit einem Lächeln. »Ich überlasse ihr die Exklusivrechte, sobald wir mit unserer Arbeit fertig sind.«

Danach blieb ich stumm.

Während ich den Wagen in die Bryant Street lenkte, dachte ich über Bagman Jesus nach, diesen charmanten und gut aussehenden Abschaum, der Crack an Kinder verkauft und junge Mädchen in die Meth-Sucht getrieben hatte, einen Mann, der ein mobiles Meth-Labor in Auftrag gegeben hatte, bei dessen Explosion zehn Menschen ums Leben gekommen waren, überwiegend ganz normale Bürger auf dem Weg zur Arbeit.

Ich will keinesfalls der Selbstjustiz das Wort reden.

Wenn wir Bookers Killer überführen konnten, dann würden wir das tun. Aber vielleicht würden sich die Strafverfolgungsbehörden in diesem Fall einem anderen Gesetz beugen. Bagman Jesus, der Heilige der Straßen, der keiner war, war schneller und gekonnter aus dem Verkehr gezogen worden, als wir es geschafft hätten – und ohne jede Aussicht auf Bewährung.

Es ließ sich nicht bestreiten, dass es unserer Stadt jetzt, wo er nicht mehr da war, besser ging.

»Was denkst du gerade, Lindsay?«, wollte Conklin wissen.

Ich blickte ihn an und sah, dass auch er zufrieden war. Ich sagte: »Ich hab gerade gedacht, dass es irgendwie ein toller Tag ist, um Polizistin zu sein.«

Epilog

Endlich Glücklich

111

Joe saß am Steuer seines schwarzen S-Klasse-Mercedes, und ich saß entspannt neben ihm. Ich genoss den Blick nach links in sein wunderschönes Gesicht, auf seine starken Hände am Lenkrad. Jedes Mal, wenn er merkte, dass ich ihn ansah, drehte er den Kopf, um *mich* anzusehen.

Wir grinsten einander an wie Highschool-Schüler ihren ersten Schwarm. »Schau lieber auf die Straße, Bürschchen«, sagte ich.«

»Ich würde dir am liebsten dieses Kleid da ausziehen«, sagte er.

»Das hab ich doch vorhin erst angezogen!«

»Jetzt fällt es mir wieder ein«, meinte er lüstern. »Also, was hast du gerade gesagt?«

»Yuki.«

»Genau. Yuki fährt also für ein paar Wochen weg.«

»Sie *wollte* für ein paar Wochen wegfahren, aber dann hat Parisi sie zu sich ins Büro bestellt und gesagt: ›Ich habe einen Fall für Sie, Ms. Castellano. Ich könnte mir vorstellen, dass da eine Beförderung drin ist. Und eine Gehaltserhöhung.‹«

Joe drehte am Lenkrad, und wir fuhren die Einfahrt des Convent of the Sacred Heart in Pacific Heights entlang, einer unvorstellbar schönen, aber irgendwie auch unheimlichen alten Stadtvilla, wo Joes Freund, der Bürgermeister, eine große Spenden-Gala zugunsten benachteiligter Innenstadtkinder veranstaltete.

Die Gästeliste war absolut erstklassig besetzt, und Joe, als Berater der US-Regierung, ehemaliger stellvertretender Direktor im Heimatschutz-Ministerium sowie Nahost-Experte, stand ganz weit oben.

Parkwächter in aufwendiger Seefahrerkluft traten aus dem Schatten hervor, und Scheinwerfer verliehen der Schule die Aura eines eleganten Nachtclubs. Herrschaften in exklusiver Kleidung verließen ihre teuren Autos, und Joe stieg aus unserem.

Er übergab die Schlüssel einem Parkwächter, kam dann um den Wagen herum und machte mir die Tür auf. Ich nahm seinen Arm.

»Und? Wie geht es weiter?«, fragte er.

Wir näherten uns dem Eingangsportal mit dem steinernen Portikus. Ich war mir ausgesprochen bewusst darüber, dass ich mich zur Abwechslung mal so richtig feingemacht hatte: hochhackige Pumps, die Haare hochgesteckt, ein langes rotes Kleid… und falls es überhaupt eine Abendrobe gab, die für eine einen Meter achtundsiebzig große Blondine gedacht war, dann die, die ich gerade trug. Und falls es überhaupt einen gut aussehenden Mann im Smoking gab, dann den, bei dem ich mich eingehängt hatte.

»Ach so. Parisi sagt also zu Yuki: ›Ich gebe Ihnen den Fall Rodney Booker. Gratuliere.‹ Er hat ihr eine *Bombe* in die Hand gedrückt, Joe. Acht Angeklagte, keine Zeugen, eine nicht identifizierbare mutmaßliche Tatwaffe und ein unsympathisches Opfer. Sie wird ein ganzes Jahr lang damit zu tun haben, und dann wird man sie vor Gericht in Stücke reißen.«

»Arme, bedauernswerte Yuki.«

»Hoffentlich kommt sie zwischendurch mal wieder zum Luftholen. Ich wünsche es ihr.«

Wir schritten über die Schwelle, wo die Cocktailparty bereits in vollem Gang war. Schöne Menschen in angeregte Gespräche vertieft, Lachen, widerhallende Stimmen in dem herrlichen, repräsentativen Saal mit seiner hohen Kassettendecke – erbaut nach dem Vorbild der vatikanischen Bauten aus der Blütezeit der italienischen Renaissance im 16. Jahrhundert.

Ein Kellner kam mit einem Tablett voller Champagnergläser vorbei, und Joe und ich nahmen uns jeweils eines.

Nach einem kleinen Schluck stellte Joe sein Glas auf einen Tisch, griff in seine Hosentasche und holte eine schwarze Samtschachtel hervor, die ich schon viele Male gesehen hatte. Er hatte sie mir schon zweimal geschenkt, und obwohl ich nie aus vollem Herzen Ja gesagt hatte, hatte ich sie doch vor dem Feuer gerettet, war mit ihr bei Joe eingezogen und hatte sie tatsächlich ab und zu aufgemacht, um nachzusehen, wo ich denn nun gerade stand.

Und jetzt klappte Joe die schwarze Muschelschachtel erneut auf und hielt sie so, dass die fünf Diamanten in der Platinfassung funkelten wie ein ganzer Kristallkronleuchter.

Ich hob den Blick, schaute ihn an und dachte, dass er diesen ganzen Schnickschnack eigentlich gar nicht nötig hatte. Ich würde ihn auch in einem hautengen Glitzer-Body lieben. Ich lächelte.

»Irgendwie habe ich gerade ein Déjà-vu«, sagte er.

Die Schmetterlinge in meinem Bauch schlugen Purzelbäume, aber ich blieb ruhig stehen und hielt dem Blick meines blauäugigen Adonis stand.

»Muss ich nach Queens zurückkehren und wieder bei meiner Mutter wohnen? Oder willst du mich heiraten, Lindsay? Möchtest du meine Frau werden?«

Während um uns herum alles durcheinanderwuselte, begann eine Band eine kitschige, sehr sentimentale Big-Band-Melodie aus den Vierzigern zu spielen. Es war absolut perfekt.

Ich stellte mein Glas ab und streckte die Hand aus.

»Ist das ein Ja?«, fragte Joe. »Oder bittest du mich um diesen Tanz?«

»Beides. Das ist ein eindeutiges, doppeltes Ja.«

Joes Gesichtszüge wurden von Gefühlen überwältigt. Er sagte: »Ich liebe dich, Blondie«, streifte mir den Ring auf den

Finger und gab mir einen Kuss. Ich spürte die Energie dieses Kusses, spürte, wie er diesen perfekten Augenblick besiegelte und uns für unsere gemeinsame Zukunft seinen Segen gab.

Ich schlang Joe die Arme um den Hals, und er hielt mich fest. Wir wiegten uns im Takt zu Glenn Millers »Moonlight Serenade«, und Joe flüsterte mir mit sanfter Stimme ins Ohr: »Du überlegst es dir nicht nochmal anders. Wir werden wirklich heiraten.«

»Ja, Joe, das werden wir. Ich liebe dich so sehr. Wirklich.«

112

Norma Johnson lag in ihrer Hochsicherheitszelle in der Central California Women's Facility und ruhte sich aus. Die Zelle war zweieinhalb mal zweieinhalb Meter groß, bestand aus beige gestrichenem Metall mit zwei übereinander befestigten, schmalen Pritschen, einem Waschbecken, einer Edelstahltoilette, und das war, abgesehen von der über ihr schnarchenden Zellennachbarin, auch schon alles.

Ihre Zellennachbarin war Bernadette Radke, alt genug, um ihre Mutter zu sein, und ebenfalls eine Mörderin, aber nicht einmal annähernd so clever oder so cool wie sie. Bernie hatte ihren Ehemann umgebracht, indem sie ihn mit einem Pick-up überrollt und anschließend, als sie »die Kurve kratzen wollte«, eine rote Ampel überfahren und noch drei weitere Menschen getötet hatte, darunter ein achtjähriges Kind.

Trotz ihrer zahlreichen Opfer war sie ein Leichtgewicht.

Sie hatte keinerlei Pläne gemacht, besaß keine Finesse. Sie war nichts weiter als eine jähzornige Irre am Rand der Zurechnungsfähigkeit, aber das war für Pet Girl absolut in Ordnung, da Bernie ihre virtuelle Sklavin war.

Alle waren sie das.

Norma Johnson war nicht mehr länger das Pet Girl.

Sie besaß keinerlei Aufgabe, keinerlei Verantwortung, aber dafür mussten sich alle Wärterinnen und die Gefangenen aus dem Arbeitsdienst um *sie* kümmern. Das Essen wurde ihr zubereitet. Die blaue Uniform wurde ihr gewaschen. Das Bett wurde ihr gemacht. Die Post wurde ihr gebracht – und was das Beste war? Sie bekam eine Menge Post. Von Fans. Von Zeitschriften. Aus Hollywood.

Sie war jetzt eine Berühmtheit.

Alle wollten sie kennenlernen, mit ihr reden. Sie empfanden Angst und gleichzeitig Ehrfurcht vor ihr.

Sie fühlte sich hier wie die Ballprinzessin. Zum ersten Mal in ihrem Leben hatte sie das Gefühl, irgendwo zu sein, wo sie wirklich hingehörte.

Norma lag in ihrer Koje und starrte an die Unterseite der Pritsche über ihr wie auf einen Bildschirm, auf dem ihr Leben ablief. Sie blätterte sich durch die vielen Momente, die sie zu dem Menschen gemacht hatten, der sie war, betrachtete sich die größten etwas ausführlicher und erzählte sich selbst ihre eigene Geschichte.

Ganz besonders intensiv widmete sie sich dieser einen Geschichte, die sie noch nie einem Menschen erzählt hatte: wie ihr Daddy sie einmal zu sich in das Haus in Nob Hill geholt hatte, als niemand da war. Er hatte ihr die Schlangen in seinem Zimmer gezeigt, hatte ihr gezeigt, wie er mit ihnen umging, und ihr erzählt, dass man sie dazu benutzen konnte, jemanden umzubringen.

Sie wusste noch, wie sehr sie ihn damals geliebt hatte. Wie sie ihn angehimmelt hatte. Aber da war noch etwas anderes gewesen. *Die Frage*. Warum konnte er sie nicht voll und ganz akzeptieren?

Ihre Mom war normalerweise unten im Erdgeschoss und damit beschäftigt, im Wohnzimmer sauber zu machen. Warum konnte Daddy seine richtige Frau nicht einfach rausschmeißen? Warum konnte er nicht Norma und ihre Mom zu seiner richtigen Familie machen, wo er sie doch beide so sehr liebte?

Und dann war etwas passiert.

Seine Frau kam herein und sah Norma zusammen mit ihrem Vater, und sie wurde sehr wütend.

»Nein, Chris. Nicht *hier*. Ich hab's dir gesagt. Bring dieses Mädchen *niemals* in dieses Haus.«

Und ihr Daddy hatte gesagt: »Ja, Schatz. Tut mir leid, Schatz.«

Und gerade in diesem Moment hatte Norma die Schlange in der Hand gehalten, Daumen und Zeigefinger auf die Kiefergelenke gepresst, damit sie nicht zubeißen konnte, genau wie Daddy es ihr gezeigt hatte.

Doch jetzt lag Panik auf seinem Gesicht. Er sagte: »Ich muss dich hier rausschaffen.« Als wäre sie ein Müllsack. Nicht aus Fleisch und Blut. Nicht seine Tochter. Nicht die Nachfahrin einer Senatorentochter und des ersten Bürgers von Kalifornien.

Sie war unter seinem Arm hindurchgeschlüpft, an der »Hexe« vorbei und den Flur entlang bis ins Schlafzimmer gerannt. Und dort, wo die beiden schliefen, hatte sie die Krait unter die Decke schlüpfen lassen, wo es dunkel und kuschelig war. Das würde der Schlange gefallen. Und sie dachte, sie hätte es getan, damit seine Frau sterben sollte… aber sie wusste, dass ihr Daddy auch in diesem Bett schlief.

Er entdeckte sie im angrenzenden Badezimmer. Er hämmerte gegen die Tür.

»Beeil dich!«, rief er.

Das waren die letzten Worte, die er zu ihr gesagt hatte. Sie stürzte aus dem Badezimmer, rannte zum Haus hinaus und blieb stundenlang am Straßenrand sitzen.

Nach seinem Tod hatte sie geweint.

Und danach hatte sich alles verändert. Aber es tat ihr nicht leid. Sie hatte sich gewehrt, und jetzt war das Leben wieder schön. All ihre Bedürfnisse wurden befriedigt. Und sie war die schlimmste und bedeutendste Bewohnerin dieser Einrichtung. Hier wurde sie respektiert. Sie wurde respektiert!

»Alles klar bei dir, Norma?«, erkundigte sich die Wärterin, als sie Norma und Bernie zu ihrer Stunde Freigang abholte.

Das Klappern der Schlüssel war ein sehr beruhigendes Geräusch.

»Alles bestens«, erwiderte Norma Johnson und schenkte der Wärterin eines ihrer seltenen Lächeln. »So gut wie nie.«

Danksagung

Unser Dank gilt all den Experten, die uns so großzügig ihre Zeit und ihr Fachwissen zur Verfügung gestellt haben: Captain Richard Conklin, Dr. Humphrey Germaniuk, Chuck Hanni, Mickey Sherman, Philip R. Hoffman, Dr. Michelle Koo, Dr. Maria Paige, Tim Hettrich und Rebecca DiLiberto.

Ein besonderes Dankeschön geht an Maryellen Dankenbrink für den Schulbus-Rap, an Chris Cooper, an Narayan Radhakrishnan sowie an Lynn Colomello und Mary Jordan für die absolut erstklassige Zusammenarbeit.